동주
밀자리

동주 **野士지**

【완역 결정본】 東周 列國志

관포지교管鮑之交

②

솔

● **일러두기**

1. 본문의 옮긴이 주는 둥근 괄호로 묶었으며, 한시와 관련된 주는 시 하단에 달았다.
   편집자 주는 원저자 풍몽룡의 오류를 바로잡은 것으로 ―로 표시하였다.
2. 관련 고사, 관직, 등장 인물, 기물, 주요 역사 사실 등은 본문에 ●로 표시하였고, 부록에
   서 자세히 설명하였다.
3. 인명의 경우 춘추 전국 시대 당시의 표기법을 따랐다
   예) 기부忌父 → 기보忌父, 임부林父 → 임보林父, 관지부管至父 → 관지보管至父.
4. '주周 왕실과 주요 제후국 계보도'는 독자의 편의를 위해 각 권마다 해당 시대 부분만을
   수록하였다.
5. '등장 인물'은 각 권에서 등장하는 주요 인물을 다루었으며, 가나다순으로 정리하였다.
6. '연보'의 굵은 글자는 그 당시의 중요한 사건을 말한다.

차례

주문왕 · 주무왕 · 주공

주문왕周文王

주무왕周武王

주공周公

춘추春秋 시대의 지도

주요 제후국의 관계

$$\boxed{\text{기원전 690~660 : 제나라 패업 시기}}$$

중원中原

주 ══ 제° ══ 송宋 ══ 노魯 ══ 진陳 ══ 위衛 ══ 정鄭 ══ 허許
　　　└── ══ 연燕 ⟷ 산융山戎

남방(양자강 유역)

초° ══ 수隋 ══ 용庸 ══ 복濮 ══ 등鄧 ══ 우鄅 ══ 교絞 ══ 나羅 ══ 운鄖
　└── ══ 이貳　진軫　(신申 ══ 채蔡) ══ 강江
　└── ⟷ 파巴　　　　　└─ ⟷ ─┘

(══ 회맹會盟, 부용附庸　══ 우호　⟷ 적대　° 패권 국가)

두 아들이 탄 배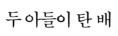

위선공衛宣公*의 이름은 진晉이다. 사람됨이 음탕해서 여자라면 분별을 차리지 못했다. 그는 이미 공자公子일 때부터, 그의 아버지 위장공衛莊公의 첩 이강夷姜(이夷는 소국小國의 이름)과 관계를 해왔다. 급기야 그는 부친의 첩 이강과 사이에서 아들까지 낳아 몰래 그 아이를 여염집에 주어 양육시켰다. 그 아이의 이름을 급자急子라고 한다. 그 뒤 위장공은 세상을 떠났다. 이리하여 위선공이 즉위했다. 그는 원비元妃인 형비邢妃를 박대하고, 그때부터 터놓고 서모인 이강과 부부 생활을 했다.

위선공은 자기 군위를 급자에게 물려줄 생각이었다. 우선 급자에게 우공자右公子의 직을 줬다. 이때 촌 여염집에서 자라난 급자는 나이 열여섯 살이었다.

그후 위선공은 며느리를 얻고자, 제희공齊僖公에게 사자를 보내어 청혼했다. 제희공의 장녀와 자기 아들 급자를 결혼시키려는 생각에서였다.

이윽고 제나라에 갔던 사자가 돌아와서 고한다.

"제후께서 순순히 허혼許婚하셨습니다. 뿐만 아니라 규수가 천하 절색이라 하더이다."

"음 그래, 과연 잘났더냐?"

"소문도 자자하지만, 한번 본 사람은 누구나 그림과 꽃으로도 비교할 수 없다고 하더이다."

이 말을 듣자 위선공은 또 딴생각이 일어났다. 그는 아직 보지도 못한 며느리를 생각하고 침을 꿀꺽 삼켰다. 그러나 입 밖에 내어 말은 하지 않았다.

이에 위선공은 국내 유명한 장인匠人들을 모아, 기淇의 하수河水 위에다 높은 누대樓臺를 세웠다. 붉은 난간, 꽃다운 기둥이 섰다. 궁중 같은 제도에 방들을 겹으로 마련했다. 누대는 참으로 화려하고 황홀했다. 그 누대 이름을 신대新臺라고 했다. 위선공은 일찍이 송후宋侯를 초청하려고 신대를 짓는다고 했다. 신대가 낙성하자, 위선공은 급자를 불렀다.

"네 송나라에 가서 송후에게 친선하는 의미로 나의 안부를 전하고 오너라."

급자는 부친의 분부를 받고 송나라로 갔다. 위선공은 급자를 떠나보내고 즉시 공자 예洩를 불렀다.

"너는 제나라에 가서 강씨姜氏를 친히 영접해서 오너라."

공자 예는 명을 받고 곧 제희공의 딸을 데리러 갔다.

공자 예는 제나라에 가서 강씨를 영접해 모시고, 신대로 돌아왔다. 그러나 신랑인 급자는 아직 송나라에서 돌아오지 않았다.

그날 밤이었다.

제나라 강씨가 들어 있는 신방에 신랑 급자 대신 시아버지 위선

10

공이 들어갔다. 이리하여 제희공의 장녀 강씨는 위선공의 애첩이 됐다. 그녀가 바로 선강宣姜*이다.

그 당시 위나라* 백성들이 신대의 노래를 지어 음란한 임금을 비난한 것이 있다.

신대는 아름답고
물은 흐르는데
임에게 순종하고자 이곳에 왔으나
음탕한 사람이 가로챘도다.
고기를 얻고자 친 그물인데
도리어 큰 기러기가 걸렸도다.
임에게 순종하고자 이에 왔으나
음탕한 사람을 만났도다.
新臺有泚
河水瀰瀰
燕婉之求
籧篨不鮮
魚網之設
鴻則離之
燕婉之求
得此戚施

강씨가 좋은 배필을 구해 왔건만, 뜻밖에도 음탕한 시아버지에게 걸려들었다는 걸 비유해서 부른 노래다.

곧 제희공의 장녀 선강은 그 시아버지와 살고, 차녀 문강文姜*

은 그 오라비와 관계를 맺은 것이다. 인륜과 천리天理가 이에 이르러 멸하고 끊어졌다.

후세 사람이 『사기史記』를 읽다가, 이 구절에 이르러 탄식한 시가 있다.

요염하기론 춘추 시대에 선강, 문강 두 계집이 으뜸이니
제·위 두 나라의 삼강오륜을 어지럽혔도다.
하늘이 요물을 내어 사람과 국가를 불행케 하니
어진 여자가 왕을 돕던 옛일을 어찌 따르리오.
妖艷春秋首二姜
致令齊衛紊綱常
天生尤物殃人國
不及無鹽佐伯王

이윽고 급자는 송나라에 가서 친선을 맺고 본국으로 돌아왔다. 그는 즉시 신대에 가서 부친에게 다녀온 경과를 보고했다. 위선공은 급자에게 새어머니를 뵙도록 명했다. 그래서 급자는 서모에 대한 예로서 선강에게 절했다. 그러나 급자는 조금도 부친과 선강을 원망하지 않았다.

위선공은 선강을 얻은 뒤로, 줄곧 신대에 틀어박혀 낮이면 환락하고 밤이면 재미를 보느라고 전혀 이강을 돌아보지 않았다. 이리하여 위선공은 신대에서 3년 간이나 나오지 않았다.

이러는 동안에 선강은 아들 둘을 잇달아 낳았다. 장자의 이름은 수壽이며, 차자의 이름은 삭朔이었다. 자고로 전하는 속담처럼 그 여자를 사랑하는 자, 반드시 그 여자의 자식까지 사랑하는 법이

다. 위선공은 선강을 몹시 사랑하기 때문에, 지난날 급자를 사랑하던 마음을 모조리 수와 삭 두 아들에게로 옮겼다. 위선공은 장차 100년 후 위국衛國 강산을 모조리 수와 삭 두 형제에게 전할 생각이었다. 그는 지난날 급자 하나만을 사랑하던 때보다 더욱 만족해했다.

그러나 공자 수는 천성이 효성스럽고 우애가 극진했다. 그래서 급자를 동복同腹 형제처럼 존경했다.

공자 수는 기회 있을 때마다 형 급자를 위해 여러 가지로 부모에게 주선했다. 급자도 천성이 온유하고 매사에 근신하는 성격이었다. 역경에 있으면서도 급자는 조금도 덕을 손상하는 일이 없었다. 비록 이복 형제간이지만 그들의 우애는 지극했다. 그래서 위선공도 속맘을 드러내지는 못하고, 비밀히 좌공자左公子 예를 불러,

"네 앞으로 공자 수를 잘 보호하여, 다음날 군위에 오르도록 보살펴라."

하고 간곡히 부탁했다.

공자 삭은 비록 공자 수와 같은 선강의 소생이긴 하지만 성격이 그 형과 딴판이었다. 하나는 어질고 하나는 간악했다.

공자 삭은 나이가 어린데도 천성이 교활해서 어머니의 사랑만 믿고 벌써부터 비밀히 자객들을 길렀다. 그는 뒷날을 위해 엉뚱한 생각을 품고 있었던 것이다.

그러기에 공자 삭은 급자를 미워할 뿐만 아니라, 친형인 공자 수까지도 눈엣가시처럼 증오했다. 그는 무슨 일을 경영하려면 먼저 할 것과 뒤에 할 것을 알아야 한다고 궁리했다. 그러기 위해서는 우선 급자부터 없애버려야 한다고 확신했다.

이리하여 공자 삭은 어머니 선강을 여러 가지로 충동했다.

"부친이 살아 계시기에 우리 모자가 이러고 부지한다는 걸 아시나이까. 지금 급자가 위에 있어 맏형 노릇을 하고 있습니다. 형과 나는 다 그의 동생뻘입니다. 다음날 군위를 누가 계승하느냐는 문제가 생기면 형이니 동생이니 하는 장유長幼의 차별이 없지 않으리이다. 더구나 지금 이강은 부친의 사랑을 어머니에게 빼앗겼기 때문에 두고두고 쌓아온 분을 삭이지 못하고 있습니다. 만일 다음날 급자가 임금 자리에 오르고 보면, 그는 제 어미를 위해 분풀이를 아니 할 성싶습니까. 그때 우리 모자는 몸둘 곳도 없을 것입니다."

원래 선강은 급자의 아내로서 위나라에 시집온 여자가 아닌가. 그러나 결과는 위선공과 함께 살게 된 것이다. 또 자식까지 둘이나 낳았다. 어느덧 그녀도 급자가 눈엣가시처럼 싫어졌다. 드디어 선강은 아들 삭과 공모하고 위선공에게 늘 급자에 관한 험담을 했다.

그날은 바로 급자의 생일날이었다. 이날 공자 수는 주안상을 푸짐하게 차려놓고, 급자를 청해서 생일을 축하해줬다. 그 자리엔 공자 삭도 앉아 있었다. 급자와 공자 수는 자별한 사이이므로 두 사람은 환담하며 서로 기뻐하는데, 공자 삭은 종시 말 한마디 없었다.

그러더니 공자 삭은 갑자기 발딱 일어나며,
"난 요즘 몸이 아파서 가서 누워야겠소."
하고 먼저 나가버렸다.

형의 방에서 나온 공자 삭은 즉시 모친 선강의 처소로 갔다. 그의 두 눈에선 눈물이 쉴새없이 흘렀다.

선강이 당황해서 묻는다.

"어찌하여 이렇듯 우느냐?"

공자 삭은 눈 한 번 꿈쩍 않고, 근거 없는 말을 사실처럼 늘어놓는다.

"아자兒子는 형님과 함께 기쁜 마음으로 급자의 생일을 축하했습니다. 그런데 급자는 술이 얼근히 취하자 장난하는 척하면서 '너희들은 다 나의 아들이다'고 합디다. 그래 아자는 화가 나서 '아무리 농이기로서니 그게 무슨 말이오?' 하고 불평을 했습니다. 그랬더니 그가 말하기를 '너희들의 모친은 원래 나의 아내다. 그러니 너희들은 나를 보고 아버지라고 해야만 이치에 합당하니라' 그럽디다. 그래 아자는 분기가 솟아 반박했습니다. 급자는 대뜸 주먹으로 아자를 때리려 하지 않겠습니까. 마침 형님이 곁에서 말리는 틈을 타서 겨우 그 자리를 도망해왔습니다. 이런 큰 욕을 얻어먹었으니 어찌 분하지 않겠습니까. 바라건대, 모친은 이 일을 아버지께 여쭈어 아자의 분풀이나마 해주십시오."

선강은 이 그럴듯한 거짓말을 곧이듣고 얼굴빛이 변했다. 다만 위선공이 내궁으로 들어오기만을 기다렸다.

그날, 위선공은 내궁으로 들어가기가 바쁘게 선강으로부터 졸리기 시작했다.

우선 선강은 위선공 앞에서 말없이 흐느껴 울었다. 한참 만에 울음을 섞어가며 삭에게서 들은 말을 전부 고했다. 뿐만 아니라 분김에 한술 더 붙였다.

"어디 그뿐이오니까. 급자는 차마 입에 담을 수도 없는 말을 하더랍니다. '우리 어머니 이강은 바로 부친의 서모였다. 부친은 자기 서모를 아내로 삼았다. 그런데 너희들의 모친은 원래 나의 아내가 아니냐. 그저 아버지가 잠시 빌려서 데리고 사는 데 불과하다. 그러니 이 나라 강산과 너의 모친은 결국 내게로 돌아와야 한다'고 하더랍니다."

위선공은 말없이 이맛살만 찌푸리고 듣다가 자기 거처로 돌아갔다. 그는 공자 수를 불러 정말 그런 일이 있었는지 그 자초지종을 물었다.

공자 수는 부친의 말을 듣고 눈이 휘둥그레졌다.

"전혀 그런 일은 없었습니다. 이런 말은 듣느니 처음입니다."

"그러면 너는 나가 있거라."

위선공은 모든 것을 반신반의半信半疑했다.

다시 내시內侍를 불렀다.

"지금 당장 이강에게 가서, 자식 교훈을 어떻게 했기에 이렇듯 수선스럽게 일을 꾸미느냐고 톡톡히 꾸짖고 오너라."

이리하여 마침내 불티는 엉뚱한 곳으로까지 번졌다. 그날 밤, 이강은 꾸중을 듣고 가슴이 미어지는 듯했다. 그러나 이강은 누구에게도 자기 원한을 호소할 곳이 없었다. 한밤중에 이강은 띠를 풀어 대들보에 걸고 목을 매어 자결했다.

염옹이 시로써 이 일을 탄식한 것이 있다.

서모의 지체로 어찌 남편의 아들과 관계를 맺었던고
짐승 같은 행위 때문에 위나라 음탕한 풍속이 웃음거리가 되었도다.
이강은 목을 맸으나 때를 얻지 못했으니
어찌 애초부터 절개를 지키다가 세상을 떠난 것만 같으리오.
父妾如何與子通

聚麀傳笑衛淫風

夷姜此日投繯晩

何似當初守節終

이강이 목을 매고 죽었으니, 그 아들 급자의 슬픔인들 오죽했으랴.
급자는 부친이 더욱 자기를 수상히 생각할까 해서 두려웠다. 그
는 사람 없는 곳에 가서 하늘을 우러러 통곡했다.

그런 뒤로 공자 삭과 선강은 서로 짜고, 있는 말 없는 말 갖은
소리를 다 하면서 위선공을 또 충동했다.

"제 어미가 비명으로 죽었다면서, 이를 갈며 우리 모자를 원망
하더랍니다. '두고 보자. 다음날 그 어미와 자식들의 목을 끊어
우리 어머니 원수를 갚겠다'고 하더라니, 어찌하면 좋습니까."

그러나 위선공은 그 말을 믿으려 하지 않았다. 하지만 열 번 찍
어 안 넘어가는 나무는 없다. 질투 많은 첩과 아첨하는 자식이 밤
낮없이,

"급자를 죽여야 모든 후환이 없습니다. 어찌하실 요량입니까."
하고 조르는데야 위선공도 별수가 없었다.

위선공은 밤이면 몸을 이리 뒤척 저리 뒤척 하면서 주저하기도
하고, 급자를 죽일 계책을 여러모로 생각하기도 했다.

그는 속으로 중얼거린다.

"어떻든 죽이긴 죽여야겠는데, 아무도 모르게 소문 없이 죽일
수는 없을까. 반드시 남의 손을 빌려서 어디 도로道路 같은 데서
처치해야만 세상 이목이나마 가릴 수 있을 것이다."

위선공은 이런저런 생각에 잠을 이루지 못하는 밤이 계속됐다.
바로 그때 마침 제희공이 기杞나라를 치려고 위에 군사 원조를 청

했다. 위선공은 이에 대해서 공자 삭과 오랫동안 상의했다.

위선공과 공자 삭은 구원병을 보내기 전에 우선 그 기일을 통지한다는 명목으로, 급자를 제나라에 보내자는 데 합의했다.

위선공이 공자 삭에게 분부한다.

"급자를 보낼 때, 반드시 백모白旄를 줘서 보내라. 제나라로 가려면 신야莘野는 반드시 지나가야 하는 중요한 길이다. 배가 신야에 이르면, 급자는 상륙해서 제나라로 향할 것이다. 그곳에서 죽이면 된다. 공연히 소문 사납게 준비할 건 없다."

공자 삭은 거듭 머리를 조아리며 부친의 명을 받고 물러갔다.

공자 삭은 그날로 남몰래 길러온 자객들을 비밀히 불렀다.

"너희들은 도둑으로 가장하고 신야에 가서 숨어 있거라. 그러고 있으면 반드시 백모를 가진 자가 지나갈 것이다. 불문곡직하고 일제히 나아가 그놈의 목을 뎅겅 끊고, 그 백모를 가지고 와서 나에게 보여라. 그러면 내 반드시 그대들에게 많은 상을 주리라."

공자 삭은 모든 지시를 하고, 그 어머니 선강에게 가서 자초지말自初至末을 낱낱이 고했다. 이 말을 듣고 선강은 몹시 기뻐했다.

이날 공자 수는 부친이 모든 신하를 물리치고, 공자 삭과 무엇을 의논하는지 오랫동안 방 안에서 나오지 않는 걸 보고 의심이 났다. 공자 수는 그날 저녁에 내궁으로 들어가서 어머니 선강에게 물었다.

"오늘 부친께서 삭과 무슨 의논을 하셨습니까?"

선강은 웃으며 조그만 소리로, 급자를 죽일 계책이 결정되었다는 걸 말하고 당부했다.

"이는 너의 아버지가 주동이 되어 우리 모자의 장래 근심을 없애주려는 것이다. 소문내지 말아라."

흉측한 계책이 이루어졌음을 알고 공자 수는 내궁에서 나오는 길로 즉시 이복 형인 급자에게 갔다.

"이번 제나라에 가시려면 반드시 지나야 하는 신야 길에서 좋지 못한 일이 생길 것 같습니다. 차라리 형님은 어디든지 다른 나라로 도망가십시오."

죽은 어머니의 숙명과 얄궂은 자기 팔자를 고민하기에 수척해진 급자는 도리어 태연했다.

"사람의 자식 된 자는 그 명命하심을 좇는 것이 효도다. 부친의 명하심을 순종하지 않으면, 이는 바로 역적이나 다를 것 없다. 어딜 간들, 이 세상에 아비 없는 백성이 사는 그런 나라가 있으리오."

하고 급자는 추호도 안색이 변하지 않았다.

수일 뒤 급자는 부친으로부터 백모를 받고, 궁에서 물러나가 배를 타려고 강으로 갔다.

공자 수가 급자의 뒤를 따라가며 울면서 권한다.

"형님은 도망치소서."

급자가 눈물 어린 눈으로 웃으며 대답한다.

"어진 동생은 더 따라오지 말고 돌아가거라."

공자 수는 권해도 소용없다는 걸 알고서 속으로 결심했다.

'우리 형님은 진실로 어진 분이시다. 이번에 가시다가 도둑의 손에 세상을 떠나시면, 부친은 다음날 나에게 군위를 전할 것이다. 그때 무슨 면목으로 세상에 발명發明하리오. 형님은 말씀하시기를 아비 없는 사람이 없다고 하셨으나, 또한 형님 없는 동생인들 이 세상에 어디 있겠는가. 내 마땅히 형님보다 앞서가서 그 도둑들의 손에 죽으면, 반드시 형님은 해를 면하실 것이다. 우리 부친께서 내가 죽었다는 소식을 들으시면, 반드시 느끼시고 깨닫는 바 있으리라. 곧 나의 죽음은 부친의 마음을 자애롭게 만들 것이다. 그러는 것만이 나로서는 유일한 효도의 길이다. 또한 만고에 나의 이름도 더럽히지 않을 수 있다.'

이에 공자 수는 먼저 강변으로 가서 한 두루미의 술과 배 한 척을 준비했다. 그리고 급자에게 청했다.

"제가 형님이 떠나시는 마당에 술 한잔을 바치겠습니다. 천천히 떠나도록 하십시오."

급자가 미소하며 사양한다.

"부친의 명령을 받고 가는 몸이 어찌 지체할 수 있으리오."

"그러시면 여기에 배 한 척을 더 준비했습니다. 제가 도중까지 전송하며 술로 작별하겠습니다."

급자는 동생의 지성을 물리칠 수 없었다. 두 척의 배는 푸른 강 위로 떠내려갔다. 이윽고 공자 수는 종복從僕들을 시켜 술 두루미를 형님이 탄 배로 옮기게 했다. 그리고 자기도 형님이 탄 배로 자리를 옮겼다. 공자 수는 친히 큰 술잔에다 술을 가득 부어 형님에게 바쳤다. 말보다 먼저 흐르는 눈물이 구슬처럼 술잔에 떨어진다.

급자가 황망히 술잔을 받아 마시려는데, 공자 수가 말한다.

"술잔에 눈물이 들어갔습니다. 새로 받으십시오."

급자가 웃으면서,

"나는 어진 동생의 정情을 마시고 싶다."

하고 그대로 마셨다.

공자 수가 눈물을 닦고 아뢴다.

"오늘 이 술은 제가 형님과 영이별하는 술입니다. 형님은 이 동생의 정을 살피사, 싫다 마시고 많이 드십시오."

급자가 웃고 대답한다.

"내 어찌 양껏 마실 수 있으리오."

두 형제는 눈물로 서로 대하고 서로 술을 권했다.

그러나 공자 수는 마시는 체하기도 하고, 잔을 놓았다가 살며시 치우기도 했다. 급자는 지금 가는 길이 죽음의 길이기도 하지만, 이로부터 동생과 영이별할 걸 생각하니 더욱 그 정이 고마워서 주는 대로 사양하지 않고 마셨다. 이윽고 급자는 자기도 모르는 중에 몹시 취하여 쓰러지자 코를 골기 시작했다.

하늘과 물은 푸르고 배는 무심히 미끄러져 가는데, 뱃전에 부딪히는 물소리만 처량했다.

공자 수가 수행인들을 돌아보며 짐짓 놀란 체한다.

"군명君命은 잠시도 지체할 수 없는 법이다. 내 마땅히 형님을 대신해서 가리라."

그는 급자의 백모를 자기 뱃머리에다 옮겨 꽂게 했다.

"모두 나를 따라 제나라까지 갈 것 없다. 몇 사람은 여기 남았다가, 세자가 깨시거든 이 간찰簡札을 드려라."

공자 수는 즉시 자기 배로 옮겨탔다.

워낙 이 일은 모두 극비리에 꾸며졌기 때문에 멋도 모르고 수행원들은 몇 사람만 남고 모두 공자 수를 따라 옆 배로 태연히 옮겨탔다. 공자 수가 재촉한다.

"늦으면 안 된다. 속히 배를 저어라."

종복들은 힘들여 노를 저었다.

배가 어느덧 신야에 당도하자 공자 수와 수행원들은 수레를 정돈하고, 언덕으로 올라갔다. 매복하고 기다리던 자객들은 뱃머리에 나부끼는 백모를 봤다. 그들은 서로 돌아보며 혹은 눈짓하고 혹은 머리를 끄덕였다.

공자 수는 수레 위에 태연히 올라탔다. 그리고 눈앞에 나타날 죽음의 마당으로 나아갔다. 난데없는 함성 소리가 사방에서 일시에 일어났다. 도둑들이 벌 떼처럼 공자 수의 수레로 달려들었다.

공자 수가 수레 위에서 벌떡 일어나 꾸짖는다.

"나는 이 나라 위후衛侯의 장자長子다! 군명을 받고 제나라로 가는 길이다. 너희는 어떤 놈들이관데 내 앞을 감히 막느냐?"

모든 도둑이 일제히 소리친다.

"우리도 비밀히 위후의 분부를 받고, 바로 너의 목을 취하기 위해서 기다렸다."

수행인과 종복들은 혼비백산하여 제각기 달아났다. 마침 수레 뒤로부터 한 도둑이 올라탔다. 도둑의 손에서 칼이 번쩍 빛났다. 동시에 공자 수의 머리가 수레 아래로 굴러떨어졌다. 도둑들은 우르르 달려들어 공자 수의 머리를 집어올렸다. 그들은 미리 준비해 온 나무 갑匣에다 공자 수의 머리를 넣고, 시체가 쥐고 있는 백모를 뺏어들고 일제히 배에 올랐다.

한편, 급자는 원래 술을 잘하지 못했다. 취하는 것도 빨랐지만 깨는 것도 빨랐다. 급자는 정신을 차리고 일어났으나 공자 수가 없었다. 이때 수행인 한 사람이 간찰을 바쳤다.

급자가 급히 뜯어본즉 글자 여덟 자가 적혀 있었다.

동생이 대신 갑니다. 형님은 속히 피하십시오.
弟己代行 兄宜速避

급자는 하염없이 울었다.

"동생이 나 때문에 가서는 안 될 곳으로 갔구나. 속히 가야겠

22

다. 내 어진 동생을 어찌 죽일 수 있으리오."

급자는 몇몇 수행인과 거느리고 온 종복들이 있는 걸 다행으로 생각했다. 그는 성화星火같이 배를 속히 저으라고 재촉했다. 배는 나는 듯이 미끄러져 간다.

강변의 놀란 새들은 울며 흩어진다.

어느덧 해는 지고 달이 솟았다. 부서지는 물결도 모조리 달빛이었다. 급자는 동생을 염려하며 초조한 심사로 앞만 바라보았다. 달빛 속으로 저편에서 점점 나타나는 것이 있었다. 틀림없는 공자 수의 배였다.

급자가 크게 기뻐하며 말한다.

"하늘이 도우사, 천행으로 나의 동생이 아직 살아 있구나!"

곁에 있던 수행인이 눈이 둥그레지면서 아뢴다.

"저것은 이리로 오는 배입니다. 가는 배가 아닙니다."

급자가 분부한다.

"어서 저 배를 쫓아가자."

두 배가 가까워지자, 돛폭과 뱃머리가 서로 달빛에 분명히 나타났다.

급자가 암만 자세히 바라봐야 거기엔 낯 모를 사람들만 있고 공자 수는 보이지 않았다.

급자가 거짓말로 소리쳐서 묻는다.

"주공께서 명령하신 일은 다 마쳤는가?"

이 말을 듣자, 모든 도둑은 이 비밀을 아는 것을 보니 틀림없이 공자 삭이 보낸 사람인 줄로 믿었다. 한 도둑이 나무 갑을 높이 쳐들어 보이면서 대답한다.

"예. 일은 끝났습니다."

급자는 대답을 안 했다. 즉시 그는 그 배로 옮겨탔다. 그리고 가까이 가서 나무 갑을 열어봤다.

공자 수의 목이 자는 듯이 눈을 감고 있었다.

급자는 그 자리에 털썩 주저앉아 공자 수의 머리를 안고 통곡했다.

"하늘이여, 원망스럽구나."

이 말을 듣고 도둑들은 깜짝 놀랐다. 그들이 슬며시 묻는다.

"그 부친이 그 아들을 죽인 것인데 뭘 원망합니까?"

급자가 눈물을 거두고 그들에게 말한다.

"너희들은 나를 자세히 보아라. 내가 바로 급자다. 나는 부친께 죄를 졌기 때문에, 부친께서 나를 죽이라고 하신 것이다. 그러나 이 사람은 나의 동생 수이다. 무슨 죄가 있다고 죽였느냐. 너희들은 나의 목을 속히 베어 임금께 바치고, 사람 잘못 죽인 죄를 씻도록 하여라."

도둑들 중에 마침 두 공자의 얼굴을 아는 자가 있었다. 달빛 아래 급자를 자세히 보더니, 그자가 동료들에게 눈짓을 한다.

"참으로 우리가 일을 잘못했구나."

도둑들은 즉시 칼을 뽑아들고 급자를 에워쌌다. 한 놈이 칼을 높이 들고 한 번 소리를 질렀다. 순간 급자는 머리를 잃고 앞으로 고꾸라졌다.

도둑들이 급자의 머리를 공자 수의 머리와 함께 나무 갑에 넣는 동안, 수행인과 종복들은 배를 저어 달아났다.

『시전詩傳』에 있는 이자승주장二子乘舟章은, 바로 이들 두 형제의 죽음을 두고 그 당시 백성 사이에서 생겨난 노래다.

두 아들은 배를 탔네

태연히 떠가는도다.
항상 내 그대들을 잊지 못하네
언제나 슬픔이 되살아나는도다.
두 아들은 배를 탔네
못 돌아올 곳으로 떠나갔도다.
항상 내 그대들을 잊지 못하네
드디어 죽음을 당했도다.

二子乘舟
汎汎其景
願言思子
中心養養
二子乘舟
汎汎其逝
願言思子
不瑕有害

도둑들은 급히 배를 저어 날이 새기 전에 위성衛城으로 돌아갔다.

그들은 바로 공자 삭에게 가서 백모와 나무 갑을 바쳤다. 그리고 공자 수와 급자를 전후해서 죽이게 된 사정을 고했다.

그들은 공자 수까지 죽였기 때문에 혹 벌이라도 받지 않을까 하고 떨었다. 그러나 공자 삭에겐 화살 한 대로 새 두 마리를 잡은 격이었다. 그는 황금과 비단을 내어 그들에게 후한 상을 주었다.

공자 삭은 내궁으로 들어가서 어머니 선강에게 고했다.

"뜻밖에 공자 수가 백모를 들고 먼저 갔기 때문에 생명을 잃었다고 합니다. 그러나 하늘이 도우사 그 뒤에 급자가 이르러 제 입으로 자기 이름을 댔기 때문에 자객들이 그 목까지 끊어왔습니다. 이제 억울하게 죽은 형님의 한도 풀게 되었습니다."

선강은 큰아들 공자 수가 죽었다는 걸 듣고 정신이 아찔했으나, 다행히 급자를 죽이는 데 성공했다는 말을 듣고 슬픔과 기쁨을 동시에 느꼈다. 이에 어미와 자식은 서로 상의하고 위선공에겐 기회보아 천천히 사실을 아뢰기로 했다.

한편 공자 예洩는 전날 급자가 떠나기 전에 찾아와서,

"모든 것을 부탁한다."

하고 처량해하던 일이 미심스러워서 견딜 수 없었다.

또한 공자 직職도 공자 수가 찾아와서,

"모든 것을 부탁한다."

하고 말하던 일이 있었기 때문에 참으로 이상하다는 생각을 버릴 수 없었다.

두 사람은 각기 스스로 까닭을 알지 못해서 궁금해했다. 그래서 각기 비밀히 사람을 놓아 이상한 소문이 있나 하고 수소문했다. 그들의 심복 부하들은 공자 수와 급자가 어떻게 죽었다는 것을 알게 되자 각기 그 주인에게 이 사실을 보고했다. 이에 공자 예와 공자 직은 공자 삭에게 선수를 뺏겨서는 안 되겠다 생각하고, 서로 몰래 만나 상의했다.

위선공이 아침 조회에 나왔다. 공자 예와 공자 직은 바로 궁으로 들어가 부친께 절하고 일제히 방성통곡했다.

위선공이 그 까닭을 묻는다.

"너희들은 어째서 우느냐?"

공자 예와 공자 직은 급자와 공자 수가 죽은 결과를 자세히 아뢰었다.

"우리들은 전날 급자와 공자 수에게 부탁받은 그 정리를 잊을 수 없습니다. 그 머리와 시체나마 수습해서 장사지내게 해주십시오"

그들은 더욱 소리 높여 울었다.

원래 위선공은 급자를 죽이라고 했을 뿐이다. 공자 수는 그가 가장 사랑하는 아들이었다. 위선공은 두 아들이 동시에 살해되었다는 말을 듣고 얼굴이 불덩어리처럼 벌게지더니 다시 흙빛으로 변했다. 이윽고 위선공의 두 눈에서 눈물이 비 오듯 흘렀다.

"선강이 나를 그르쳤구나! 선강이 나를 망쳤구나!"

하고 그는 몇 번이고 탄식했다. 위선공은 즉시 공자 삭을 불러들여 크게 꾸짖고 물었다. 공자 삭이 앙큼스레 시침을 뗀다.

"소자는 아무것도 몰랐습니다."

위선공은 노발대발하며,

"살인한 놈들을 당장에 잡아오너라!"

하고 호령했다.

"잡아오겠으니, 우선 고정하소서."

하고 공자 삭은 물러나갔다. 그러나 그 도둑들을 잡아다 바치면 자기에게 지장이 있을 걸 아는 공자 삭이 어찌 그들을 잡아 바칠 리 있으리오.

그는 도망간 도둑을 찾는 중이라면서 이 핑계 저 핑계만 대고 사세를 관망했다.

아들 둘이 동시에 죽었다는 것은 위선공에게 큰 충격이었다. 마침내 그는 병이 났다. 위선공의 병 증세는 참으로 괴상했다. 눈만 감으면 죽은 이강과 급자와 수가 앞에 나란히 나타나는 것이었다. 그들은 머리를 산발하고 비 오듯 눈물을 흘리며 통곡했다.

그들의 끔찍한 모습과 울음소리에 위선공은 나날이 수척해졌다. 치성도 올리고 기도도 했으나 아무 효험이 없었다. 마침내 위선공은 병상에 누운 지 반달 만에 죽었다.

이에 공자 삭이 발상發喪하고 군위를 계승했다. 그가 바로 위혜공衛惠公이다. 이때 그의 나이가 열다섯 살이었다.

위혜공은 임금이 되자 즉시 우공자, 좌공자라는 벼슬을 없애버렸다.

역시 이강의 소생이며 죽은 급자의 동복 동생으로서, 공자 석碩이라는 사람이 있었다. 그의 자는 소백昭伯이다. 공자 석은 그 어머니가 자결하고, 친형 급자가 피살되고 게다가 원수인 공자 삭이 군위에 오른 걸 보고서 그날 밤으로 제齊나라•로 달아났다.

그러나 공자 예와 공자 직은 국내에 남아 있었다. 그들은 꼭 급자와 공자 수의 원수를 갚을 작정이었다. 그러나 아직 그 기회를 얻지 못했다.

이리하여 위후衛侯 삭朔이 즉위한 그해에 제나라는 조상의 원수를 갚는다고 기杞를 쳤고, 위는 원조병을 보냈으나, 이미 위에서 이야기한 것과 같이 정鄭·노魯에 패했던 것이다.

그래서 위·정 두 나라는 자연 사이가 좋지 못했다. 그런데 하루는 정나라의 사자가 위나라에 왔다. 위혜공이 묻는다.

"어째서 왔느냐?"

정나라 사자가 아뢴다.

"그동안 임금으로 있었던 여공厲公이 상경대부 제족祭足을 죽이려다가 뜻을 이루지 못하고 달아났습니다. 지금 모든 신하들은 지난날의 주공 홀忽을 다시 군위에 모시기로 했습니다. 그래서 전 임금을 모셔가려고 귀국에 왔습니다."

지난날에 홀이 군위를 버리고 위나라로 망명했다는 것은 이미 위에서 말한 바와 같다.

위혜공은 전부터 정여공을 미워했다. 그는 정여공이 달아났다는 걸 듣고 매우 기뻐했다. 그는 즉시 수레를 준비시키고 도망와 있는 정소공鄭昭公을 그의 본국으로 호송하게 했다.

정소공과 위혜공은 앞으로 양국간의 친선을 바란다면서 하나는 전송하고 하나는 떠나갔다.

정소공은 전날 도망쳐 나온 정나라로 돌아갔다. 오랜만에 고국 산천을 대한 그는 감개무량했다.

제족은 귀국한 정소공에게 재배再拜하고 지난날 능히 잘 보호하지 못한 죄를 사과했다.

정소공은 비록 그 죄를 다스리지는 않았으나, 속으로 제족을 괘씸히 생각했다.

이로부터 그는 제족을 대하는 태도가 전처럼 융숭하지 않았다.

눈치 빠른 제족이 어찌 그걸 짐작하지 못했으리오.

제족은 주공 앞에 나서면 언제나 몸을 굽실거리면서 불안해했다. 그 뒤로 제족은 매양 병들었다 핑계하고 조회에도 잘 나가지 않았다. 제족은 정소공에 대하여 그저 불안한 생각뿐이었지만, 실로 정소공을 미워하고 두려워하는 사람은 따로 있었다.

그는 바로 고거미高渠彌였다.

그럴 수밖에 없는 것이, 고거미는 정소공이 세자로 있을 때부터 그다지 좋아하지 않았다. 특히 지난날 정소공을 몰아내고 정여공을 들어앉힐 때 제족의 집에서 칼까지 쓰다듬으며 맨 먼저 찬동한 것이 바로 고거미였던 것이다. 그는 정소공이 다시 정나라로 돌아와 군위에 앉자, 지난날 한 짓이 있기 때문에 혹 해를 입지나 않을까 하고 극도로 겁을 먹었다.

이에 고거미는 벌써부터 자객을 비밀히 길렀다. 그는 정소공 홀을 죽이고 정여공 자돌子突을 다시 데려올 수도 없으니, 장차 공자 미亹를 임금으로 세울 작정이었다.

한편 정나라를 떠나 채나라에 도망가 있는 정여공은 어떻게 해서라도 본국에 돌아가 다시 임금 자리에 오를 결심이었다. 그는 평소 자기 거처에 잘 드나드는 채蔡나라 사람에게 물품을 후히 주고 부탁했다.

"지금 우리 나라 역성櫟城을 지키는 사람은 지난날에 나의 신하였던 단백檀伯이다. 그대는 그 단백에게 가서 나의 말을 전해주기 바라노라. 곧 그 역성을 내게 빌려주면, 그곳을 근거지로 삼고 일을 경영할 생각이다. 앞으로 내가 다시 정나라 군위에 오르는 날이면 그 은혜를 잊지 않겠다고 가서 말하여라."

그러나 채나라 사람은 허탕치고 돌아왔다.

"단백은 머리를 흔들면서 거절합디다."

이 보고를 듣자 정여공은 말없이 입술을 꼭 물었다. 정여공이 다시 그 채나라 사람에게 부탁한다.

"내 정나라 군위에 다시 오르는 날이면, 그대의 공을 결코 잊지 않으리라. 나를 위해 힘써주겠느냐?"

"비록 불과 물 속이라도 가라면 가겠습니다."

"내가 본국에서 도망올 때 가지고 온 보옥寶玉이 좀 있다. 그대는 장사꾼처럼 꾸미고 이걸 가지고 역성에 가서, 어떻게든 단백의 측근자를 매수해서 그 측근자로 하여금 단백을 죽이게 하여라. 그러면 내가 경영하는 일은 거의 성공한 거나 진배없다."

채나라 사람은 장사꾼처럼 꾸미고 역성으로 떠나갔으나 그 뒤 아무 소식이 없었다. 정여공은 초조히 기다리며 일변 의심했다. 그러던 중 어느 날 밤이었다. 채나라 사람이 돌아왔다.

"드디어 분부하신 대로 일을 꾸며 단백을 죽였습니다. 속히 그 곳으로 가사이다."

정여공은 크게 기뻐했다. 그는 이튿날 즉시 채나라를 떠나 역성으로 갔다. 그는 역성에 간 뒤로, 성을 더욱 높이 쌓고 성지城池를 더욱 깊이 파고 크게 군사를 조련했다. 그는 장차 자기 나라를 엄습하고자 드디어 자기 나라를 적국으로 대했다.

한편 제족은 역성의 단백이 그 측근자에게 맞아죽고, 그 뒤 정여공이 와서 군사를 조련한다는 보고를 받았다. 그는 크게 놀라 이 사실을 정소공에게 아뢨다. 동시에 대부大夫 부하傅瑕에게 명하여 대릉大陵에다 군사를 둔屯치게 했다. 이는 정여공이 쳐들어올 길을 막기 위한 것이었다.

한편 정여공은 정이 자기에 대한 방비를 한다는 걸 듣고 사람을 노나라로 보냈다.

"우리 여공께서 나라를 도로 찾으시면, 세 성과 구슬과 황금과 곡식을 이번엔 어김없이 송나라에 바치겠다고 하옵니다. 그러니 군후께선 우리 여공을 위해 사람을 보내사, 우리의 뜻을 저편에 전해주십시오. 그리고 송나라로 하여금 우리 여공을 한 번만 더 돕도록 해주십시오."

노환공魯桓公은 전부터 정여공과 송장공宋莊公 사이에 화해를 붙이려고 애쓴 일도 있고 해서 곧 사자를 송나라로 보냈다. 이에 노의 사자는 송나라에 가서 정여공의 뜻을 전했다.

이 말을 듣자 송장공은 또 탐심貪心이 불길처럼 일어났다. 지난 날 정여공에게 속은 분노도 저절로 녹아버렸다. 마침내 송장공은 채나라와 위나라를 끌어들여 역성의 정여공을 원조했다. 참으로 알 수 없는 것은 인심이다. 믿지 못할 것은 세상이다.

지난날엔 정소공을 보호해준 위나라가, 이번엔 송나라와 함께 정여공을 도왔을까. 지난날 위혜공 삭은 망명 중이던 정소공을 보호해주고 정나라로 호송까지 해줬다. 그러나 정나라로 돌아간 정소공은 그 뒤 위나라에 감사하다는 말 한마디 안 했다. 사자 하나 보내지 않았다. 하등의 예물도 보내지 않았다. 그러므로 위후는 분을 품고 이번엔 정여공을 돕기로 결심한 것이었다.

드디어 위혜공은 송나라로부터 정여공이 정나라를 치니 곧 원조병을 보내라는 기별을 받았다.

위혜공 삭은 즉시 군사를 일으킨 뒤,

"과인이 즉위한 이래, 아직 다른 나라 제후들과 만난 일이 없다. 이때 친히 가서 우호를 맺으리라."

하고 정여공을 도우러 떠났다.

위혜공 삭이 군사를 거느리고 떠나간 그날로 공자 예와 공자 직은 서로 모여 상의했다.

공자 예가 공자 직에게 말한다.

"그놈이 이제 멀리 떠났다. 우리가 일을 시작할 때는 바로 지금이다."

공자 직이 대답한다.

"일을 시작하려면, 먼저 백성의 주인이 될 임금부터 정해야 합니다. 그래야 혼란이 일어나지 않을 것이오."

두 공자가 한참 상의하는데 문 지키는 자가 밖에서 아뢴다.

"대부 영궤寧跪가 꼭 할 말씀이 있다면서 오셨습니다."

두 공자는 영궤를 방으로 영접했다. 영궤가 자리에 앉으면서 먼저 말한다.

"두 공자께서는 배를 타고 돌아오지 못할 길을 떠나신 두 분 원수를 잊었습니까. 이제 때는 왔습니다. 이번 기회를 놓치지 마십시오."

공자 직이 대답한다.

"그렇지 않아도 지금 그 일을 상의하던 중이오. 그런데 장차 누구를 임금으로 모셔야 할지 모르겠소."

영궤가 대답한다.

"내가 여러 공자를 보건대, 세상을 떠나신 급자의 친동생 되시는 금모黔牟가 인자하고 돈후합니다. 더구나 금모는 주왕周王의 사위〔壻〕니 가히 모든 사람을 누를 수 있을 것입니다."

세 사람은 서로 입술에 피를 바르고 맹세•했다.

그리하여 그들은 지난날 급자와 공자 수 밑에서 시종하던 사람들을 불러,

"그대들은 첩자한테서 들었다 하고 다음과 같은 헛소문을 퍼뜨리라. 곧 위후가 정여공을 도와 정나라를 치다가 전사했다는 헛소문을 퍼뜨려달라는 말일세."

하고 부탁했다.

이윽고 위혜공이 전사했다는 헛소문이 퍼졌다. 일은 순조롭게 진행되었다. 공자 예 일당은 즉시 공자 금모를 군위에 모셨다. 동시에 모든 신하들은 궁으로 들어가서 새 임금에게 진하進賀했다.

위나라는 비로소 위혜공 삭이 두 형을 악독한 수단으로 죽인 것과, 마침내 그 부친까지 분사憤死하게 한 죄악을 널리 선포했다.

그리고 죽은 급자와 공자 수를 위해서 다시 발상하고 그 관들을 개장改葬했다. 그후 사자를 주 왕실로 보내어 자초지말을 고했다. 동시에 영궤는 군사를 거느리고 교외로 나갔다. 그는 위혜공 삭이 돌아오는 것을 기다렸다가 도중에서 처치할 작정이었다.

공자 예는 선강을 죽이자고 주장했다. 공자 직이 말린다.

"선강은 비록 죄가 있지만, 바로 제후의 여동생입니다. 우리가 제나라와 원수를 사느니보다는 선강을 살려두고서 제나라와 우호를 유지하는 것이 낫습니다."

이리하여 죽음을 면한 선강은 내궁에서 쫓겨나 별궁으로 갔다.

한편 송·노·채·위 네 나라 연합군은 정여공을 도와 정나라를 쳤다.

이에 정나라 제족은 친히 군사를 거느리고 대릉에 이르렀다. 그는 대부 부하傅瑕와 함께 연합군을 막았다.

제족과 부하는 임기응변으로 일변 싸우며 일변 시일만 장구히 끌었다. 각기 자기 나라 일을 버려두고, 네 나라 연합군이 언제까지나 정나라와 싸우고만 있을 수 없다는 것을 제족은 알고 있었다. 제족의 지연 작전 때문에 네 나라는 싸움을 속히 끝마칠 수 없었다. 마침내 네 나라 군사는 싸움보다 본국에 돌아가고 싶은 생각이 간절해졌다. 결국 연합군은 이긴 것도 진 것도 없이 이 핑계 저 핑계 대고 각기 자기 나라로 돌아갔다.

위혜공 삭도 정을 쳤으나, 아무 공을 세우지 못하고 회군했다. 그는 본국으로 돌아가는 도중, 두 공자가 난을 일으키고 금모를 군위에 올려세웠다는 소식을 들었다. 즉시 위혜공 삭은 말머리를 돌려 제나라로 달아났다.

제양공齊襄公은 누이동생의 아들 삭을 영접하고 융숭히 대접하

면서,

"과인이 거처와 의식을 넉넉히 대주리라. 기회 보아 군사를 일으켜 위나라를 다시 찾도록 하여라."

하고 위로했다.

삭은 제양공에게,

"본국으로 돌아가 다시 군위에 오르면, 즉시 내부內府 보배와 구슬을 다 바치겠습니다."

하고 언약했다.

제양공은 이 말을 듣고 크게 기뻐했다. 이때 노나라에서 사자가 왔다. 제양공은 삭을 물러나가게 하고, 즉시 노나라 사자를 불러 만났다. 그는 매부妹夫인 노환공魯桓公을 통해서 주나라 공주에게 청혼한 일이 있었던 것이다.

노나라 사자가 아뢴다.

"우리 주공께서 군후의 청혼을 주 왕실에 아뢨습니다. 주왕께서 윤허하시고, 우리 주공 노후로 하여금 이 혼사를 주장하게 하셨습니다. 이제 왕희王姬께서 군후에게 하가下嫁하시게 되었으므로, 우리 주공께서 친히 제나라에 오시어 모든 절차를 의논하겠다고 하시더이다."

이 말을 듣자 제양공은 기뻐 어쩔 줄 몰랐다. 그는 은근히 여동생 문강과 만나보고 싶었던 것이다.

그는 즉시 사자를 노나라로 보내며,

"노환공만 올 것이 아니라 이왕이면 부부가 함께 와서 다녀가도록 간곡히 부탁하여라."

하고 일러줬다. 대부들이 제양공에게 아뢴다.

"이미 삭을 돕기로 하고 위나라를 칠진대 언제 치시겠습니까?"

제양공이 대답한다.

"지금 위나라 군위에 있는 금모는 바로 주왕의 사위다. 이제 과인도 주왕의 사위가 되려고 혼사를 도모하는 중이니, 삭을 돕는 것은 뒷날로 미루는 수밖에 없다."

그러나 제양공은 한 가지 걱정이 되었다. 위나라 사람이 자기 여동생인 선강을 죽이지나 않을까 하는 염려였다.

마침내 제양공은 여러모로 궁리한 끝에 비밀히 공손무지公孫無知를 불렀다.

"지금 삭은 우리 나라에 도망 와 있다. 그의 모친 선강은 과인의 여동생이라. 위나라 사람들이 혹 선강을 죽일지 모른다. 어떻든 선강이 죽지 않도록 해줘야겠다. 그런데 우리 나라엔 죽은 급자의 친동생 공자 석이 상처喪妻하고 오래 전부터 도망 와 있다. 그대는 공자 석을 선강과 함께 살도록 주선하여라. 그러는 것이 선강을 살릴 수 있는 길이다. 또한 삭이 다음날 다시 군위에 오르는 데도 도움이 될 것이다."

공손무지는 제양공의 지시를 받고, 공자 석을 데리고 위나라로 갔다. 공자 석은 본국으로 돌아가 역시 친형제간인 위후 금모와 만나 장형 급자를 추모하면서 서로 만단정화萬端情話를 나눴다.

공손무지는 위후와 모든 위나라 신하에게 공자 석을 선강과 함께 살도록 하라고 당부했다. 공손무지로부터 이 계책을 듣고 청상 과부 선강은 몹시 기뻐했다.

위나라 모든 신하들은 우선 제나라 뜻을 어기는 것이 두려웠다. 둘째는, 꼴보기 싫은 선강이 선군의 부인이란 명목 때문에 중궁의 위에 있는 것을 이런 기회에 깎아내릴 수 있다 해서 모두 무방하게 생각했다. 다만 멋도 모르고 공손무지와 함께 본국으로 돌아온 공자 석 당자만이 이 말을 듣고 펄쩍 뛰었다.

"부친이 데리고 살던 여자이며 맏형 급자의 신부였던 여자를 내가 어찌 데리고 살 수 있으리오. 부자간의 윤리로도 그럴 수 없다."

공자 석은 결연히 거절했다.

이에 공손무지는 공자 직을 찾아갔다.

"이 일이 이루어지지 않으면, 내 본국에 돌아가서 우리 임금께 보고할 말이 없소."

공자 직은 다만 제나라의 비위를 거스를까 두려웠다. 그는 제나라의 환심을 사려고 공손무지와 함께 계책을 꾸몄다.

어느 날 밤이었다.

공자 직은 크게 주안상을 차리고 공자 석을 초청했다. 질탕한 음악 소리는 그치지 않고 꽃 같은 여자들은 섬섬옥수로 술을 따라 공자 석에게 권했다. 공자 직은 계속해서 음식을 들여오게 했다. 이윽고 공자 석은 대취하여 쓰러져 코를 골았다. 이에 여러 사람들이 난데없이 나타났다. 그들은 곯아떨어진 공자 석을 업고 별궁으로 갔다. 그들은 공자 석을 선강의 방에다 눕히고 어디론지 사라졌다.

그날 밤 공자 석은 선강과 함께 잤다. 어둠 속에서 그는 그녀가 누군지도 모르고 취한 김에 관계를 맺었다. 해가 뜨고 공자 석도 눈을 떴다. 곁에 누워 있는 선강을 보고 그는 몹시 후회했다. 그러나 이젠 어쩔 도리가 없었다.

드디어 공자 석과 선강은 부부가 됐다. 그후 그들은 아들딸 다섯을 두었다. 그러나 장남 제자齊子는 일찍 죽었다. 차남은 대공戴公 신申이며, 삼남이 문공文公 훼燬이다. 딸 둘 중에 하나는 송환공宋桓公의 부인이 되었고, 다른 하나는 허목공許穆公의 부인이 되었다. 그러나 이것은 다 다음날의 이야기다.

사신史臣이 시로써 이 일을 탄식한 것이 있다.

며느리를 뺏어 아내로 삼고
자식은 서모를 데리고 살았으니 피장파장이다.
이제 이강의 아들이 선강과 함께 사니
원래 내려오는 집안 물정이라, 족히 이상할 것도 없다.
子婦如何攘作妻
子烝庶母報非遲
夷姜生子宣姜繼
家法源流未足奇

이 시는 지난날에 위선공이 그 아비의 첩 이강과 관계하여 급자
를 낳고, 이제 이강의 아들 공자 석이 또한 선강과 관계하여 아들
딸 다섯을 두었으니, 이는 대대로 물려받은 가법家法으로 신대新
臺의 갚음만이 아니란 뜻이다.

한편 제족祭足은 네 나라를 겨우 막아내고 대릉大陵에서 정나
라로 돌아갔다. 그러나 지난날의 임금 정여공이 역성에 있는 한
마음을 놓을 수 없었다. 그는 정여공을 무찔러버릴 계책만 생각하
고 있었다.

제족은 지난날 제가 원수를 갚겠다며 기기를 쳤을 때 정여공이
방해한 일이 있으므로, 제나라와 정여공 사이가 좋지 못한 것을
알고 있었다. 이번에도 정여공은 제와 손을 잡으려고 했지만 제는
송 · 노 · 채 · 위와 함께 협력하는 것을 거절했던 것이다.

제족은 속으로 생각했다. 이제 정여공은 달아났다. 그리고 새로 주공이 섰다. 이제야말로 정과 제가 서로 친선할 수 있는 기회라고 생각했다. 더구나 이번에 노환공이 제양공을 위해 주 왕실과의 혼사까지 보아줬다. 잘하면 서로 친한 제와 노까지도 자기편으로 끌어들일 수 있을 것이다.

제족이 정소공에게 계책을 아뢴다.

"제나라에 가서 친선을 맺고, 만일 노나라와도 우호를 맺게 되어 이 두 나라가 우리를 도와준다면, 가히 송나라 같은 것은 두려울 것이 없습니다."

제족은 정소공이 내어주는 많은 예물을 받아가지고 우선 제나라로 갔다.

옛말에 꾀 많은 자가 천 가지를 생각할지라도 반드시 한 가지 실수는 있다고 했다. 지혜 있고 꾀 많은 제족도 다만 정여공을 방비할 것만 생각했지, 바로 눈앞에서 고거미가 독한 계책을 꾸미고 있다는 건 몰랐다.

지금까지 고거미는 워낙 지혜 있고 꾀 많고 약은 제족을 두려워했다. 그래서 섣불리 일을 실천하지 못했다. 그는 제족이 제나라로 떠나가는 걸 보고, 소리 없이 빙그레 웃음지었다. 그는 비밀히 사람을 보내어 공자 미를 자기 집으로 모셔왔다.

겨울이 됐다.

정소공이 증제烝祭(겨울철에 올리는 제사, 곧 엽제獵祭)를 지낼 때가 됐다. 정소공이 제사를 지내러 가던 도중이었다. 갑자기 고거미의 부하인 자객들이 나타나 정소공을 에워쌌다. 마침내 자객들의 손에 정소공은 피투성이가 되어 죽었다.

즉시 고거미는 임금이 도적에게 맞아죽었다는 걸 선포하고 공자 미를 군위에 올려모셨다.

다음은 공자 미의 명으로 사람을 제나라로 보냈다. 제족을 즉시 데려오게 한 것이었다. 이리하여 고거미는 정나라 정권을 잡았다.

불쌍하구나, 정소공이여! 본국에 돌아온 지 3년이 못 되어 그는 역신逆臣 고거미의 손에 죽었다.

염옹이 『사기』를 읽다가 이를 논한 것이 있다.

정소공은 세자 홀忽로 있었을 때부터 이미 고거미가 흉측한 자란 것을 알았다. 더구나 정소공은 두 번이나 군위에 있으면서, 능히 그 흉측한 자를 없애버리지 못하고 스스로 재앙을 당한 것이다. 정소공은 우유부단한 성격이라고 할 수밖에 없다.

또 시로써 이를 탄식한 것이 있다.

나쁜 풀인 줄 알면 곧 뽑아버려야 하거늘
어찌 뱀과 범이 함께 살 수 있으리오.
내가 남을 제압 못하면 남이 먼저 나를 제압하나니
그 당시 정소공은 고거미를 잘못 알았도다.
明知惡草自當鋤
蛇虎如何與共居
我不制人人制我
當年枉自識高渠

그럼 앞으로 정나라 공자 미는 또 어찌 될 것인가. 뿐만 아니라 이 혼란무쌍한 천하는 장차 어찌 될 것인가.

음탕한 누이가 지아비를 죽이다

한편 제양공齊襄公은 정나라에서 온 제족祭足을 흔연히 영접했다. 제양공도 장차 사자를 정나라로 보내어 친선하려던 참이었다. 신하 한 사람이 들어와 아뢴다.

"그간 정나라에선 고거미가 소공昭公을 죽이고, 공자 미亹를 군위에 세웠다고 합니다."

이 말에 제족은 크게 놀라고 제양공은 분기충천했다. 생각대로 한다면 제양공은 곧 군사를 일으켜 정나라를 치고 싶었다. 그러나 머지않아 노환공魯桓公 부부가 오기로 되어 있었다. 그는 무엇보다도 노환공 부부를 만나야만 했다. 그래서 제양공은 군사를 일으키지 않았다. 제양공은 친히 노환공 부부를 영접하려고 낙수濼水로 갔다.

한편 문강文姜은 친정 나라인 제에서 사자가 영접을 오자, 또 오라버니 생각이 간절해서 노환공을 졸랐다.

"오래간만이니 친정에도 다녀올 겸 같이 가사이다."

아내를 사랑하는 노환공은 동행하기로 작정했다.

대부 신수申繻가 간한다.

"여자는 방에 있고, 남자는 집에 있는 것이 예부터 내려오는 제도입니다. 어떤 경우에도 서로 예를 어겨선 안 됩니다. 어기면 변란이 생깁니다. 여자가 한번 출가하면 부모가 살아 계셔야만 1년에 한 번씩 근친覲親가게 되어 있습니다. 더구나 부인은 친정에 부모도 안 계시는데, 오라버니에게 근친을 간다는 건 말이 안 됩니다. 우리 노나라는 예법을 숭상하는 나라입니다. 어찌 법에 없는 행차를 할 수 있습니까."

노환공이 웃으며 대답한다.

"과인이 이미 허락했으니 너무 예법만 따지지 마라."

노환공 부부는 신수가 간하는 것도 듣지 않고 함께 떠났다. 노환공 부부가 탄 수레가 낙수에 이르렀을 때다. 이미 제양공은 먼저 와서 기다리고 있었다. 그들은 서로 은근히 대하며 각기 다정한 인사를 나누고는 즉시 법가를 타고 출발했다.

그들은 제나라 도읍 임치臨淄에 이르렀다. 노환공은 주장왕周莊王의 명을 제양공에게 전했다. 그리고 그들은 혼사에 대해서 서로 의논하였다.

주의 왕희와 결혼하게 된 제양공은 이번 일을 주선해준 노환공에게 십분 감격했다. 잔치를 베풀고 노환공 부부를 크게 대접했다. 잔치가 파하자 제양공이 누이동생 문강에게 청한다.

"오래간만에 친정 나라에 왔으니, 옛날 궁빈宮嬪도 만나보고 싶겠지. 과인과 함께 궁으로 가자."

이리하여 제양공은 문강을 데리고 궁으로 갔다. 그러나 제양공이 미리 밀실을 만들어뒀을 줄이야 누가 알았으리오. 그들은 궁중 밀실에서 술상을 벌이고 정을 폈다. 그들은 서로 바라보며 권커니 잣거니 술잔을 들면서 각기 '네가 내 사랑을 받고자 원하는구나' 하고 생각했다. 드디어 그들은 천륜을 돌보지 않고 구차스런 짓을 했다. 사련邪戀에 둘러빠진 그들은 그날 밤을 궁에서 함께 유숙했다. 이튿날 해가 서 발이나 오르도록 그들은 서로 끼고 누워 있었다.

한편 노환공은 저사邸舍에서 싱겁게 하룻밤을 밝혔다. 노환공은 여러 가지 의심을 억제할 수 없었다. 그가 사람을 궁으로 보내며 말한다.

"네 가서 자세히 알아보고 오너라."

이윽고 그 사람이 제궁齊宮에 갔다 와서 보고한다.

"제후는 장가를 들지 않았기 때문에 비록 정비正妃는 없으나 편궁偏宮에 연씨連氏란 여자를 두었다는데, 그 연씨는 대부 연칭連稱의 종매從妹라 합디다. 그런데 강부인姜夫人은 어제 제후와 함께 궁으로 들어가, 다만 오랜만에 남매의 정을 펴고 있을 뿐이라고 합디다. 다른 궁빈들은 잘 보이지 않더이다."

노환공이 속으로 생각한다.

'필시 재미롭지 못한 일이 있었겠구나.'

그러나 그는 체면상 제의 내궁으로 들어가볼 수도 없었다. 그가 여러 가지로 의심하면서 동정만 기다리던 참이었다. 수행해온 신하가 들어와서 아뢴다.

"국모國母가 내궁에서 나오시나이다."

노환공은 문강이 들어서자 언짢은 안색으로 묻는다.

"지난밤 내궁에서 누구와 함께 술을 마셨느냐?"

문강이 대답한다.

"연비와 함께 마셨소이다."

"언제 술자리가 끝났느냐?"

"오래간만에 만났으므로 자연 얘기가 길어졌어요. 달이 분장粉 牆에 오른 걸 봤으니, 밤도 제법 깊었던 듯하외다."

"그때 당신 오라비도 함께 술을 마셨느냐?"

"우리 오라버니는 참석하지 않았소."

노환공이 빙그레 웃는다.

"서로 남매의 정을 나누고 싶었지만 다른 사람들이 있어서 안 온 게로구나."

문강이 새침해진다.

"누가 아주 안 왔대요. 술 먹는 동안에 잠시 오셨다가 한잔 권하시고 곧 가셨소."

"그럼 주석이 파한 후, 왜 내궁에서 나오지 않았느냐?"

"밤이 깊어 불편하기로 그냥 자고 왔지요."

"그럼 어디서 잤느냐?"

"왜 이렇게 까다롭게 물으시오. 내궁에 빈방이 허다한데 어찌 잠잘 곳이 없겠소. 첩은 어렸을 때부터 서궁西宮에서 자랐으므로, 옛날에 거처하던 방에서 잤소이다."

"왜 이렇듯 늦게 일어나 이제야 나왔느냐?"

"어젯밤에 술을 과도히 마셔서, 일어나 빗질하고 나오다 보니 이렇게 됐구려."

노환공이 계속 묻는다.

"누구와 함께 잤느냐?"

"궁녀들과 잤지요."

"네 오라비는 어디서 잤느냐?"

문강이 자기도 모르는 결에 얼굴을 붉히면서 대꾸한다.

"여동생이 오라버님 자는 곳을 어찌 안단 말이오. 참 별 우스운 소리를 다 듣겠네."

"그래, 뭣이 무서워서 오라비가 여동생 자는 것까지 지켜줬단 말이냐."

"그게 무슨 소리요?"

"자고로 남녀유별이다. 네, 궁중에 머물러 남매가 함께 잤다는 걸 과인은 이미 다 알고 있다. 거짓말 말아라."

문강은 연방 대꾸하면서도 부끄러움을 금할 수 없었다. 이윽고 문강은 갖은 넋두리를 다 하며 울었다. 그러나 역시 속으론 십분 부끄러웠다.

노환공은 제나라에선 더 어떻게 할 도리가 없었다. 분한 마음을 내색할 수도 없었다. 그는 즉시 제양공에게 사람을 보내어 귀국하겠다고 알렸다. 장차 그는 본국으로 돌아가서 다시 문강을 다스릴 요량이었다.

한편 제양공은 문강이 내궁에서 나간 후에도 마음을 놓지 못했다. 제양공이 심복인 역사 석지분여石之紛如를 불러 분부한다.

"너는 뒤따라가서, 노후 부부가 서로 무슨 소리를 하나 엿듣고 오너라."

얼마 후 석지분여가 돌아와 노환공 부부가 싸우던 일을 소상히 보고했다. 그 보고를 듣고서 제양공은 몹시 놀랐다.

"노후가 결국 알게 될 줄은 짐작했지만, 어찌 이렇듯 속히 탄로가 났을꼬."

조금 지나자 노환공이 보낸 사자가 들어왔다.

"우리 주공께선 귀국하겠다고 하십니다."

제양공은 일이 누설되어 노환공이 귀국하려는 것임을 곧 깨달았다. 그는 우산牛山에서 전송하는 잔치를 하기로 하고 사자를 보내어 노환공을 청했다. 노환공은 거절하기도 뭣해서 수행 온 신하를 거느리고 우산으로 갔다. 문강은 혼자 저사邸舍에서 속만 태웠다.

한편 제양공은, 첫째 문강을 데려올 수도 없었고, 둘째로 노환공과 원수가 되는 것이 무서웠다. 이럴 수도 저럴 수도 없어서 그는 공자 팽생彭生에게 지시했다.

"너는 잔치가 끝나거든 노후를 저사까지 전송하여라. 다만 노후의 생명은 돌아가는 도중에서 요정了定을 내야 한다."

공자 팽생은 지난날 기杞나라를 칠 때 노나라 군사의 화살을 맞고 죽을 뻔한 일이 있었기 때문에 항상 분개하고 있었던 만큼, 흔연히 응낙했다.

이날 우산 잔치는 참으로 성대했다. 노래와 춤이 끊일 새 없이 계속됐다. 제양공은 매우 은근한 표정을 지었다. 노환공은 머리만 숙이고 말이 없었다. 제양공은 모든 대부에게 술잔을 돌리게 했다. 또 궁아내시宮娥內侍에게도 분부했다.

"술 두루미를 받들고 꿇어앉아 노후께 잔을 권하여라."

노환공은 심사가 울적했다. 그래서 궁아들이 바치는 술잔을 잡히는 대로 받아 마셨다. 그는 술로 괴로운 심정을 씻으려 했다. 마침내 노환공은 부지중에 대취했다.

잔치가 파하고 떠날 때, 몹시 취한 노환공은 인사도 변변히 못했다. 공자 팽생은 노환공을 안아서 수레에 태웠다. 이윽고 수레는 떠났다. 공자 팽생은 노환공과 함께 수레 안에 있었다. 수레가 국문國門을 벗어나 한 2리쯤 달려갔을 때였다.

공자 팽생은 깊이 곯아떨어진 노환공을 노려봤다. 그리고 주먹으로 노환공의 옆구리를 힘껏 쥐어질렀다. 공자 팽생은 무서운 장수였다. 그의 주먹은 쇳덩어리나 다름없었다. 주먹 한 번에 노환공의 갈빗대는 으스러지고 오장이 터졌다.

"으아악!"

노환공은 크게 외마디 소리를 지르고 시뻘건 피를 쏟았다. 피는 수레 가득히 흘러내렸다. 공자 팽생이 수레 바깥을 내다보고 어자御者에게 분부한다.

"속히 수레를 돌려라. 노후가 과도히 취하사 음식에 중독된 듯하다. 속히 성으로 들어가 주공께 알려야겠다."

수행원들은 수레 안에서 일어난 사건을 짐작했다. 그러나 감히 입 밖에 내어 말하는 자가 없었다.

사신史臣이 시로써 이 일을 탄식한 것이 있다.

　남녀 사이는 항상 분명해야 하나니
　부부가 어찌하여 함께 국경을 넘어갔더냐.
　그 당시 신수가 간하는 걸 들었던들
　수레 안에서 목숨을 잃진 않았으리라.
　男女嫌微最要明
　夫妻越境太胡行
　當時若聽申繻諫
　何至車中六尺橫

제양공은 노환공이 갑자기 죽었다는 보고를 받고 슬픔을 가장하고 통곡했다. 그는 극진히 노환공을 염殮하고 즉시 입관시켰다. 그리고 사자를 노나라로 보내어 참혹한 소식을 알렸다. 동시에 상여를 호송하게 했다.

노환공을 따라 제나라에 갔던 신하들은 귀국하여 임금이 수레 안에서 맞아죽었다는 사실을 밝혔다. 대부 신수가 말한다.

"나라에 하루라도 임금이 없지 못할지라."

신하들은 세자(이름은 동同)를 받들어 상사喪事를 다스리기로 했다. 동시에 그들은 상거喪車가 오기를 기다려 즉위식을 거행하기로 했다.

공자 경보慶父의 자는 맹孟이다. 그는 노환공의 서출 장자였다. 공자 경보가 팔을 걷어붙이며 말한다.

"제후는 천륜을 어지럽혔소. 예禮 없는 그가 우리 군부를 살해한 것이오. 원컨대 나에게 융거戎車 300승만 내주오. 즉시 제나라를 쳐서 이 원수를 갚겠소."

대부 신수가 머리를 끄덕인다. 신수가 모사謀士 시백施伯과 비밀히 상의한다.

"지금 제나라를 쳐서 선군先君의 원수를 갚는 것이 어떻겠소?"

시백이 머리를 흔든다.

"이번 일은 뚜렷한 증거도 없거니와, 설혹 있다 할지라도 이웃 나라까지 소문을 널리 내는 것은 좋지 않소. 더구나 우리 노는 약하고 제는 강하오. 섣불리 쳤다가 도리어 이기지 못하면 우리의 수치만 더할 것인즉 그저 참는 것이 상책이오. 차라리 이번 사건에 대해서 제나라가 공자 팽생을 죽여 스스로 모든 나라에 변명하도록 일을 꾸밉시다. 잘만 하면 우리 뜻대로 제나라를 움직일 수 있을 것이오."

신수는 분노한 공자 경보를 겨우 진정시켰다. 그리고 시백에게 제나라로 보낼 국서를 작성하게 했다. 세자는 상주의 몸이므로 제외하고, 모든 대부의 명의로 작성한 국서를 제나라에 보냈다. 그리고 노환공의 상여를 영접하기로 했다.

한편 제양공은 노나라 사자가 바치는 국서를 받았다.

외신外臣 신수 등은 제후齊侯 전하께 절하고 올리나이다. 우
리 주공께서 천자의 명을 받고 감히 편히 있을 수 없어 귀국 혼
사를 의논하고자 떠나신 후 돌아오지 않으시니, 모든 백성들은
수레 안에서 변이 생긴 것이라 말하고 있습니다. 그 책임을 따
질 곳이 없어, 우리 나라는 천하 모든 나라 제후諸侯를 대할 면
목이 없게 되었습니다. 그러니 청컨대 군후는 팽생의 죄를 다스
리십시오.

제양공은 다 읽고 나서 즉시 사람을 보내어 공자 팽생을 궁중으
로 불렀다. 팽생은 공로를 자부하고 자못 거만스럽게 궁으로 들어
갔다. 제양공이 노나라 사자에게 여봐란듯이 언성을 높여 공자 팽
생을 꾸짖는다.

"노후께서 과도히 취하셨기에 과인이 너에게 잘 부축하여 수레
에 모시라고 했는데, 너는 어찌하여 잘 시중을 들지 않고 갑자기
세상을 떠나시게 하였느냐."

제양공은 다시 좌우 사람들을 돌아보며 분부한다.

"닁큼 저놈을 결박지어 시정에 끌어내다가 참하여라."

이 뜻밖의 소리에 공자 팽생이 큰소리로 저주한다.

"이놈, 말 듣거라! 여동생과 관계하고 매부를 죽인 놈이 누구
냐. 바로 네놈이다. 무도하고 혼암한 네가 이제 와서 도리어 나에
게 죄를 뒤집어씌우는구나. 내 이제 하는 수 없이 죽는다마는, 죽
은 후인들 어찌 무심할 수 있겠느냐. 반드시 귀신이 되어 네 목숨

을 얻으러 올 것이니 기다려라."

제양공은 차마 그 말을 들을 수 없어 두 손으로 양쪽 귀를 틀어막았다.

제양공은 공자 팽생을 죽이고 즉시 주장왕에게 사람을 보내어 감사하다는 뜻을 고하는 동시에 혼례 날짜를 통지했다. 일변 제양공은 많은 사람을 노환공 상여에 딸려 보냈다. 그러나 문강은 양심에 가책이 됐는지 노환공의 상여를 따라가지 않고 그냥 제나라에 머물렀다.

한편 노나라 대부 신수는 세자를 모시고 교외까지 나아가서 선군의 영구를 영접했다. 그리고 관 앞에서 예禮대로 세자는 상사를 다스린 후 군위에 올랐다. 그가 바로 노장공魯莊公이다.

신수, 전손생顓孫生, 공자 익溺, 공자 언偃, 조말曹沫 등 일반 문무 제신은 새로이 조정의 기강을 세웠다.

노장공의 서형庶兄 공자 경보와 서동생 공자 아牙, 친동생 계우季友도 다 국정에 참여했다. 또 신수는 임금에게 시백의 재주를 천거했다. 그래서 시백은 상사上士 벼슬을 받았다.

노나라는 그 이듬해 개원改元했으니, 이는 주장왕 4년 때의 일이었다.

노장공이 모든 신하와 함께 상의한다.

"제후는 장차 왕희王姬와 결혼한다. 우리는 그 혼사를 돌봐줄 수도 없고, 모르는 척할 수도 없게 됐다. 어찌하면 좋을꼬?"

시백이 아뢴다.

"우리 나라에 세 가지 수치가 있습니다. 주공은 아시나이까?"

노장공이 묻는다.

"세 가지 수치란 무엇이오?"

시백이 차근차근 아뢴다.

"선군이 비록 세상을 떠나셨지만, 지난날 형님인 은공隱公을 죽이고 군위에 올랐기 때문에 세상 사람들이 이에 대해서 다 좋게 말하지 않습니다. 이것이 한 가지 수치입니다. 다음은 선군 부인이 아직 제나라에서 돌아오지 않았기 때문에 많은 사람이 여러 가지로 욕을 먹고 있습니다. 이것이 둘째 수치입니다. 이제 제나라는 우리와 원수이며, 더구나 지금 주공께서는 상주의 몸으로 계시건만 제후의 혼사를 끝까지 봐줘야 하게 됐습니다. 곧 모르는 척하면 왕명을 거역하는 것이 되고, 그렇다 하여 원수의 혼사를 끝까지 봐주면 곧 우리는 천하 사람들의 웃음거리가 됩니다. 이것이 바로 세번째 수치입니다."

노장공이 몸을 앞으로 내밀며 묻는다.

"이 세 가지 수치를 어떻게 하면 면할 수 있소?"

시백이 아뢴다.

"사람의 미움을 받지 않으려면 반드시 먼저 자기가 아름다운 일을 해야 하며, 사람의 의심을 사지 않으려면 반드시 자기 자신부터 믿어야 합니다. 비록 돌아가신 선군께서 군위에 계셨지만 형님 은공을 죽이고 임금이 됐기 때문에 아직 주왕의 정식 인준을 못 받았습니다. 그러니 이번에 왕희가 하가下嫁하는 기회를 놓치지 말고, 주왕께 청하여 선군의 군위를 인정받으십시오. 그래야만 선군께선 아름답지 못한 누명을 저 세상에서나마 씻을 수 있습니다. 그러면 한 가지 수치는 덜게 됩니다. 다음은 선군 부인이 지금 제나라에 있으니 마땅히 사람을 보내어 예의로써 모셔오십시오. 그래야만 주공은 효도에 어그러짐이 없고 둘째 수치를 면할 수 있습니다. 다음은 왕희와 제후의 이번 혼사를 끝까지 맡아서 보아주느냐 거절하느냐 하는 문제가 남습니다. 참으로 이 일은 어려운 문제입니다. 그러나 어찌 사람이 하는 일에 계책이 없겠습니까."

노장공이 묻는다.

"그 계책을 말하오."

시백이 거침없이 대답한다.

"제나라로 시집가는 왕희를 위해서 관사館舍를 하나 교외에 지으십시오. 그리고 상대부上大夫를 시켜 일단 왕희를 그 관사로 영접한 후에 다시 제나라로 전송해 보내십시오. 그리고 주공께서는 상주의 몸이기 때문에 바깥출입을 못하는 중이라고 하십시오. 이러고 보면 위론 천자의 명을 거역한 것 없으며, 아래론 제나라 청을 거절한 것 없으며, 또 우리 나라는 우리 나라대로 체면을 유지하게 됩니다. 또 주공께서는 주공대로 상주로서의 예의에 어긋나지 않습니다. 이래야만 세 가지 수치를 면할 수 있습니다."

노장공이 찬탄한다.

"신수가 말하길 그대 지혜는 자기보다 뛰어나다고 하더니, 과연 참말이구나."

마침내 노장공은 시백이 시킨 대로 했다. 이에 노나라 사자 전손생은 주나라로 가서 주장왕에게 왕희를 모시러 왔다고 했다. 그리고 겸해서 청했다.

"불면黻冕과 규벽圭璧을 허락하사, 세상을 떠나신 우리 선군께서 저 세상에서나마 영화롭도록 하여지이다."

주장왕은 죽은 노환공에게 군위를 승낙하려고 노나라에 사람을 보내기로 했다. 주공周公 흑견黑肩이 청한다.

"신이 노나라에 갔다 오겠습니다."

"조정 일도 없지 않으니 경은 가지 마오."

주장왕은 허락하지 않고, 그 대신 대부 형숙榮叔을 노나라로 보냈다.

원래 주장왕의 동생 왕자 극克이 선왕의 총애를 받았다는 것은 이미 말한 바와 같다. 주공 흑견은 일찍이 선왕으로부터 임종 때 왕자 극에 대한 여러 가지 부탁을 받았던 것이다. 이를 아는 주장왕은 혹 흑견이 딴마음을 품고서 외국과 사사로이 손을 잡고 왕자 극을 위한 당을 만들지나 않을까 의심하고 노나라에 보내지 않았던 것이다.

흑견은 왕이 자기를 의심하는 걸 알고 그날 밤으로 왕자 극을 찾아갔다. 흑견과 왕자 극은 그날 밤에 앞으로 왕희가 출가하는 기회를 이용해서 동지를 규합하고 주장왕을 죽이기로 작정했다.

그러나 이 비밀은 대부 신백莘伯에 의해서 탄로났다. 신백이 주장왕에게 그 역모를 밀고했던 것이다.

그래서 흑견은 죽음을 당하고, 왕자 극은 쫓겨나 연燕나라로 달아났다. 이는 다 뒷날의 이야기다.

한편 전손생은 왕희를 모시고 노나라를 경유하여 제나라까지 데려다줬다. 그는 제나라에서 선군 부인 문강을 데리고 본국으로 돌아가야 할 사명까지 띠고 있었다.

제양공은 왕희와 혼례했다. 그러나 제양공은 여동생 문강을 노나라로 돌려보내기가 싫었다. 그러나 공론公論이 두려워서 하는 수 없이 허락했다. 이에 떠나는 문강과 보내는 제양공은 서로 소매를 잡고,

"부디 안녕히 있으라. 서로 또 만날 날이 있으리라."

하고 천만번도 더 말했다.

문강은 제나라를 떠나 노나라로 가면서도 첫째는 오라버니 제양공을 잊을 수 없었고, 둘째는 천륜을 어기고 의리를 저버렸으므로 시집에 돌아갈 면목이 없었다. 그래서 쉴 줄도 모르고 가기만하는 수레가 원망스러웠다. 어느덧 수레는 작禚 땅에 이르렀다.

문강은 깨끗한 행관行館이 길가에 서 있는 풍경을 내다보고 탄식했다.

"이곳은 노나라도 아니며 제나라도 아니다. 바로 내가 살 곳이구나."

문강은 따라온 사람들을 불렀다.

"너희들은 노후에게 가서 내 말을 전하여라. 이 미망인은 한적한 곳을 좋아하기 때문에 노궁으로 돌아가기가 싫다. 나는 죽은후에나 노나라에 돌아가겠다. 너희들은 돌아가서 지금 내가 말한대로 전하여라."

이 보고를 받고 노장공은 자기 어머니가 돌아올 면목이 없어 그러는 줄 알고, 축구祝邱 땅에다 좋은 집을 짓고 문강을 영접하여그곳에서 살게 했다. 이에 문강은 제나라와 노나라를 맘대로 왕래하며 세월을 보냈다. 노장공은 춘하추동으로 사람을 보내어 어머니 안부를 묻고 모든 일을 돌봐줬다.

후세 사관史官은 이 일을 다음과 같이 논평했다.

노장공과 문강의 관계를 논하기로 한다. 정리로서 말하면 자기를 낳아준 어머니이며, 의리로서 말하면 아버지를 죽게 한 원수이다. 그러므로 문강이 노나라에 돌아갔다면 도리어 난처한일이 많았을 것이다. 아들은 그 어머니가 제와 노 사이를 배회하게 두어뒀다. 그러므로 노장공은 겨우 부친과 모친에게 효도를 온전히 한 셈이다.

또 염옹이 시로써 이 일을 읊은 것이 있다.

남편을 죽이고 면목없어 작 땅에 머물면서
땅을 받고 제 · 노 두 나라 사이를 배회했도다.
만일 부끄러운 얼굴로 시집 나라에 돌아갔다면
노나라 임금은 어머니인 동시에 원수인 그녀를 어찌했을까.
弑夫無面返東蒙
禝地徘徊齊魯中
若使靦顔歸故國
親仇兩字怎融通

제양공이 자기 혼사까지 주선해준 매부 노환공을 죽였기 때문
에 백성들은 그를 무도한 임금이라고 비난했다. 제양공은 부끄러
움을 견딜 수 없어 즉시 왕희와 결혼했다. 그러나 백성들의 비난
은 그치지 않았다.

제양공은 어떻게 하면 민심을 수습할 수 있을까 하고 궁리했다.
이에 그는 천하에 의리 있는 일을 몇 가지 해서 세상 인심을 수습
하려고 생각했다.

그가 착안한 것은 정나라에서 임금을 죽인 사건과 위나라에서
임금을 몰아낸 사건이었다. 이야말로 큰 문제였다. 그러나 위나
라 공자 금모는 주장왕의 사위이며, 자기도 왕희와 결혼한 터이
라. 그러므로 그는 금모를 건드리는 것은 어느 모로나 이롭지 못
하다는 걸 알았다.

이에 그는 먼저 정나라 죄를 다스리는 것이 좋으리라고 생각했다. 반드시 각국 제후들도 자기를 두려워하고 후원할 것이라 믿었다.

그러나 군사를 일으켰다가 만일 정나라에 지는 날이면 이야말로 망신이며 낭패인 것이다. 그는 이리저리 궁리한 끝에 슬쩍 정나라에 사자를 보내어 국서를 정나라 자미子亹에게 바치게 하고, 수지首止 땅에서 서로 회견하고 동맹을 맺자고 청했다.

한편 정나라 자미는 제나라 국서를 받고 크게 반겼다.

"제후가 과인과 동맹을 맺자고 하니 앞으로 우리 나라는 튼튼하기 태산 같으리라."

그는 장차 고거미와 제족을 데리고 제양공과 회견하기 위해 수지로 갈 작정이었다. 그러나 제족은 이 낌새를 눈치채자 병들었다 핑계대고 생병을 앓으면서,

"신臣은 몸이 성치 못해서 꼼짝못하겠습니다."
하고 나가지 않았다.

어느 날 원번原繁이 제족의 집에 가서 묻는다.

"새 주공이 이번에 제후와 동맹을 맺으려고 떠나게 됐소. 그대는 마땅히 따라가서 보좌해야 할 것이오. 그런데 어찌하여 이러고 누워만 있소?"

제족은 찌푸리는지 웃는지 분간할 수 없는 표정을 짓는다.

"원래 제후는 날카롭고 잔인한 사람입니다. 큰 나라를 다스리고 있느니 만큼, 그는 항상 큰 야심을 품고 있지요. 더구나 우리 나라 선군 소공은 지난날 세자 때 제나라에 가서 쳐들어오는 오랑캐를 무찔러준 일이 있습니다. 그러니 제나라가 이번에 죽은 선군 소공의 생전 은혜를 잊을 리 있겠소. 곧 소공을 죽인 우리 나라의 지금 임금을 좋아할 리 없습니다. 더구나 큰 나라는 자고로 측량

할 수 없을 만큼 음흉한 법입니다. 그러므로 큰 나라가 자기네보다 못한 조그만 나라와 동맹을 맺자고 청할 때엔 반드시 간특한 계책이 있게 마련입니다. 내 생각엔 이번에 가기만 하면 임금과 신하가 다 도륙을 당할 것만 같습니다."

이 말을 듣자 원번이 다시 묻는다.

"그대 말처럼 된다면 이다음 정나라 주인은 누가 될까요?"

제족이 대답한다.

"이다음에 우리 정나라를 차지할 사람은 공자 의儀지요. 그는 임금과 서로 좋아하는 사이입니다. 지난날 선군 장공莊公께서도 생전에 그런 말을 하신 바 있지요."

원번이 웃으며,

"세상이 다 그대를 지혜 많은 사람이라고 하오. 참으로 그런지 아닌지 내 이번에 시험하리이다."

하고 돌아갔다.

한편 제양공은 수지 땅에서 정나라 자미와 회견할 날이 임박하자, 떠나기 전에 왕자 성보成父와 관지보管至父 두 장군을 불렀다.

"이번에 수지에 가거든 그대들은 각기 자객을 100여 명씩 거느리고 과인 곁을 지켜라."

그리고 제양공은 석지분여에게도 분부했다.

"그대는 항상 과인 바로 옆을 떠나지 말고 따라다녀라."

수일 후, 제양공은 신하들을 거느리고 수지로 갔다. 한편 정나라 자미는 고거미를 거느리고 수지에 당도했다. 이에 정나라 자미는 맹세하는 단 위에 올라가서 제양공과 서로 마주서서 예했다.

제양공의 총신寵臣 맹양孟陽이 피를 담은 그릇을 자미에게 바치며 무릎을 꿇고 청한다.

"피를 바르소서(고대엔 맹세할 때 희생의 피를 입술에 발랐다)."

이때 제양공이 맹양을 돌아보며 눈짓을 했다. 순간 맹양은 벌떡 일어났다. 그와 동시에 제양공은 번개같이 자미의 손을 움켜잡았다.

"귀국의 선군 소공은 어째서 죽었나요?"

자미는 너무나 뜻밖이어서 벌벌 떨며 대답도 못했다. 이에 고거미가 대신 대답한다.

"우리 선군은 병환으로 세상을 떠났습니다. 군후는 어찌하사 번거롭게 그런 걸 물으십니까."

제양공이 싸느랗게 비웃는다.

"과인은 소공이 증제烝祭 올리러 가다가 도중에서 도적에게 맞아 죽었다고 들었는데, 어찌 병이라 하느냐."

고거미가 태연히 대답한다.

"원래 한질寒疾이 있으신 터에 또 도적을 만나 놀라서 갑자기 세상을 떠났습니다."

제양공이 다시 다잡아 묻는다.

"소공이 행차했을 때 반드시 경비가 삼엄했을 텐데, 도적들이 무슨 재주로 침범했을꼬?"

고거미가 천연덕스러이 대답한다.

"은연중 적자嫡子와 서자庶子 사이에 전부터 파쟁이 있었습니다. 각기 사사로운 당이 있어 그들이 기회를 노리고 쳐들어왔습니다. 그러니 아무도 막을 도리가 없었습니다."

"그럼 그후 도적들을 잡았느냐?"

"오늘날까지 각방으로 수탐하고 있으나 아직 종적을 찾지 못했습니다."

제양공이 분기탱천하여 큰소리로 호령한다.

"도적이 지금 바로 눈앞에 있는데 다시 뭣을 찾는단 말이냐! 네 국가의 벼슬에 있는 놈이 사사로운 원한으로 임금을 죽이고, 그러고도 뻔뻔스레 과인 앞에서 함부로 주둥이를 놀리느냐. 과인이 오늘날 너의 선군을 위해서 원수를 갚으리라. 장사야! 쾌히 이놈을 잡아내려라."

고거미는 변명할 여가도 없었다. 석지분여는 범처럼 달여들어 고거미의 팔을 비틀어올리고 결박했다. 이를 보고 자미가 머리를 조아리며 애걸한다.

"저는 이 일에 전혀 관계한 바 없습니다. 다만 고거미가 한 짓입니다. 목숨만 살려주십시오."

제양공이 자미를 노려보며 호령한다.

"너는 이번 일이 고거미의 소행이란 걸 번연히 알면서도 그 죄를 다스리지 않았구나. 네 여러 말 할 것 없다. 스스로 지하에 가서 변명하여라."

제양공은 손을 쳐들었다.

동시에 왕자 성보와 관지보는 자객 100여 명을 거느리고 일제히 단 위로 뛰어올라갔다. 100여 개의 칼이 자미의 몸을 난자했다.

즉석에서 피투성이가 되어 죽어자빠진 자미를 보고 정나라 수행관들은 파랗게 질렸다. 누가 감히 손을 놀릴 수 있으리오. 그들은 일시에 다 흩어져 달아났다.

이에 제양공이 고거미에게 말한다.

"보아라. 너희 임금이 죽어 자빠졌다. 너는 오히려 살기를 바라느냐!"

고거미가 대답한다.

"내 스스로 나의 중한 죄를 모르는 바 아니다. 잔말 말고 어서 죽여라."

제양공이 웃으며 대답한다.

"내 너를 한칼에 죽이겠으나, 천하에 옳지 못한 자들을 훈계하기 위해 우리 나라로 데리고 가 남문南門에서 거열車裂하겠다."

거열이란 수레 다섯 대에다 죄인의 머리와 사지를 비끄러매고 수레를 끄는 소를 매질하여, 다섯 수레가 일시에 각기 움직이면 죄인의 목과 사지와 몸이 다섯 조각으로 찢어지는 형벌이다. 세속에서 말하는바 오우분시五牛分屍란 것으로, 중형重刑 중에서도 극형에 속하는 것이다. 제양공은 자기의 이번 의거를 널리 모든 나라 제후에게 선전하기 위해서 일부러 이런 극형을 쓰기로 한 것이다.

이리하여 고거미는 제나라에 끌려가 남문에서 참혹한 죽음을 당했다. 이에 제양공은 고거미의 목을 남문 높이 걸게 하고 방까지 써서 붙이게 했다.

임금을 죽인 역신逆臣의 목을 보아라.

그는 이렇게 방을 써붙이게 하고, 일변 사람을 시켜 자미의 목과 시체를 동곽東郭 밖에 끌어다 묻도록 했다. 그리고 사자를 정나라로 보냈다.

제나라 사자가 정나라에 가서 제양공의 말을 전한다.

"항상 주 왕실은 역적하는 신하에 대해서 형벌을 내리심이라. 너희 나라 고거미가 주모하고 소공을 죽인 후 제 맘대로 선군의 서동생 자미를 세웠기에, 과인은 그동안 정나라 선군을 조상하지 못해서 항상 통분했다. 이제 정나라를 위해 그들을 잡아 죽였으니, 너희들은 새로이 임금을 세우고 우리 제나라와 다시 우호를 맺도록 하여라."

제양공의 말은 흡사 천자의 분부처럼 거만했다. 이날 원번은 거듭 찬탄했다.

"과연 제족은 앞날을 미리 아는 사람이구나. 내 그와 견줄 수 없도다."

이에 정나라 모든 대부는 새로 임금 세울 일을 상의했다. 이때 숙첨叔詹이 의견을 말한다.

"지난날 임금으로 계셨던 여공이 지금 역성에 있소. 그를 모셔 오면 어떻겠소?"

제족이 반대한다.

"망해서 달아난 임금을 다시 모실 순 없소. 이는 거듭 종묘를 욕되게 하는 짓이오. 공자 의儀를 군위에 모시는 것이 좋으리이다."

이에 원번이 또한 찬성해서 결정을 보게 되었다.

드디어 모든 대부는 진陳나라에 도망가 있는 공자 의를 영접해 와서 군위에 모셨다. 제족은 상대부가 되고, 숙첨은 중대부가 되고, 원번은 하대부가 됐다.

자의子儀는 즉위하자 나랏일을 제족에게 맡기고, 백성을 사랑하고, 모든 것을 수리하고, 사자를 제 · 진 모든 나라에 보내어 수호修好했다. 또 그는 해마다 초나라에 공물을 바치다가 그후로 초나라의 속국이 됐다. 이러는 바람에 정여공은 기회를 노릴 수 없어 모든 희망이 수포로 돌아갔다.

귀신을 만난 제양공

제양공齊襄公이 왕희王姬를 모셔와서 혼례를 지낸 것은 이미 앞에서 말한 바다.

원래 주周 천자天子의 딸 왕희는 천성이 정정유한貞靜幽閒했다. 왕희는 제나라로 시집온 지 얼마 안 되어 제양공이 음탕무도하다는 걸 알았다. 비록 궁에 있을망정 왕희는 제양공과 그 여동생 문강의 관계도 짐작했다.

왕희가 탄식한다.

"천륜과 이치를 모르는 사람이다. 어찌 금수禽獸와 다를 것 있으리오. 내 불행하여 사람 같지 못한 자에게 시집을 왔구나. 이것이 나의 운명인가."

왕희는 홀로 속을 썩이다가 마침내 병이 났다. 시집온 지 불과 1년이 못 되어 그녀는 세상을 떠나고 말았다. 제양공은 왕희가 죽은 이후로 더욱 기탄없이 굴었다. 그는 항상 문강을 생각했다. 사냥 간다는 것이 유일한 핑계였다. 가고 싶으면 언제나 작 땅에 가서 문강이 있는 축구祝邱로 사람을 보냈다. 비밀히 문강을 데려와서 밤낮없이 음탕한 짓만 했다. 그러면서도 제양공은 문강의 아들인 노장공을 항상 두려워했다.

그는 마침내 병력을 노나라에 과시하기 위해 친히 군사를 거느리고 조상 대대로 원수인 기杞나라를 쳤다. 제나라 군사는 순식간에 기나라 병邴·진鄑·오鄑 세 고을을 둘러뺐다. 제양공은 다시 기나라 휴성酅城으로 진군했다. 그리고 기후杞侯에게 사람을 보냈다.

제양공의 사자는 기후에게 추상같이 분부했다.

"속히 항서降書를 올리시오. 만일 듣지 않고 지체하면 기나라는 씨〔種〕도 손孫도 없이 망할 것이오."

이 말을 듣고, 그날 기후는 그 부인 백희伯姬와 함께 심히 탄식했다.

"제와 우리는 원수간이라. 원수의 뜰〔庭〕에 끌려가 무릎을 꿇고 애걸할 순 없다. 그러니 부인은 글을 보내어 노나라에 원조를 청해보오."

원래 기후의 부인 백희는 노나라에서 출가해온 사람이었다. 기나라 사자는 백희의 글을 가지고 노나라로 원조를 청하러 떠나갔다.

이 소문을 듣고 제양공은 즉시 노나라를 위협하기로 했다. 그는 모든 나라에 다음과 같은 글을 보냈다.

어떤 나라고 간에 기杞를 원조하면 과인은 먼저 군사를 옮겨 그 원조하는 나라부터 치겠노라.

한편 노장공은 기후의 부인 백희의 글을 받았다. 노장공은 즉시 사자를 정나라로 보내어 함께 기나라를 돕자고 청했다. 그러나 정백鄭伯 자의子儀는 역성에서 정여공이 아직도 기회만 있으면 쳐들어올 기세였으므로 군사를 보낼 수 없었다. 그래서 정나라는 사자를 노나라에 보내어 협력할 수 없다는 사정을 전했다. 노장공은 혼자서 기나라를 도울 순 없었다. 동시에 보기 싫은 제를 무찌를 만한 힘도 없었다. 노장공은 군사를 거느리고 활滑(정나라 지역 가까이 있는 나라)까지 갔다. 그러나 제나라 위세에 눌려 겨우 사흘만에 다시 본국으로 돌아갔다.

한편 기후는, 노나라 군사가 도우러 오다가 도중에서 돌아갔다는 보고를 받고 만사를 단념했다. 기후는 성과 처자를 그 동생 영계嬴季에게 부탁하고 조상 사당〔祖廟〕에 가서 통곡했다.

그날 밤, 기후는 성문을 열고 어디론지 달아나버렸다. 그후 기후는 어디로 갔는지, 어디서 죽었는지 모른다.

영계가 모든 대부에게 묻는다.

"나라가 망하는 것과 조상을 제사지낼 수 있는 것과 어느 쪽이 더 소중하오?"

모든 대부가 대답한다.

"조상에게 봉제사奉祭祀할 수 있는 것이 더 소중합니다."

"기나라 종묘를 유지할 수 있다면 내 어찌 적에게 무릎을 꿇는 것을 아끼리오."

드디어 영계는 항서를 썼다. 그 내용은 제나라 외신外臣이 되겠다는 것과 그저 종묘나마 모실 수 있게 해달라는 애원이었다. 제양공은 기나라 항서를 받고 영계의 청을 허락했다. 이에 영계는 제양공에게 나라 토지와 호구戶口를 다 바쳤다.

제양공은 기나라 판도版圖를 손아귀에 넣고 다만 종묘 곁 토지

30호만 돌려줬다. 곧 추수해서 제사나 지내는 데 쓰라는 것이었다. 이제 영계는 한갓 묘주廟主에 지나지 않았다. 이리하여 대대로 내려오던 기나라는 마침내 제나라 손에 망했다.

나라는 망하고 남편은 어디론지 가버렸기 때문에 백희는 몹시 놀라고 상심한 나머지 얼마 후 세상을 떠났다. 제양공은 백희를 일국一國의 부인夫人에 대한 예로써 정중히 장사지냈다. 곧 노나라에게 은근히 아첨한 것이었다.

이때, 죽은 백희의 여형제에 숙희叔姬란 여자가 있었다. 원래 숙희는 언니인 백희를 따라 노나라에서 함께 기후에게 시집온 사람이었다(고대엔 여형제가 함께 한 남편을 섬기는 일이 많았다).

제양공은 노나라에 대해서 병력을 은연중 과시하는 동시 간접적이나마 위협도 했고, 원수간인 기나라도 손아귀에 넣었으므로, 다시 노나라에 대해서 친절을 보이고자 숙희를 친정인 노나라로 돌려보내려 했다. 그러나 숙희는 의연히 거절했다.

"대저 부인의 의리는 시집가면 남편을 따르는 법이다. 그러니 내 살아서는 영씨의 부인이 되고 죽으면 영씨의 귀신이 될 뿐이라. 이를 버리고 내 어디로 돌아가리오."

제양공은 이 소문을 듣고 수절하려는 숙희를 더 어떻게 할 수 없었다. 수십 년이 지난 후 숙희는 한 많은 세상을 떠났다.

사관史官이 시로써 숙희를 찬한 것이 있다.

세상은 갈수록 풍기문란해서
음탕한 풍속만 전했도다.
제후는 그 여동생과 문란하고

시아버지는 신대에서 며느리를 눌렀도다.
짐승 같은 행동과 마음이었으니
천륜은 망하고 법은 무너졌음이라.
그러나 그녀는 조그만 나라의 첩으로서
남편을 잃고도 절개를 변치 않고
오히려 시집 나라 종묘를 지키며
친정 나라에 돌아가지 않았도다.
훌륭하구나 숙희여!
옛 절개 높던 부인과 같도다.

世衰俗敝

淫風相襲

齊公亂妹

新臺娶媳

禽行獸心

倫亡紀佚

小邦妾媵

失郎從一

寧守故廟

不歸宗國

卓哉叔姬

柏舟同式

　　제양공이 기나라를 무찔러 없애버린 것은 주장왕周莊王 7년 때
일이었다.
　　바로 그해에 초나라 초무왕楚武王 웅통熊通은 수후隨侯가 조례

하러 오지 않았다 해서 몹시 노했다. 그는 군사를 일으켜 수隨나라를 치러 갔다.

그러나 초무왕 웅통은 수나라에 이르기 전에 도중에서 병으로 세상을 떠났다. 그는 임종을 앞두고 영윤令尹• 벼슬에 있는 투기鬪祈와 막오莫敖• 벼슬에 있는 굴중屈重을 불렀다.

"내 죽거든 군중軍中에 나의 죽음을 알리지 마라. 수나라를 쳐 이긴 연후에 내가 죽었다는 것을 세상에 알려라. 이번 싸움에 지장이 될까 두렵다."

그러므로 그들은 왕이 죽었다는 것을 발표하지 않았다. 초군은 사잇길로 진군했다. 그들은 마침내 수나라 성을 공격했다. 수나라는 도저히 신흥 국가인 초를 막아낼 도리가 없었다. 수는 즉시 사자를 보내어 강화를 청했다. 이에 초나라 장수 굴중은 왕명을 받았노라 속이고, 성으로 들어가서 수후와 동맹을 맺었다.

초군은 군사를 돌려 한수漢水를 건넌 후에야 비로소 초무왕 웅통이 세상을 떠났다는 것을 공표하고 발상發喪했다. 이에 웅통의 아들 웅자熊貲가 즉위했다. 그가 바로 초문왕楚文王•이다.

한편 제양공이 기나라를 무찔러 없애버리고 개선해 돌아오는데 문강은 도중까지 나가서 그 오라버니를 영접했다.

그들은 수레를 나란히 타고 축구 땅에 이르렀다. 그들 남매는 마치 양국 군후가 서로 대할 때 베푸는 그런 예로써 크게 잔치를 차리고 서로 술잔을 권커니 잣거니 즐기었다. 또한 문강은 제나라 군사를 배부르게 대접했다.

그리고 그들은 다시 작 땅으로 갔다. 낮엔 함께 마시고, 밤엔 함께 자면서 작별할 줄 몰랐다. 이윽고 문강은 오라버니 제양공의 뜻을 받아 아들인 노장공에게 작으로 오라는 서신을 보냈다.

한편 노장공은 서신을 받고 어머니 문강이 부르는데 그냥 있을 수 없다 해서 작 땅으로 갔다. 문강은 아들 노장공으로 하여금 외삼촌을 대하는 예로써 자기 오라버니 제양공을 뵙게 했다. 그리고 기나라 백희를 후장厚葬해준 데 대한 감사의 뜻도 드리게 했다. 노장공은 어머니 분부를 어길 수 없다 해서 일일이 시키는 대로 순종했다. 절 받고 칭찬까지 듣자 제양공은 크게 기뻐했다. 그래서 제양공은 노장공을 융숭히 대접했다.

이때 제양공에게 새로 출생한 딸 하나가 있었다. 문강은 아들인 노장공에게 내실內室이 튼튼해야 한다면서 그 갓난아기와 서로 혼인하도록 명했다. 노장공은 한동안 대답도 못했다.

"아직 젖도 떼지 못한 갓난아기가 아닙니까. 또한 연척緣戚간이 아닙니까. 소자의 배필은 아닌가 합니다."

이 말을 듣자 문강은 즉시 노기를 부렸다.

"너는 어미의 친정 식구를 비양하느냐?"

제양공도 이것만은 좀 당황하지 않을 수 없었다.

"서로 나이가 지나치게 틀리니 좀 어렵겠지."

문강이 오라버니에게 대꾸한다.

"한 20년만 기다리면 될 텐데 뭘 그러시오. 그때 혼인해도 늦지 않소. 지금 혼사라도 정해둡시다."

제양공은 그저 여동생 문강의 비위를 거스르지 않으려고 승낙했다. 또 노장공도 어머니 명령을 감히 어길 수 없다 해서 정혼했다.

서로 정혼하고 보니 그들은 외삼촌과 생질 사이일 뿐만 아니라 겸하여 장인과 사위 사이가 됐다. 그러다 보니 그들은 서로 친밀해졌다. 이리하여 제양공과 노장공은 고금에 보기 드문 친한 사이가 됐다. 그들은 수레를 함께 타고 작 땅의 들을 달리면서 사냥했다.

노장공의 활솜씨는 대단했다. 빗나가는 일이 없었다. 제양공은 한바탕 칭찬했다. 노장공은 기쁨을 참지 못해서 노상 웃고만 있었다. 노나라 백성들이 그 꼴을 보고 손가락으로 노장공을 가리키며 말한다.

"저건 우리 전 임금님의 진짜 자식이 아니다."

그중 한 사람이 노장공에게 가서 이 말을 고자질했다. 노장공은 분을 참지 못했다. 좌우 사람으로 하여금 그 백성을 잡아오게 했다. 노장공은 잡혀온 그 백성을 친히 칼로 쳐죽였다. 제양공도 그 백성을 죽인 것은 마땅하다고 칭찬했다.

후세 사신史臣은 노장공에겐 어미만 있고 아비가 없다고 했다. 그는 부친이 원통하게 죽은 것을 생각하지 않고 도리어 원수를 섬긴 것이다. 또 사신이 노장공을 비웃은 시가 있다.

> 수레 안에서 부친이 맞아죽은 지도 여러 해건만
> 도리어 원수와 함께 하늘 아래서 즐기도다.
> 백성이 진짜 자식이 아니라고 한 것도 무리는 아니니
> 그는 이미 원수를 장인으로 삼고 혼인을 정했도다.
> 車中飮恨已多年
> 甘與仇讐共戴天
> 莫怪野人呼假子
> 已同假父作姻緣

문강은 오라버니 제양공과 아들 노장공이 함께 사냥한 후로 더욱 기탄없이 굴었다. 문강은 언제고 생각만 있으면 제양공과 함께 방防 땅에서 만나고, 혹은 곡穀 땅에서 만났다. 어떤 때는 바로 제

나라 도성에 가서 공공연하게 머물렀다. 그들은 엄연한 부부나 다름없었다. 이에 제나라 백성들이 재구載驅란 노래를 지어서 불렀다. 그것은 제양공을 비난한 노래였다.

　　말발굽 소리도 가벼이 달리는데
　　대로 만든 문과 붉은빛 가죽을 입힌 그 수레는 참 아름답기도
하네.
　　노나라 길은 탄탄한데
　　문강은 오라버니와 만나려고 저녁때부터 출발하네.
　　수레를 이끄는 네 마리 말은 미끈하고
　　드리워진 말굴레는 곱기도 하네.
　　노나라 길은 탄탄한데
　　제후는 누이동생과 만나려고 기꺼이 달리네.
　　제와 노 두 나라 사이를 흐르는 문수汶水는 유유하고
　　길 가는 사람 보는 사람 많기도 많네.
　　노나라 길은 탄탄한데
　　그들은 전혀 부끄러운 줄을 모르네.
　　문수는 유유히 흐르고
　　길 가는 사람은 많기도 하네.
　　노나라 길은 탄탄한데
　　그들은 태연히 함께 즐기네.
　　載驅薄薄
　　簟茀朱鞹
　　魯道有蕩
　　齊子發夕

四驪濟濟
垂轡濔濔
魯道有蕩
齊子豈弟
汶水湯湯
行人彭彭
魯道有蕩
齊子翱翔
汶水滔滔
行人儦儦
魯道有蕩
齊子遊敖

　또 백성들은 폐구敝笱란 노래를 지어서 불렀다. 그것은 문강을
비난한 노래였다.

　고기 잡는 통발이 부서져 징검다리에 있으니
　그 큰 고기를 막을 수 없네.
　문강이 시집올 때는
　그 뒤를 따르는 자가 구름 같았네.
　고기 잡는 통발이 부서져 징검다리에 있으니
　마침내 그 큰 고기를 막지 못했네.
　문강이 시집올 때는
　그녀를 따르는 자가 비 오듯 했네.
　이제 고기 잡는 통발은 부서져 징검다리에 있으니

그 큰 고기가 맘대로 드나드네.

문강은 시집왔으나

그녀를 따르는 자도 물처럼 흥청거리네.

敝笱在梁

其魚魴鰥

齊子歸止

其從如雲

敝笱在梁

其魚魴鱮

齊子歸止

其從如雨

敝笱在梁

其魚唯唯

齊子歸止

其從如水

구筍란 것은 고기 잡는 그릇이다. 폐구는 찢어지고 부서진 통발이란 뜻이다.

또한 능히 큰 고기를 막지 못했다는 것은, 노장공이 문강의 음탕한 소행을 막지 못하고, 그녀를 따르는 자의 출입마저 금하지 못했다는 것을 비유한 말이다.

그후 제양공은 작 땅에서 문강과 즐기다가 본국으로 돌아갔다. 이때 망명 생활을 하는 위후衛侯 삭朔이 제양공을 영접하며 청한다.

"기나라를 없애버리고 개선하신 큰 공을 치하합니다. 청컨대 언제면 이 몸을 위해 우리 위나라 금모도 무찔러주시겠습니까?"

제양공이 웃으며 대답한다.

"이제 주나라 왕회도 세상을 떠났으므로 걸릴 것이 없으나 다만 여러 제후들과 연합하지 않고는 거사하기 어렵다. 과인이 곧 각국에 통지하여 연합군을 조직하리라."

위후 삭은 칭사稱謝하고 물러갔다.

수일 후 제양공은 송·노·진陳·채 네 나라로 사자를 보냈다. 함께 위나라를 치고 위혜공衛惠公 삭을 다시 위나라 군위君位에 올려세우자는 것이었다.

그 격문에 하였으되,

하늘이 위나라에 재앙을 내리사 역적하는 신하 예洩와 직職을 내놓으셨습니다. 그들이 제 맘대로 임금을 폐위시키고 새로 임금을 세웠기 때문에, 그후 위후가 우리 제나라에 도망온 지도 어언 7년이 됐습니다. 과인이 어찌 한땐들 마음이 편안할 수 있으리오. 그러나 국내에 일이 많아서 즉시 위나라를 치지 못했을 따름입니다. 다행히 이제 한가한 틈을 타서 나라의 전력을 기울여서라도 모든 군후의 뒤를 따르고자 합니다. 여러 나라 군후께선 위후를 도와 위나라 임금 자리를 뺏은 자부터 쳐주십시오.

이때는 주장왕 8년 겨울이었다. 제양공은 병거 500승을 거느리고 위후 삭과 함께 먼저 위나라 국경으로 갔다. 동시에 네 나라 군후도 각기 군사를 거느리고 모여들었다. 그 사로四路의 제후는, 송민공宋閔公 첩첩捷과 노장공 동同과 진선공陳宣公 저구杵臼와 채애공蔡哀公 헌무獻舞였다.

한편 위나라 위후는 다섯 나라 군사가 쳐들어온다는 보고를 받고 즉시 공자 예와 공자 직과 함께 상의하고 대부 영궤寧跪를 급히 주 왕실로 보냈다.

영궤는 주에 가서, 주장왕에게 고했다.

"지금 다섯 나라가 신의 나라로 쳐들어오고 있습니다. 천자께선 우리 위를 도와주소서."

주장왕이 모든 신하에게 묻는다.

"누가 짐을 위해 위를 구할 테냐?"

주공周公 기보忌父와 서괵공西虢公 백개伯皆가 아뢴다.

"지난날 우리 왕실이 정나라를 치다가 위엄을 손상한 후로, 모든 나라 제후諸侯는 왕실의 명령을 잘 순종하지 않습니다. 이제 제후齊侯 제아諸兒는, 지금 위후로 있는 금모가 왕희의 부군夫君인데도 불구하고 무찌를 작정입니다. 더구나 그들은 옛 임금을 복위시키겠다는 대의명분을 내걸고 있습니다. 그러니 다섯 나라 연합군을 당적할 수 없습니다."

이때 좌반左班 중 맨 밑자리에서 한 사람이 일어나 외친다.

"두 분 말씀은 옳지 못합니다. 다섯 나라는 다만 강할 뿐입니다. 그들의 하는 짓이 어째서 명목이 선다고 합니까."

모든 신하는 그 사람을 돌아봤다. 그는 바로 하사下士 자돌子突이었다.

주공이 대답한다.

"한 나라 제후가 나라를 잃었으매, 다른 모든 나라 제후가 그를 도와 다시 그 나라 군위에 올려세우려는 것이니, 어째서 명목이 서지 않으리오."

자돌이 말한다.

"금모는 이미 왕께 품품稟하고 군위에 올랐습니다. 그러므로 공자 삭을 폐위시킨 것은 마땅한 일입니다. 그런데 지금 두 분께서는 왕명보다도 제후들의 하는 짓이 도리어 더 명목이 선다고 말하고 계십니다. 자돌은 참으로 그 뜻을 이해하지 못하겠습니다."

이에 괵공이 차근차근 사리를 따져 대답한다.

"자고로 병사兵事란 것은 중대한 일이라. 자기 힘을 모르고 함부로 움직여서는 안 되오. 우리 왕실이 쇠약해진 지도 이미 오래됐소. 지난날 정나라를 쳤을 때 선왕은 군중軍中에서 축담祝聃의 화살까지 맞았소. 이제 2대째 되었지만 우리는 아직도 그러한 정나라 죄목 하나도 다스리지 못하는 형편이오. 이제 다섯 나라 군사로 말할 것 같으면 정나라보다 열 배나 더 강하오. 외로운 우리 군사가 위나라 하나를 돕기 위해서 다섯 나라와 싸운다면 이는 계란으로 돌을 치는 것과 다를 것이 없소. 그저 위엄만 손상될 뿐이지 무슨 이익이 있으리오."

자돌이 분연히 말한다.

"천하 모든 일은 이치가 힘을 이겨야 합니다. 힘이 이치를 이긴다면 이는 변괴올시다. 이치는 왕명에 있습니다. 힘은 한때 강하냐 약하냐 하는 것뿐입니다. 그러므로 천고千古의 승부가 다 이치에 있음이라. 만일 이치를 업신여기고 뜻을 얻고자 할 때에 한 사람이라도 일어나 그 잘못을 따지지 않는다면, 무릇 천고의 시비도 이로 인해 뒤죽박죽이 될 것입니다. 이러고서야 제공諸公들은 무슨 면목으로 왕조에서 경사卿士라는 벼슬에 앉아 있습니까."

괵공은 대답을 못했다. 주공이 불쾌한 기색으로 대꾸한다.

"만일 위나라를 돕기 위해 우리가 군사를 일으킨다면 그대가 능히 그 일을 맡겠느냐?"

자돌이 대답한다.

"구벌지법九伐之法(주周 시대 법으로 천자가 제후를 토벌하는 아홉 가지 경우를 말한 것. 『대재례大戴禮』엔 明九伐之法 以震威之라 했다)은 사마司馬(주대周代 육경六卿의 하나로 병권兵權을 장악한 직위)의 직책입니다. 돌突은 벼슬이 낮고 재주가 없어서 중책을 맡을 만한 사람이 못 되옵니다. 그러나 아무도 안 간다면 돌이 죽음을 두려워 않고 원컨대 사마 대신 가서 싸우겠습니다."

주공이 꾸짖듯 눈을 부라린다.

"네 능히 위나라를 구할 수 있다고 다짐을 두겠느냐?"

자돌이 의외란 듯이 대꾸한다.

"돌이 군사를 거느리고 떠나려는 것은 이치가 반드시 이긴다는 그 신념 때문이옵니다. 문文, 무武, 선宣, 평平 모든 선왕의 왕령王靈에 힘입어 의리로써 그들을 타이르겠습니다. 다섯 나라가 스스로 잘못을 뉘우치면 그것은 왕실의 복이지 돌의 공은 아니옵니다."

이때 대부 부신富辰이 말한다.

"자돌의 말이 참으로 장하오. 천자께선 돌을 보내사 우리 왕실에도 사람이 있다는 것을 천하에 알리십시오."

주장왕이 결심하고 영궤에게 말한다.

"그대는 즉시 본국으로 돌아가 짐이 원조하기로 결심했다는 것을 알려라."

영궤가 떠난 지 수일 후 드디어 왕군은 위나라를 돕기 위해 출발했다. 그러나 왕군은 초라하기 짝이 없었다. 그것은 까닭이 있었다. 주공과 괵공이 자돌이 혹 성공하고 돌아오지나 않을까 하고 시기하여 겨우 병거 200승만 내줬던 것이다. 그러나 자돌은 이미 각오한 바 있어 그들과 따지지 않고 태묘太廟에 고하고 떠났다.

한편 다섯 나라 군사는 이미 위나라 성 아래 이르러 맹렬한 공격을 집중했다. 이에 위나라 공자 예와 공자 직은 날마다 성 위에 올라가 왕군이 속히 와서 포위를 풀어주기만 고대했다. 그러나 주나라 자돌의 미약한 군사로써 어찌 다섯 나라 군사를 당적할 수 있으리오.

이윽고 왕군은 위나라에 당도했다. 자돌은 도저히 다섯 나라를 상대할 수 없었다. 그는 거느리고 온 미약한 군사를 휘몰아 다섯 나라 대군 속으로 무작정하고 쳐들어갔다. 다섯 나라는 왕군이 왔대서 주저하진 않았다.

드디어 피비린내 나는 싸움이 시작됐다. 그러나 자돌이 거느리고 온 200승의 병거는 화로에 눈 녹듯이 전멸했다.

자돌이 길이 탄식했다.

"왕명을 받들고 내 이제 싸워서 죽는다만 다행히 충의忠義의 귀신이 되겠구나."

그는 적군 수십 명을 죽인 후에 칼로 목을 찌르고 자결했다.

염옹이 시로써 자돌을 찬한 것이 있다.

비록 미약한 군사를 거느리고 성공은 못했으나
왕명을 천하에다 뚜렷이 밝혔도다.
의를 위해 용맹했으니 이 참다운 남아라
성공과 실패로써 영웅을 논하지 마라.
雖然隻旅未成功
王命昭昭耳目中
見義勇爲眞漢子
莫將成敗論英雄

성을 지키던 위나라 군사는 왕조의 군사가 여지없이 패하는 걸 보고선 제각기 달아났다. 드디어 제나라 군사가 맨 먼저 위나라 성 위로 올라갔다. 네 나라 군사가 그 뒤를 계속해서 올라갔다. 다섯 나라 군사가 성문을 열었다. 그들은 위나라 임금이던 공자 삭을 떠받들고 성안으로 들어갔다.

한편 공자 예와 공자 직은 영궤와 함께 패잔병을 거느리고, 그들이 섬기던 위나라 임금 금모를 모시고 달아났다. 그들은 황망히 달아나다가 바로 노나라 군사와 만났다. 한바탕 싸웠으나 공자 예와 공자 직과 금모는 노군에게 사로잡히고 말았다. 영궤만이 겨우 구사일생으로 빠져 달아났다. 영궤는 길이 탄식하고서 진秦나라로 망명했다.

한편 노장공은 세 공자를 사로잡아 위나라로 넘겼다. 그러나 위나라는 감히 결정을 내리지 못하고 다시 그들을 제나라로 넘겼다. 제양공은 즉시 도부수刀斧手에게 명하여 공자 예와 공자 직을 참했다.

공자 금모만은 자기와 같은 주장왕의 사위라서 죽이지 않았다. 그는 금모를 주周 천자에게로 돌려보냈다.

마침내 위후衛侯 삭은 장엄히 울리는 종소리와 북소리 속에서 다시 임금 자리에 올랐다. 그리고 위후 삭은 부고에 있는 많은 금옥金玉을 제양공에게 바쳤다.

제양공이 말한다.

"이번 싸움에 노후는 위나라 세 공자를 사로잡았다. 그 공로가 적지 않도다."

제양공은 위후 삭으로부터 받은 금옥 중에서 그 반을 노장공에게 나눠줬다. 그리고 제양공이 분부하듯 말한다.

"여러 나라가 이번에 다 같이 힘썼소. 송 · 진 · 채 세 나라에도 섭섭지 않을 만큼 정표情表를 하오."

위후 삭은 하는 수 없이 많은 뇌물을 또 세 나라에 각각 바쳤다. 이리하여 제 · 노 · 송 · 진 · 채 다섯 나라는 위나라 뇌물을 받고 각기 본국으로 돌아갔다. 이는 주장왕 9년 때 일이었다.

제양공은 왕군 자돌을 무찔러 죽이고, 위나라 임금으로 있던 금모를 주나라로 쫓아버리고 나서는, 주장왕이 분격해서 자기를 치러 오지나 않을까 하고 속으로 은근히 걱정했다. 이에 그는 대부 연칭連稱으로 장군을 삼고 관지보管至父로 부장을 삼아, 그들에게 군사를 주어 규구葵邱 땅에 가서 동남편 길을 지키게 했다.

연칭, 관지보 두 장수가 떠나면서 제양공에게 묻는다.

"변방을 지킨다는 것은 특히 어려운 일이지만 신들은 감히 싫다 하지 않고서 떠납니다. 언제면 만기가 되어 돌아올 수 있습니까?"

제양공은 마침 참외를 먹고 있었다.

"음! 지금이 한창 참외가 익는 무렵이라. 내년에 참외가 다시 익을 무렵엔 마땅히 교대할 사람을 보내리라. 그때에 그대들은 돌아오너라."

두 장수는 그 말을 듣고 군사를 거느리고 변경 지대 규구 땅으로 갔다.

연칭, 관지보 두 사람이 규구에 이르러 변방을 지킨 지 어느덧 1년이 지났다.

어느 날, 졸병들이 두 장수에게 참외를 바치며 말한다.

"참외가 익었기에 맛이라도 보시라고 따왔습니다."

두 장수가 참외를 먹으면서 중얼거린다.

"참외가 익으면 교대할 사람을 보내고, 우리를 불러들이겠다고 하셨는데 어째 소식이 없을까?"

"주공이 사람을 보내지도 부르지도 않는구나. 지난번 약속을 잊지나 않았을까. 우리 쪽에서 사람을 한번 보내보는 것이 어떨까요?"

두 장수가 심복 부하를 불러 부탁한다.

"네 비밀히 가서 언제면 교대가 올 것인지 염탐하여 오너라." 하고 보냈다. 그리고 눈이 빠지게 기다렸다. 마침내 염탐 갔던 부하가 다녀왔다. 그들이 들은 말은 너무나 뜻밖이었다.

"주공께서는 곡성穀城에 가서 문강과 함께 갖은 재미를 보신다고 합니다. 그리고 벌써 한 달이 지났건만 아직 돌아오시지 않았다고 합니다."

이 말을 듣고서 연칭은 분기가 솟았다.

"왕희께서 세상을 떠나신 후 더욱 여동생과 즐기는 모양이구나. 무도한 혼군昏君은 윤리도 돌보지 않고 외방에서 날마다 음탕한 짓만 한단 말이지. 우리를 이런 변방에다 버려두고 생각조차 않는 모양이다. 내 마땅히 그놈을 죽이지 않고는 그냥 두지 않으리라."

연칭이 관지보에게 청한다.

"그대는 나의 한 팔이 되어 나를 도와주오."

관지보가 대답한다.

"참외가 익으면 교대를 보내겠다고 한 것은 임금이 우리에게 친히 약속한 바라. 혹 그동안에 임금이 그 약속을 잊었는지도 모르오. 교대를 보내달라고 한번 청하는 것이 좋을까 하오. 청해도 허락하지 않으면 군사들도 주공을 원망할 것이오. 그때에 일을 일으켜도 늦지 않으리이다."

연칭이 머리를 끄떡인다.

"그 말이 좋소."

두 장수는 사람을 제양공에게 보내어 참외를 바쳤다. 그 심부름 간 사람이 참외를 제양공에게 바치며 아뢴다.

"이렇게 참외가 익었습니다. 변방에 있는 우리 군사를 불러들이시고 교대할 군사를 보내주소서."

이 말을 듣고 제양공이 발칵 화를 낸다.

"교대를 보내고 안 보내는 것은 과인의 뜻에 있다. 너희들은 어찌하여 주제넘게 청하기까지 하느냐. 내년에 참외가 다시 익을 때까지 기다려라."

그 사람은 돌아가서 연칭에게 사실대로 보고했다. 연칭은 이를 갈며 제양공을 저주했다. 그가 관지보에게 묻는다.

"앞으로 대사를 일으키지 않을 수 없소. 어떤 계책을 써야 좋겠소?"

관지보가 천천히 대답한다.

"대저 일을 일으키려면 반드시 새로이 임금으로 올려앉힐 만한 사람부터 떠받들고 나서야 성공합니다. 지금 공손무지公孫無知는 누군고 하니 바로 공자 이중년夷仲年의 아들이지요. 선군 희공僖公은 이중년과 동복 형제간이므로 그 동생 이중년을 사랑하셨지요. 따라서 선군은 이중년의 아들인 무지도 지극히 총애하사, 어렸을 때부터 궁중에서 자라나게 했고, 더구나 의복과 모든 절차까지도 세자와 차별을 두지 않았습니다. 그러던 것이 선군께서 세상을 떠나시고 지금 임금이 즉위한 후로부터 무지의 신세는 점점 적막하게 됐소. 그때만 해도 무지가 궁중에 있었는데, 하루는 지금 임금인 세자와 함께 씨름을 했소. 그때 무지가 단번에 배지기로 지금 임금을 메어꽂았으므로 그때부터 지금 임금은 무지를 싫어하기 시작했소. 하루는 무지가 대부 옹름雍廩과 함께 진리에 대해서 서로 입다툼을 한 일이 있었지요. 그때 지금 임금은 무지를 공손하지 못하다 꾸짖고 밖으로 몰아냈소. 그후로 무지의 벼슬을 점점 깎아내렸소. 공손무지는 지금 불후한 처지에 있습니다. 그런 후로 무지는 가슴 깊이 한을 품었지요. 그는 매양 난을 일으키려고 궁리했지만 도와주는 사람이 없었소. 그러니 우리가 만일 일을 시작하려면 무지와 비밀히 내통하고 안팎으로 호응하면 성공할 수 있을 것이오."

연칭이 몇 번이고 머리를 끄떡이면서 묻는다.

"그 기회를 언제쯤 잡아야 할까요?"

관지보가 침착한 어조로 대답한다.

"지금 임금은 용병하길 좋아하며, 또 사냥을 좋아하오. 한번 모진 범이 굴에서 나오기만 하면 그까짓 것을 잡는 데 무슨 어려울 것이 있으리오. 그가 외출했다는 소식만 오면 바로 때는 온 것이오. 그 기회를 놓치지 맙시다."

원래 연칭은 연비連妃의 오라버니였다. 그는 뭣을 생각한 듯 연방 머리를 끄떡이면서 말한다.

"내 여동생이 궁중에 있지만 임금의 사랑을 잃은 지가 하 오래되어서 늘 원한을 품고 있소. 내가 무지에게 나의 여동생과 함께 계책을 꾸미도록 부탁하리이다. 그러면 임금이 외출할 때를 기다려 그들은 즉시 우리에게 연락할 것이오. 이렇게 안팎으로 짜고서하면 실수가 없을 것이오."

그들은 심복 부하를 불러 서신을 내주고, 공손무지에게 전하도록 보냈다. 그 서신 내용은 다음과 같았다.

　어지시도다. 공손께선 선군으로부터 적자嫡子와 다름없는 총애를 받으셨습니다. 그러나 공손께선 이제 벼슬이 떨어지고 불행한 처지에 계시기 때문에, 길 가는 사람들도 세상에 이럴 수가 있느냐고 다 동정하고 있습니다. 더구나 임금은 음탕한 데 둘러싸여 있습니다. 정령政令도 뒤죽박죽이외다. 우리는 오래도록 변방을 지키고 있으나 참외가 익어도 교대를 보내지 않아서 삼군이 다 분노하고 장차 난을 일으킬 작정입니다. 만일 공손께서 기회 보아 일을 도모하신다면 저희들은 견마지성犬馬之誠을 다하여 새 임금으로 추대하겠습니다. 저의 여동생이 궁에 있으나 총애를 잃고 지금 원한에 사무쳐 있다는 것은 세상이 다 아는 바입니다. 하늘이 공손을 도우려고 저의 여동생을 내놓으심인가 합니다. 기회를 잃지 마소서.

공손무지는 서신을 보고 매우 기뻤다. 즉시 답장을 썼다.

　하늘이 음탕무도한 사람을 미워하사 장군의 속마음을 펴게 하심이라. 보내주신 사연을 감사하는 동시에 때가 오면 즉시 보답하리이다.

공손무지는 변방에서 온 사람에게 답장을 주어 보냈다. 동시에 공손무지는 시녀를 비밀히 연비에게 보내어 연칭의 서신을 보이게 했다. 그 시녀가 연비에게 말한다.

"공손무지께서 말씀하시기를 만일 일이 성공하는 날엔 마님을 부인으로 삼겠다고 하시더이다."

이 말을 듣고 연비는 기쁨을 참을 수 없었다. 그녀는 즉석에서 협력할 것을 쾌락했다.

이때가 주장왕 11년 겨울 10월이었다.

고분姑棼이란 들에는 패구貝邱란 산이 있고 날짐승과 네발짐승들이 많았다. 제양공은 전부터 사냥할 만한 곳이란 걸 알고 있었다. 제양공은 미리 도인비徒人費에게 수레와 사냥하는 데 필요한 물품을 준비하게 하고 다음달에 패구산貝邱山으로 사냥하러 떠난다는 것을 일러두었다.

이 말은 즉시 연비의 귀에 들어갔고, 연비는 곧 궁인을 공손무지에게 보내고 그 정보를 서신으로 알렸다. 즉시 공손무지는 사람을 밤낮없이 달리게 하여 이 소식을 규구에 있는 연칭과 관지보 두 장수에게 알렸다. 그리고 11월 초순에 일제히 거사하기로 약속했다. 공손무지의 서신을 받고 연칭이 웃으며 말한다.

"임금이 사냥하러 떠나면 나라 안이 텅 빌 것이오. 우리는 군사를 거느리고 즉시 도성으로 들어가서 공손을 군위에 올려모십시다."

관지보가 머리를 조용히 흔든다. 그리고 차근차근 말한다.

"임금과 친한 이웃 나라들이 있습니다. 우리는 그걸 생각해야 하오. 만일 임금이 이웃 나라 군사를 청해서 거느리고 쳐들어오면 어떻게 당적하겠소. 그러니 일을 아니 하면 모르되 이왕 시작할 바에야 먼저 군사를 고분 땅 벌판에다 매복시킵시다. 우선 어리석은 임금부터 죽여야 합니다. 그런 연후에 공손을 즉위시키는 것이 만전지책萬全之策•일 것 같소."

연칭은 관지보의 계책에 연방 머리를 끄떡였다.

규구 땅에 있는 군사는 오랫동안 외방을 지켰기 때문에 다들 고향을 그리워했다. 연칭은 모든 군사에게 비밀히 전령傳令을 내렸다. 각기 건량乾糧을 준비하고 장차 패구산으로 가자는 지시였다.

이 지시를 받고 모든 군사는 기뻐했다.

11월이 됐다. 제양공은 수레를 타고 패구산으로 사냥하러 갔다. 그는 역사 석지분여石之紛如와 사랑하는 신하 맹양孟陽의 무리만 거느리고 대신급은 한 사람도 데리고 가지 않았다.

시종하는 사람들의 어깨와 팔마다 길들인 매가 앉아 있었다.

사냥개를 이끄는 사람도 무수했다.

제양공은 고분 벌판에 이르렀다. 그곳엔 원래부터 이궁離宮이 하나 있었다. 그는 이궁에서 하루를 놀았다. 그곳 백성들이 술과 고기를 가지고 왔기 때문이었다.

제양공은 모든 시종들과 함께 백성들이 바친 술과 고기를 먹으며 하루를 지내고, 이튿날 수레에 올라 패구산으로 향하였다.

수목은 빽빽이 들어섰고 덩굴은 하늘을 가릴 듯 휘감겨 참으로 울울창창했다.

제양공이 높은 둔덕 위에서 수레를 멈추고 명을 전한다.

"사냥을 시작하되 먼저 불을 놓아 숲을 태워라. 그리고 산을 에워싼 후 매와 개를 풀고, 또 활로 쏘아 남김없이 짐승을 잡도록 하여라."

바람은 미친 듯 불고 불길은 맹렬히 타올랐다. 연기와 함께 시뻘건 불이 하늘까지 태워버릴 듯 치솟으며 흩어진다. 여우와 토끼들은 동쪽으로 달리다 서쪽으로 도망하느라고 이곳저곳에서 번뜩였다.

바로 이때였다.

이상야릇한 괴물이 뛰어나왔다. 큰 멧돼지 한 마리가 달려나오는데 실은 멧돼지가 아니었다. 소같이 생겼는데 뿔이 없었다. 범 같기도 했으나 얼룩덜룩한 무늬가 없었다. 벌겋게 타오르는 숲 속에서 뛰어나온 그 괴물은 제양공이 있는 높은 둔덕을 향하여 치올라갔다. 모든 사람은 그 괴물을 뒤따라 올라가면서 연방 활을 쐈다. 그 괴물은 제양공의 거가 앞에 이르러 쪼그리고 앉았다. 이때 맹양이 제양공 곁에 있었다. 제양공이 맹양을 돌아보며 분부한다.

"너는 나를 위해 속히 이 멧돼지를 잡아라."

그러나 맹양이 크게 놀라 부르짖는다.

"이건 멧돼지가 아닙니다. 바로 지난날에 죽은 공자 팽생彭生입니다."

제양공이 분을 내며 꾸짖는다.

"팽생이라니? 죽은 놈이 어찌 감히 내 앞에 나타난단 말이냐?"

그는 맹양의 활을 뺏어 친히 그 멧돼지를 쐈다. 그러나 화살 세 대를 연거푸 쐈건만 괴물은 맞지 않았다.

보라! 괴물은 앞발을 들고 꼿꼿이 일어섰다. 사람처럼 걸어다니면서 방성통곡했다. 그 울음소리는 너무나 애달프고 처량했다. 그 제야 제양공은 머리끝이 쭈뼛하고 뼈 속에서 찬바람이 일어나고 눈앞이 아찔했다. 동시에 제양공은 수레 위에서 굴러떨어졌다. 땅바닥에 쓰러지는 순간 제양공의 왼발이 헛나가면서 사문구絲文屨 신발 한 짝이 저만큼 나가떨어졌다. 괴물은 벗겨져 나간 신발을 콱 물고 달리기 시작했다. 괴물은 어디로 갔는지 없어졌다.

염옹이 시로써 이 일을 읊은 것이 있다.

지난날 노환공은 수레 안에서 맞아 죽고
오늘날 제양공은 수레 안에서 귀신을 보았도다.
억울하게 죽은 팽생이 원귀로 나타난 건데
제양공은 쓸데없이 활만 쐈도다.
魯桓昔日死車中
今日車中遇鬼雄
枉殺彭生應化厲
諸兒空自引雕弓

도인비徒人費와 모든 시종은 쓰러진 제양공을 안아서 수레 안에 눕혔다. 즉시 사냥을 중지하고 그들은 이궁離宮이 있는 고분으로 돌아갔다. 이궁에서 제양공은 겨우 정신을 차렸다. 눈앞이 어지럽고 가슴만 뛰었다. 이때 군중軍中에서 이경二更을 알리는 북소리가 났다. 제양공은 왼발이 몹시 아팠다. 이리저리 몸을 뒤척이며 잠을 이루지 못했다. 제양공이 이맛살을 잔뜩 찌푸리면서 맹양에게 분부한다.

"너는 나를 부축하여라. 내 천천히 걸어보겠다."

그러나 신발 한 짝이 없었다. 제양공이 쓰러졌을 때 모든 사람은 황급해서 신발 한 짝이 없는 것도 몰랐었다.

"왜 과인의 신 한 짝이 없느냐? 속히 도인비를 불러들여 물어보아라."

도인비가 들어와서 아뢴다.

"주공의 신은 그 멧돼지가 물고 갔습니다."

제양공은 이 말을 듣자 노기등등했다.

"네놈은 과인을 따라왔으면서 신발이 다 있는지 없는지도 몰랐느냐? 그 흉악한 짐승이 물고 갔다면 왜 일찍 아뢰지 않았느냐?"

제양공은 친히 가죽 매를 들어 사정없이 후려갈겼다. 도인비의 등에서 피가 뚝뚝 떨어졌다. 그러나 제양공은 매질을 멈추지 않았다. 도인비는 모진 매를 맞고 눈물을 머금고서 이궁 문을 나갔다.

이때 마침 연칭은 부하 몇 사람을 거느리고 이궁의 동정을 살피러 오던 중이었다. 그들은 앞에서 오는 도인비를 보자 불문곡직하고 달려들어 결박했다. 연칭이 묻는다.

"무도한 혼군昏君은 지금 어디 있느냐?"

도인비가 대답한다.

"침실에 있소."

"누워 있느냐?"

"아직 일어나 있소."

연칭은 더 묻지 않고 칼을 뽑아 도인비의 목을 참하려 했다. 도인비가 애원한다.

"나를 살려주오. 내 마땅히 먼저 들어가서 그대들의 앞잡이가 되겠소."

"어찌 네 말을 믿을 수 있으리오."

"이 결박을 풀어주오. 내가 얼마나 혹독하게 매를 맞았나 보여드리겠소. 나는 그 흉악한 놈을 죽이고 싶소."

결박을 풀어주자, 도인비는 웃옷을 벗고 돌아섰다. 연칭은 도인비의 등이 온통 피투성이인 걸 보고서야 그 말을 믿었다.

도인비는 연칭과 내응하기로 약속하고 다시 이궁 쪽으로 갔다. 연칭은 즉시 관지보를 부르고 함께 군사를 거느리고 이궁으로 갔다.

한편 도인비는 먼저 이궁에 이르러 나는 듯이 문안으로 들어갔다. 마침 그는 역사 석지분여와 만났다.

"큰일났소. 지금 난데없이 연칭이 나타나 반란을 일으켰소."

그리고 그는, 깜짝 놀라 어리둥절하는 석지분여를 돌아보지도 않고 제양공의 침실로 달려갔다. 도인비가 제양공에게 고한다.

"지금 연칭이 쳐들어옵니다. 상감은 속히 피하십시오."

이 말에 제양공은 몹시 놀랐다. 그는 어쩔 바를 몰라 쩔쩔맸다. 도인비가 재촉한다.

"일이 몹시 급합니다. 한 사람만 가짜 상감이 되어 침상에 누워 있게 하십시오. 그리고 상감은 문 뒤에 숨으십시오. 그들이 창졸간에 구별하지 못하면 혹 재앙을 면할 수 있습니다."

곁에서 맹양이 아뢴다.

"신은 항상 분수에 넘는 은총을 받았습니다. 원컨대 이 몸이 상감을 대신하오리다. 어찌 감히 죽음을 아끼리이까."

즉시 맹양은 제양공을 대신해서 침상에 누웠다. 그리고 그는 이불을 이끌어 자기 얼굴을 덮었다.

제양공은 친히 비단 도포[錦袍]를 벗어 누워 있는 맹양 위에 덮어줬다. 그리고는 쥐새끼처럼 지게문 뒤에 숨으면서 묻는다.

"너는 장차 어찌할 테냐?"

도인비가 대답한다.

"신은 석지분여와 함께 힘을 다해서 도적을 막겠습니다."

제양공이 묻는다.

"네 등이 아프지 않느냐?"

"상감을 위해서라면 죽음도 피하지 않겠습니다. 그까짓 등 좀 맞은 것이 무슨 대단할 것 있습니까."

제양공이 탄식한다.

"그대는 참으로 충신이다."

이에 도인비는 석지분여에게 명하여 모든 사람과 함께 중문中門을 지키라고 했다. 그리고 도인비는 홀로 예리한 칼을 가슴에 품었다. 그는 영접하는 체하면서 연칭을 찔러 죽일 작정으로 걸어 나갔다.

한편 모든 반란군은 이궁 대문으로 쳐들어갔다. 연칭이 칼을 비껴들고 앞장섰다. 관지보는 나머지 군사를 거느리고 문밖에 숨어 있었다. 혹 뜻밖의 변이라도 일어나면 대비하려는 것이었다.

도인비는 연칭이 부하를 거느리고 가까이 오는 걸 노려봤다. 참으로 적의 기세는 만만치 않았다. 도인비는 더 기다릴 여가가 없다고 생각했다.

순간 도인비는 달려나가 그들을 영접하는 체하면서 칼을 뽑아 번개같이 연칭을 찔렀다.

그러나 어찌 된 일인가? 칼이 연칭의 배에 들어가질 않았다. 누가 알았으랴. 연칭은 속에 두꺼운 갑옷을 입고 있었다.

순간 도리어 연칭은 한칼에 도인비의 팔을 베었다. 다시 연칭의 칼이 번쩍이었다. 순간 도인비는 목을 잃고 이궁 대문 앞에 쓰러졌다.

이번엔 석지분여가 달려나왔다. 그는 창을 높이 들고 연칭과 싸웠다. 싸운 지 10여 합에 연칭은 점점 앞으로 나아갔다. 석지분여는 점점 뒷걸음질을 쳤다. 석지분여는 돌계단에 발이 걸려 한편으로 쏠렸다. 그 순간 내리치는 연칭의 칼 아래 석지분여는 죽어자빠졌다.

연칭은 부하들을 거느리고 풍우같이 침실로 들어갔다. 시위侍衛하던 것들은 제각기 다 달아났다.

화문방장花紋房帳 안에서 한 사람이 비단 도포를 덮고 침상에 누워 있었다. 연칭의 칼이 싸늘한 빛을 그으며 떨어진다. 순간 누워 있는 사람의 목이 침상 밑으로 굴러떨어졌다.

연칭은 촛불을 들고 그 목을 굽어봤다. 나이가 너무 어리고 또 수염이 없었다. 연칭이 부르짖는다.

"이건 그놈이 아니다!"

그는 부하들과 함께 방 안을 뒤졌다. 그러나 제양공의 자취는 보이지 않았다.

촛불을 들고 사방을 뒤지던 연칭은 문득 걸음을 멈췄다.

지게문 난간 아래 사문구 한 짝이 놓여 있었다. 비로소 연칭은 지게문 뒤에 누가 숨어 있지 않나 하는 생각이 들었다. 만일 사람이 숨었다면 제양공일 것이다.

연칭은 지게문을 벌컥 잡아당겼다. 어리석은 임금 제양공은 뻰 다리가 아파서 잔뜩 쭈그리고 앉아 벌벌 떨고 있었다.

참 이상한 일이었다.

제양공의 발엔 사문구가 한 짝밖에 신겨져 있지 않았다. 그러면 연칭이 본 지게문 난간 아래에 놓인 사문구 한 짝은 낮에 괴물이 물고 달아났던 바로 그것이었을 것이다.

그럼 그 괴물이 물고 간 신이 어째서 지게문 난간 아래 놓여 있었을까? 분명 원한을 머금은 귀신이 한 짓이었을 것이다. 어찌 두렵지 않으리오.

연칭은 제양공을 지게문 밖으로 끌어내서 발길로 찼다. 제양공은 뜰 아래로 굴러떨어졌다. 연칭이 죄목을 들어 꾸짖는다.

"네 이놈, 내 말 듣거라! 너는 해마다 군사를 일으켜 싸움만 일삼고 백성을 못살게 굴었다. 이는 어질지 못하기 때문이다. 또 선군의 유명遺命을 저버리고 공손무지를 냉대했다. 이는 불효한 때문이다. 오라비로서 여동생과 거리낌없이 음락했다. 이는 예가 없기 때문이다. 멀리 변방을 지키는 군사를 생각하지 않고 참외가 익으면 교대를 보낸다던 기약을 지키지 않았다. 이는 신의가 없기 때문이다. 너는 인仁과 효孝와 예禮와 신信, 네 가지 덕을 다 잃었다. 어찌 사람이라 할 수 있으리오. 내 이제 노환공을 위해 원수를 갚으리라!"

명령을 내리자 연칭의 부하들은 벌떼처럼 달려들어 제양공을 네 동강이로 끊어 죽였다. 그들은 침상 위의 이불로 네 동강이가 난 제양공의 시체를 쌌다. 그러고는 맹양의 시체와 함께 지게문 아래에다 끌어 묻었다.

제양공은 군위에 오른 지 겨우 5년 만에 죽음을 당했다. 후세 사관이 이를 논평한 것이 있다.

제양공은 평소 대신들을 멀리하고 보잘것없는 무리와 친했다. 비록 석지분여와 맹양과 도인비 등이 평소에 입은 은혜 때문에 혼란 중에서도 죽음을 두려워 않고 쾌히 목숨을 버렸으나 어찌 충신 대절大節이라 할 수 있으리오. 연칭과 관지보는 변방을 지키다가 교대를 보내주지 않는다 해서 난을 일으키고 주공을 죽였으나, 이는 제양공의 죄악이 이미 가득 차 하늘이 두 사람의 손을 빌려 그를 죽인 것이다. 특히 지난날 팽생은 형을 받을 때,

"내 죽어 귀신이 되어서라도 네 생명을 뺏겠다."

하고 부르짖었다. 드디어 원혼이 큰 멧돼지 같은 괴물로 나타났은즉, 이 또한 우연한 일이라 할 수 없다.

또한 염옹이 시로써 도인비, 석지분여 등의 죽음을 읊은 것이
있다.

주공을 위해 목숨을 버리는 것은 충성이지만
도인비와 석지분여는 천추에 이름을 남기지 못했다.
만일 못된 임금을 따라서 죽은 자까지 다 충신이라고 한다면
이 세상은 충신 열사가 너무 많아서 탈일 것이다.
捐生殉主是忠貞
費石千秋無令名
假使從昏稱死節
飛廉崇虎亦堪旌

또 시로써 제양공을 탄식한 것이 있다.

숲에 불을 지르고서 임금은 죽게 되는데
난데없이 큰 멧돼지 같은 괴물이 나와 미쳐 날뛰도다.
죄악이 가득하면 죽지 않는 자 없으니
뭣이고 착한 일을 위해선 주저하지 마라.
方張惡焰君侯死
將熄兇威大豕狂
惡貫滿盈無不斃
勤人作善莫商量

연칭과 관지보는 군사를 정돈하여 제나라로 돌아갔다.
이때 공손무지는 미리 사병私兵을 모으고 기다리다가 제양공이

죽었다는 소식을 듣고는, 사병을 거느리고 성문을 열고 나가서 연칭·관지보 두 장수를 영접해들였다.

두 장수는 지난날에 선군 제희공에게서 공손무지를 임금으로 모시라는 유명을 받았노라 선포하고 공손무지를 군위에 올려모셨다.

이에 공손무지는 지난날 언약한 대로 연비를 자기 부인으로 삼았다.

이리하여 연칭은 정경正卿˙이 되어 국구國舅라 호號하고, 관지보는 아경亞卿˙이 됐다.

모든 대부는 외면상 반열班列에 들긴 했으나 마음으론 그들을 좋아하지 않았다. 다만 옹름만이 지난날 공손무지와 함께 진리를 다투던 일을 사죄하고 무릎을 꿇고 아첨하는 체했다. 그래서 무지는 그를 용서하고 대부로 삼았다.

고호高虎, 국의중國懿仲은 병들었다 칭탈하고 조례하지 않았으나 무지는 그들을 꾸짖지 않았다.

관지보가 무지에게 권한다.

"널리 방을 내걸고 어진 사람을 모으십시오. 그래야만 백성의 신망을 얻을 수 있습니다"

그러고선 관지보는 자기 친척의 아들인 관이오管夷吾˙를 천거했다. 이에 무지는 사람을 보내어 관이오를 초청했다.

관이오는 역사상 유명한 관자管子다.

후세 삼국三國 시대의 제갈공명諸葛孔明이 자기를 관이오에 비교했을 만큼 그는 훌륭한 인물이었다.

과연 관이오는 무지의 초청에 응할까.

입성하여 왕위에 오르다

관이오管夷吾의 자字는 중仲이니 그는 나면서부터 용모가 걸출하고 총명하기 이를 데 없었다. 널리 고금 서적에 통달하고 경천위지經天緯地의 재능과 세상을 바로잡고 시대를 구제할 만한 실력이 있었다.

그는 일찍이 포숙아鮑叔牙•와 함께 시장에서 생선 장사를 했다. 장사가 끝나면 관이오는 언제나 그날 수입에서 포숙아보다 배 이상의 돈을 가지고 돌아갔다. 포숙아를 따르는 사람들이 항상 불평한다.

"같이 번 돈에서 반씩 나눠갖지 않고 관이오는 배나 더 가지고 가는구려. 그런데도 당신은 가만있소?"

그럴 때마다 포숙아는 관중•을 변명했다.

"관중은 구구한 돈을 탐해서 나보다 배나 더 돈을 가지고 가는 것이 아니다. 그는 집안이 가난하고 식구가 많다. 내가 그에게 더 가지고 가도록 사양한 것이다. 그대들은 오해하지 마라."

그들의 우정은 이렇듯 지극했다. 또 그들은 일찍이 전쟁에 나간 일이 있었다. 싸움터에 서면 언제나 관중은 후대後隊로 숨었다. 그리고 싸움이 끝나고 돌아갈 때엔 그는 항상 맨 앞에 서서 걸었다. 사람들은 모두 관중을 용기 없고 비겁한 자라고 비웃었다. 그럴 때마다 포숙아는 또 관중을 두둔했다.

"관중은 용기가 없거나 비겁한 것이 아니다. 그에겐 늙은 어머니가 계신다. 자기 몸을 아껴 길이길이 늙은 어머니에게 효도하려는 것이다. 어찌 관중이 싸움을 겁내리오."

그들은 함께 일을 하자니 자연 서로 의논도 해야 했다. 간혹 관중과 포숙아는 서로 의견이 맞지 않았다. 사람들은 관중을 심술꾸러기니 마음씨가 비뚤어졌느니 하고 비난했다. 그러나 포숙아는 언제나 관중을 변명했다.

"사람이란 누구나 때를 잘 만날 수도 있고 불우할 때도 있다. 만일 관중이 때를 만나 일을 하면 백 번에 한 번도 실수가 없을 것이다. 그대들은 함부로 관중을 비난하지 마라."

관이오는 이런 소문을 들을 때마다 길이 차탄嗟嘆했다.

"나를 낳아준 사람은 부모이며 나를 알아주는 사람은 포숙아다."

이것은 유명한 관중의 말로 후세까지 전해지고 있다. 마침내 그들은 생사를 함께하자는 교우의 의義를 맺었다. 이를 후세에서 관포지교管鮑之交*라고 한다.

제양공齊襄公 제아諸兒가 생존했을 때 일이다.

제양공의 장자 규糾는 노魯나라 여자 몸에서 난 아들이었다. 차자 소백小白은 거莒나라 여자 몸에서 난 아들이었다. 제양공은 규와 소백이 다 서출인데도 그 둘 중 하나에게 뒷날 임금 자리를 전할 생각이었다. 그래서 똑같이 스승을 세워 그들을 보좌하고 지도하게끔 했다. 이때 관이오가 포숙아에게 조용히 말한다.

"지금 주공에게 두 아들이 있소. 다음날 임금 자리엔 규 아니면 소백이 오르게 될 것이오. 그대와 나는 서로 그들을 하나씩 맡아 가지고 그들의 스승이 됩시다. 그들 둘 중에서 하나가 군위에 오르거든 우리는 서로 천거하기로 합시다. 그래야만 우리는 언제든지 같은 임금 밑에서 함께 일할 수 있소"

포숙아는 연방 머리를 끄덕이었다.

"그 말이 장히 좋소."

이리하여 관이오는 소홀召忽과 함께 공자 규의 스승〔傳〕이 되고, 포숙아는 공자 소백의 스승이 됐다.

한번은 제양공이 문강文姜을 만나려고 작 땅으로 가게 됐다. 이때 포숙아가 소백에게 말한다.

"주공께서 음탕하다는 소문이 널리 퍼져서 모든 백성은 비웃고 있습니다. 주공께서 지금이라도 버릇을 고치시면 지나간 허물을 덮을 수 있습니다. 그런데도 자주 왕래하며 문강과 서로 교제하시면 결국 마치 둑이 터져 물이 넘쳐나는 것과 다름없을지니, 장차 어찌하리오. 이는 자식 된 도리로서 반드시 간해야 할 일입니다. 어찌 무심히 보고만 있으시오."

이에 소백이 아버지 제양공에게 가서 간했다.

"노후魯侯가 죽은 데 대해서 세상에선 여러 가지 말이 많습니다. 모두 남녀 관계에서 일어난 일이라고들 합니다. 삼가고 삼가소서."

이 말을 듣자 제양공은 분기충천했다.

"이놈, 너는 무슨 잔소리를 이렇듯 하느냐!"

제양공은 노기를 참지 못해 소백을 발길로 걷어찼다. 소백은 더 간하지 못하고 쫓겨나갔다. 소백이 돌아가 스승인 포숙아에게 말한다.

"간하였으나 아무 소용이 없구려."

포숙아가 탄식한다.

"내 듣건대, 괴상히 음탕한 자에겐 반드시 괴상한 재앙이 있다고 합디다. 나는 마땅히 그대와 함께 타국으로 가서 다음날을 도모할 생각이오."

"타국으로 가면 어느 나라로 가야겠소?"

포숙아는 잠시 생각한 뒤 대답한다.

"큰 나라는 항상 변덕이 많습니다. 공자의 외가인 거莒나라로 가는 것이 좋을 듯하오. 거나라는 나라도 작거니와 우리 제나라와 가까운 거리에 있소. 나라가 작으니 감히 우리를 업신여기지 못할 것이며, 또 본국과 가까우니 언제고 즉시 돌아올 수 있습니다."

소백이 찬동한다.

"스승의 말씀이 지당하오. 즉시 떠나기로 결정합시다."

이리하여 소백과 포숙아는 거나라로 갔다. 그 뒤 제양공은 이 사실을 알았으나 그들의 뒤를 쫓지 않았다. 다시 데려오려고도 하지 않았다.

이러던 중 공손무지가 제양공을 죽이고 군위에 올랐던 것이다. 그리고 그는 관이오를 초청했다.

관이오가 공손무지의 초청을 받고 혼잣말로 중얼거린다.

"무지의 목〔首〕도 튼튼하지 못하거늘 이자들이 다른 사람 신세까지 망치려는구나."

관이오는 궁으로 가지 않고 즉시 소홀과 만나 한동안 상의했다.

그들은 무슨 계획을 세우는 모양이었다. 그날 밤, 관이오는 소홀과 함께 공자 규를 모시고 노나라로 떠나갔다.

원래 노나라는 공자 규의 외가다. 앞에서 말한 바와 같이 규의 생모는 노나라에서 제나라로 시집온 사람이었다. 노장공魯莊公은 제나라에서 온 관이오, 소홀, 공자 규 세 사람을 생두生竇란 곳에서 살게 했다. 그리고 달마다 의식衣食을 충분히 대줬다. 이는 노장공 12년(원문에는 노장공 12년으로 되어 있으나 주장왕 12년이 맞다. 주장왕 12년은 기원전 685년이고 노장공 12년은 기원전 682년이다. 원저자 풍몽룡馮夢龍의 착오인 듯하다. ─ 편집자 주) 봄 2월의 일이었다.

때는 제나라 공손무지 원년이었다. 모든 신하는 신정新正을 축하하려고 궁으로 들어갔다. 연칭과 관지보는 모든 신하들을 압도하듯 높이 앉아 거만스레 굴었다. 신하들은 다 연칭과 관지보를 아니꼽게 생각했다.

옹름이 모든 신하의 마음이 한결같지 않다는 걸 알고서 슬쩍 거짓말을 한다.

"요즘 노나라에서 온 사람의 말을 듣건대 우리 나라 공자 규가 그곳 노나라 군사를 거느리고서 우리 제나라를 칠 것이라고 합디다. 모든 분들은 혹 그런 소문을 들으셨는지요?"

대부들이 대답한다.

"듣지 못했소이다."

"……"

옹름은 그 이상 아무 말도 하지 않았다. 조례가 끝났다. 궁에서 물러나온 모든 대부는 서로 모여 그 길로 옹름의 집으로 갔다. 한 대부가 묻는다.

"공자 규가 우리 나라로 쳐들어올 것이라니 그 소문이 참말인지요?"

옹름이 모든 대부를 둘러보며 되묻는다.

"만일 그렇다면 여러분은 어떻게 하겠소?"

동곽아東郭牙가 대답한다.

"선군은 비록 음탕무도했지만 그 아드님이야 무슨 죄가 있소. 우리는 그분이 어서 쳐들어왔으면 하고 날마다 바랄 뿐이오."

모든 대부들 중에 소리 없이 눈물을 흘리는 자도 있었다. 그제야 옹름은 모든 대부의 심중을 꿰뚫어보았다. 그는 자못 비분강개한 어조로 말했다.

"내가 지금 무지 일파 앞에 무릎을 꿇고 있소만 그것이 어찌 본의리오. 만사를 세심히 도모하기 위한 것이오. 모든 분들이 도와준다면 장차 임금을 죽인 도적을 없애버리고 선군의 아드님을 위에 올려모실까 하오. 이 어찌 의거가 아니겠소."

동곽아가 묻는다.

"그럼 장차 어떻게 계책을 꾸며야 할까요?"

옹름이 서슴지 않고 대답한다.

"지금 고해高傒로 말할 것 같으면 우리 나라에서 여러 대로 벼슬을 살아온 분이오. 원래 지혜와 덕망이 있어 모든 사람의 신임을 받는 것은 누구나 다 아실 것이오. 그러므로 연칭, 관지보 두 도적도 고해의 말 한마디면 천금보다 소중히 알 것이오. 더구나 그들은 고해의 조언을 안타깝게 기대하고 있소. 만일 고해가 술이라도 차려놓고 그놈들을 청하면 연칭, 관지보 두 놈은 흔연히 갈 것이오. 이때, 나는 궁으로 가서 공손무지에게 지금 공자 규가 노나라 군사를 거느리고 쳐들어온다고 거짓말을 할 요량이오. 원래 무지는 어리석고 용기 없는 자라 반드시 관지보와 연칭을 불러들일 것이오. 그때에 무지를 찔러죽여버리면 그 어느 누가 우리에게 대항하겠소. 그놈을 죽인 후에 불을 놓아 신호를 올리겠소. 그리고 궁으로 들어오는 연칭, 관지보를 죽여버리면 이 일은 손바닥을 뒤집기보다 쉽지요."

동곽아가 말한다.

"고해도 그들을 원수처럼 미워하오. 더구나 나라를 위하는 마당인데 어찌 이만한 일을 사양할 리 있으리오. 반드시 그놈들을 없애고자 할 것이오. 나 또한 힘을 아끼지 않으리이다."

그들은 옹름과 함께 앞으로 할 일을 상의했다. 그리고 대표자 몇 사람이 고해의 집에 가서 이 일을 청했다. 고해는 그들의 말을 듣자 두말 않고 응낙했다.

"대단히 좋은 계책이오. 도적들을 없앨 수만 있다면 내 무슨 짓인들 못하겠소."

그날로 동곽아는 연칭과 관지부의 부중府中으로 갔다. 동곽아는 고해가 그들을 청한다는 걸 전했다. 이 말을 듣자 연칭과 관지보는 불감청不敢請이언정 고소원固所願이던 터라 기뻐했다. 그리하여 연칭과 관지보는 때를 어기지 않고 고해의 집으로 갔다.

고해는 연칭과 관지보에게 큰 술잔을 권했다.

"선군은 도무지 덕이 없는지라 노부는 매양 나라 흥망을 근심했소. 이제 다행히 두 분께서 새로 임금을 세우셨으니 노부도 덕택에 가묘家廟를 지키게 됐구려. 그러나 이 몸은 늙고 병들어 조반朝班에 나가질 못했소. 이제 겨우 천한 몸이 약간 회복되었기로 특별히 한잔 술로써 두 분을 청했소이다. 이는 다만 노부가 사은私恩을 갚고자 함이며 동시에 두 분에게 내 자손들의 앞날을 부탁하려는 것이오."

연칭과 관지보는 속으로 기뻐하며 연방 감탄했다. 이때 고해의 집 대문이 소리 없이 닫혔다. 고해가 미리 문 지키는 자에게 여하한 사람도 들이지 말도록 단속해뒀던 것이다.

방 안에서 고해는 연칭과 관지보에게 술을 권하며, 성중에서 불이 오르기를 기다렸다.

한편 옹름은 비수를 품고 궁중으로 들어갔다. 그가 공손무지 앞에 나아가 아뢴다.

"지금 급한 소식이 들어왔습니다. 공자 규가 노나라 군사를 거느리고 쳐들어온다고 합니다. 조만간에 당도할 것이라 하니 속히 적과 싸울 계책부터 세우십시오."

이 말을 듣자 무지가 황급히 묻는다.

"국구國舅 연칭은 지금 어디 있느냐? 속히 불러오너라."

옹름이 대답한다.

"연칭과 관지보는 함께 교외에 가서 술놀이를 하는 중입니다. 지금 조정에 문무백관이 모여, 상감과 상의하고자 기다리고 있습니다."

무지는 이 말을 믿고 조당朝堂으로 나갔다. 무지가 임금 자리에 앉으려는데 모든 대부가 일시에 일어나 앞을 가로막았다.

무지는 의아하게 생각할 겨를도 없었다. 뒤따라오던 옹름이 품속에서 비수를 뽑아 무지의 등을 찍었다. 무지는 임금 자리를 피로 물들이고 그 위에 죽어자빠졌다.

이리하여 공손무지는 군위에 오른 지 불과 한 달 만에 세상을 떠났다.

애달프다! 제양공의 비妃로서 다시 무지의 부인이 됐던 연부인連夫人은 이 변을 당하자, 기구한 자기 팔자를 탄식하고 궁실 대들보에다 목을 매고서 자살했다.

　사관이 시로써 이 일을 읊은 것이 있다.

　　다만 자기를 사랑하지 않는대서 본남편을 죽이는 데 협력했
으나
　　두번째 남편의 사랑마저 끝까지 누리지 못할 줄이야 뉘 알았
으리오.
　　겨우 한 달 남짓해서 삼척 비단으로 목을 맸으니
　　차라리 적막한 궁중 방을 지킨 것만 못하도다.
　　祇因無寵間襄公
　　誰料無知寵不終
　　一月夫人三尺帛
　　何如寂寞守空宮

　옹름은 공손무지를 죽인 후 즉시 사람을 시켜 궁중 뜰에 불을
놓아 연기를 올리게 했다. 시뻘건 불더미에서 일어나는 연기가 하
늘을 무찌를 듯 치솟아올랐다.
　한편 고해는 계속해서 연칭과 관지보에게 술을 권하고 있었다.
문득 바깥에서 문 두드리는 소리가 들렸다. 문 지키던 자가 들어
와 고해에게 조그만 소리로 무엇을 아뢴다.
　웬일인지 고해는 즉시 일어나 안방으로 들어가버렸다.
　연칭과 관지보는 어리둥절했다. 무슨 일이 생겼는지 물어볼 사
이도 없었다. 지금까지 처마 밑에 숨었던 장사들이 일제히 나와
방 안으로 뛰어들어갔다. 방 속에선,
　"으아앗!"

외마디 소리가 두 번 일어났다. 술자리는 피투성이가 됐다. 연칭과 관지보의 몸은 몇 토막으로 나뉘어 있었다. 그리고 연칭과 관지보를 따라왔던 시종들도 무기가 없어서 몰살을 당했다.

옹름과 대부들은 속속 고해의 부중으로 모여들었다. 그들은 연칭과 관지보의 배를 짜개고 간을 내어 제양공 신위 앞에 바치고 제사를 지냈다. 동시에 사람을 고분姑棼에 있는 이궁으로 보내어 제양공과 그때 죽은 사람들의 시체를 파 오게 했다. 그들은 파 온 제양공의 시체를 새로 염하고 빈소에 모셨다. 그리고 한편으로는 사람을 노나라로 보내어 공자 규糾를 모셔오게 했다.

한편 노장공은 공자 규를 군위에 모시려고 제나라에서 사람이 왔다는 소식을 듣고서 크게 기뻐했다.

여기서 이야기는 지난날로 돌아간다. 공자 규가 노나라에 갔을 때였다. 노장공이 그 즉시 공자 규를 위해 군사를 일으키려 하자 시백施伯이 간했다.

"제는 강하고 우리 노는 약합니다. 제나라에 임금이 없다는 것은 우리로서는 이익입니다. 그러니 군사를 움직이지 마시고 그 변화하는 것을 관망하십시오."

이 말을 듣고서 노장공은 군사를 일으키려다가 그만뒀다.

한편 문강은 제양공이 맞아죽었다는 소식을 듣고 난 뒤 축구祝邱에서 노나라로 돌아와 있었다. 문강은 밤낮없이 아들인 노장공을 들볶았다.

"어찌하여 속히 군사를 일으켜 제나라를 치지 않느냐. 나는 무지의 죄를 다스리고 우리 오라버니의 원수를 갚지 않고는 견딜 수 없다."

그러다가 그후 문강은 무지가 죽음을 당하고 제나라에서 공자 규를 군위에 앉히려고 모시러 왔다는 소식을 듣고서 기뻐 어쩔 줄 몰랐다. 이에 문강은 더욱 기승을 부리며 노장공을 들볶았다.

"규를 그냥 돌려보내선 안 된다. 혹 무슨 변괴가 또 생길지 누가 안다더냐. 군사를 일으켜 그를 호위하고 제나라까지 갔다 오너라."

노장공은 그 어머니 문강에게 볶이다 못해, 드디어 시백이 간하는 것도 듣지 않고 친히 병거 300승을 거느리고 조말曹沫을 대장으로 삼고, 진자秦子와 양자梁子로 좌우左右를 삼아, 공자 규를 호위하고서 제나라로 떠날 준비를 했다. 관이오가 급히 들어가 노장공에게 청한다.

"지금 공자 소백이 거나라에 있습니다. 거나라는 이곳 노국보다 제나라에 가깝습니다. 만일 소백이 먼저 들어가면 자연 누가 임금이 되느냐에 대해서 말썽이 일어날 것입니다. 그러니 신에게 좋은 말[馬]과 군사를 빌려주십시오. 먼저 가서 뒷말 없도록 미리 일을 꾸며놓고 영접하겠습니다."

노장공이 머리를 끄덕이면서 되묻는다.

"무장한 군사 몇 명을 데리고 가면 되겠소?"

"병거 30승만 빌려주십시오."

노장공은 두말 않고 병거 30승을 관이오에게 내줬다. 이에 관이오가 먼저 출발했다.

한편 거莒나라에 있는 공자 소백은 본국에서 난이 일어나 임금 자리가 비었다는 소식을 듣고, 즉시 포숙아와 함께 상의했다. 소백이 포숙아에게 묻는다.

"이 기회를 놓치면 안 되오. 장차 어찌하면 좋겠소?"

포숙아가 머리를 끄덕이면서 대답한다.

"관이오가 공자 규를 데리고 본국에 당도하기 전에 우리가 먼저 가야 합니다. 일이 매우 급합니다. 거후莒侯에게 말하여 병거를 빌려타고 즉시 출발합시다"

거후는 포숙아의 청대로 병거 100승과 군사를 내줬다. 이에 포숙아와 공자 소백은 거군莒軍의 호위를 받으며 본국으로 달렸다.

한편 관이오도 병거 30승을 거느리고 밤낮없이 본국으로 향하여 달렸다. 관이오가 즉묵卽墨 땅에 이르렀을 때다. 관이오는 비로소 거나라 군사가 먼저 지나갔다는 소식을 들었다. 관이오는 달리는 말에 채찍질을 했다. 병거를 풍우같이 몰아 거나라 군사의 뒤를 쫓았다.

관이오가 30리쯤 갔을 때다. 그는 마침 병거를 세우고 밥짓는 거나라 군사들을 만났다. 관이오가 바라보니 공자 소백이 수레 위에 단정히 앉아 있었다. 관이오는 소백이 앉아 있는 수레 앞에 나아가 국궁鞠躬하고 아뢴다.

"공자께서는 그간 별고 없으셨습니까. 그리고 지금 어디로 가시는 길이오니까?"

공자 소백이 대답한다.

"부군父君이 세상을 떠나셨으므로 내 친상親喪에 가는 길이오."

관이오가 아뢴다.

"공자 규는 선군의 맏아드님이십니다. 마땅히 이번 상사喪事의 주인은 공자 규이십니다. 그러니 공자는 잠시 이곳에 머무르시고 헛되이 수고 마십시오."

이때 곁에 있던 포숙아는 오래간만에 친한 친구와 만났건만 말없이 관이오의 거동만 노려보다가 강경한 태도로 나왔다.

"관중은 물러가라. 우리는 각기 주인이 다르다. 굳이 여러 말 할 것 없다."

관이오는 대답을 안 하고 주위를 둘러봤다. 모든 거나라 군사들이 눈썹을 치켜뜨고 노한 눈으로 자기를 노려보지 않는가.

거나라 군사는 여차하면 즉시 싸울 기색이었다. 관이오는 자기가 거느리고 온 노나라 병거 30승이 소백이 거느리고 온 거나라 병거 100승과 도저히 겨룰 수 없다는 걸 알았다.

"그러시다면 하는 수 없지요. 나는 물러가겠소."

관이오는 겉으로 물러가는 체하고 돌아섰다. 관이오는 얼마쯤 가다가 획 돌아섰다. 어느새 관이오는 번개같이 활을 잡아당겨 수레 위에 앉아 있는 소백을 향해 쐈다.

화살은 사정없이 날았다. 무심히 수레 위에 앉아 있던 소백은 순간,

"아앗!"

외마디 소리를 지르며 벌떡 일어섰다. 공자 소백은 입에서 붉은 피를 흘리며 곧 기둥이 넘어져 박히듯 수레 위에 쓰러졌다. 포숙아는 황급히 소백을 부축했다. 그러나 소백의 몸은 꼼짝하지 않았다. 모든 사람들은,

"이 어인 변인고!"

하고 소리쳤다. 일제히 곡성이 진동했다. 관이오는 그제야 소백이 죽은 것을 알고 나는 듯이 말에 올라탔다. 병거 30승을 거느리고 채찍질하여 전속력으로 달아났다. 얼마쯤 달아나다가 거군의 추격이 없음을 알고 관이오는 비로소 말을 멈추었다. 그리고 그는 길게 탄식했다.

"공자 규는 복이 많구나! 그가 임금이 될 팔자이기에, 내가 쏜

한 대의 화살에 소백이 죽은 것이다."

관이오는 뒤에 오는 노장공과 만나 이 사실을 보고했다. 그는 다시 잔에다 술을 가득 부어 공자 규에게 바치며,

"이는 다 공자의 복이지 나의 공은 아닙니다."

하고 축하했다.

이리하여 노장공과 관이오와 공자 규는 안심하고 다시 천천히 떠났다. 이르는 곳마다 읍장邑長들이 바치는 물품과 음식 대접을 받으면서, 그들은 유유히 제나라로 향했다.

그러나 누가 알았으리오. 관이오가 쏜 화살은 소백의 혁대 갈고리[鉤]에 맞았을 뿐이었다. 소백은 전부터 관이오가 활을 잘 쏜다는 걸 알고 있었다. 그는 또 노나라 군사가 다시 활을 쏘지나 않을까 두려웠다. 그래서 즉시 입술을 깨물고 피를 흘리며 외마디 소리를 지르고 죽은 듯이 쓰러졌던 것이다.

이리하여 소백은 관이오와 노나라 군사만이 아니고 거느리고 온 시종과 거나라 군사와 포숙아까지 속였던 것이다.

포숙아가 재촉한다.

"관중이 비록 가버렸으나 또 쫓아올지도 모릅니다. 지체 말고 소백은 속히 가십시오."

이에 소백은 변복하고 온거溫車(눕게 되어 있는 수레. 곧 와거臥車. 『사기史記』엔 桓公之中鉤 佯死以誤管仲 己而載溫車中馳行이라 했다)에 송장 실리듯 드러누워 소로小路로 달렸다. 소백과 포숙아 일행은 임치臨淄(제나라 도읍) 가까이 이르렀다. 이에 포숙아는 홀로 수레를 달려 먼저 성안으로 들어갔다.

포숙아는 성안에 들어가서 모든 대부를 두루 찾아보고 공자 소백의 어질고 덕 있음을 강조했다. 모든 대부는 매우 난처했다.

"장차 공자 규가 올 것이오. 그럼 우리는 그를 어찌 대우해야겠소?"

포숙아가 대답한다.

"우리 제나라는 잇달아 두 임금이 죽음을 당했소. 만일 어질고 덕 있는 분이 아니면 능히 이 어지러운 시국을 안정시키지 못하리다. 더구나 규를 영접하기 전에 소백이 먼저 오셨소. 이것이 바로 하늘의 명命이오. 만일 우리 나라 군위에다 규를 올려놓게 되면 노장공이 반드시 우리에게 많은 보답을 요구할 것이오. 그런 예는 우리가 다른 나라에서도 흔히 보아온 바라. 지난날 송나라가 자돌을 정나라 군위에 올려놓고 그 갚음을 끊임없이 요구했기 때문에 수년 동안 싸움이 끝나지 않았소. 이제 우리 나라로 말할 것 같으면 여러 가지 환난을 겪은 후라. 장차 어찌 노나라 요구를 감당할 수 있으리오."

그제야 모든 대부가 의논조로 묻는다.

"그러면 노후의 뜻을 어떻게 사절해야 할까요?"

포숙아가 서슴지 않고 대답한다.

"우리에게 이미 임금이 계시니 그들은 스스로 물러가지 않을 수 없으리이다."

대부 습붕隰朋과 동곽아가 일제히 외친다.

"숙아叔牙의 말씀이 옳소."

이리하여 마침내 모든 대부는 소백小白을 영접하기로 작정했다.

드디어 소백은 성안으로 들어가 제나라 군위에 올랐다. 그가 바로 저 유명한 제환공齊桓公°이다.

염옹이 시로써 관이오가 소백을 쏜 것을 읊은 것이 있다.

노나라 임금은 기뻐하고 거나라 군사는 근심했지만
혁대 갈고리를 맞힌 것이 문제가 아니로다.
소백이 그 순간 방편으로 죽은 체한 걸 보면
이미 그는 모든 제후를 통합할 만한 지혜가 있었도다.
魯公歡喜莒人愁
誰道區區中帶鉤
但看一時權變處
便知有智合諸侯

포숙아가 말한다.

"우리는 노나라 군사가 이르기 전에 막아야 하오."

이에 중손추仲孫湫가 노장공을 만나려고 떠났다. 그는 도중에서 노장공 일행과 만났다. 중손추가 포숙아의 말을 전한다.

"우리 제나라엔 이미 임금이 즉위하셨습니다. 군후께서는 물러가소서."

노장공은 소백이 죽지 않았다는 걸 그제야 알았다. 노장공이 노기가 솟아 부르짖는다.

"자고로 군위는 장자가 잇는 법이다. 어찌 차자가 임금이 될 수 있느냐. 과인이 삼군三軍을 거느리고 여기까지 왔다가 그냥 물러갈 성싶으냐."

중손추는 하는 수 없이 돌아가 제환공에게 사실대로 보고했다. 제환공이 포숙아에게 묻는다.

"노후가 물러가지 않겠다 하니 어찌할꼬?"

포숙아가 대답한다.

"정 그렇다면 군사로 막는 도리밖에 없습니다."

이에 포숙아는 왕자 성보成父로 우군右軍 장수를 삼고, 영월寧越로 부장副將을 삼고, 동곽아로 좌군左軍 장수를 삼고, 중손추로 부장을 삼고, 옹름으로 선봉을 삼았다. 포숙아는 제환공을 모시고 중군中軍이 됐다. 그리고 그들은 병거 500승을 나누어 거느렸다.

동곽아가 청한다.

"노후는 우리에게 준비 있을까 두려워서 반드시 넝큼 쳐들어오지 않을 것입니다. 건시乾時(제나라의 지명)의 물과 풀을 이용하여 그곳에 우리 군사를 매복시키는 것이 좋겠습니다. 그곳에다 군사를 일단 매복시키고 기회를 엿보아 공격하면 반드시 적을 무찌를 수 있습니다."

포숙아가 대답한다.

"좋소."

이리하여 영월과 중손추는 각기 군사를 거느리고 가서 길을 나누어 매복했다.

왕자 성보와 동곽아는 노군의 뒤를 끊으려고 다른 길로 빠져나갔다. 다시 포숙아는 옹름으로 하여금 싸움을 걸되 적을 유인해서 끌어들이게 했다.

한편 노장공은 공자 규 일행과 함께 건시 땅에 이르렀다.

관이오가 아뢴다.

"소백은 이제 겨우 군위에 올랐기 때문에 아직 인심이 안정되지 않았을 것입니다. 이 기회를 놓치지 말고 속히 일을 시작해야만 반드시 성안에서도 혼란이 일어납니다."

그러나 노장공은 비꼬인 심사로 관이오를 핀잔한다.

"그대 말을 믿는다면 소백은 벌써 죽었어야 할 것 아닌가. 이곳에다 영채營寨를 세워라."

드디어 노장공은 전방前方에다 영채를 세우고 공자 규는 후방
後方에다 영채를 세웠다. 서로의 사이는 20리 남짓했다.

노군 첩자가 돌아와 보고한다.

"제나라 군사가 이곳으로 오는 중입니다."

노장공이 흰소리를 한다.

"내 먼저 제군을 무찔러 성안 사람들로 하여금 저절로 혼이 나
게 하리라."

노장공은 드디어 진자秦子와 양자梁子를 거느리고 병거를 타고
앞으로 달려가 제나라 선봉 옹름과 대진했다. 노장공이 큰소리로
옹름을 꾸짖는다.

"네 스스로 괴수魁首가 되어 도적 공손무지를 죽이고 우리 노나
라에 사람까지 보내어 공자 규를 임금으로 모셔가겠다고까지 하
고서 이제 입에 침도 마르기 전에 이렇듯 변하기냐. 도대체 네놈
의 신의信義는 어디 있느냐."

말을 마치자 노장공은 즉시 활을 잡아당겨 옹름을 쏘려 했다.
옹름은 부끄러운 기색으로 머리를 얼싸안고 쥐구멍을 찾듯이 달
아났다. 노장공은 즉시 조말에게 명하여 옹름을 뒤쫓게 했다. 얼
마쯤 달아나던 옹름은 문득 돌아서서 뒤쫓아오는 조말曹沫에게로
달려들었다. 그러나 불과 수합을 싸우자 옹름은 도저히 감당할 수
없다는 듯이 달아난다. 이에 조말은 창을 높이 들고 젖 먹던 힘까
지 다 기울여 옹름을 뒤쫓았다.

어느덧 포숙아의 대군은 보이지 않게 뱀 감듯 조말을 에워싸기
시작했다. 드디어 조말은 제군의 포위 속으로 깊이 들어가고 말았
다. 결국 조말은 좌충우돌하다가 몸에 화살까지 맞고, 죽을 힘을

다하여 겨우 포위에서 벗어나 달아났다.

한편 노나라 장수 진자와 양자는 혹 조말에게 실수 있을까 하고 그 뒤를 쫓아가 도우려는데, 문득 좌우에서 일제히 포성이 일어났다. 지금까지 매복하고 있던 영월과 중손추가 군사를 거느리고 일제히 뛰어나왔다.

보라! 앞에선 포숙아가 중군을 거느리고 일 자로 열을 벌리고 오지 않는가. 노군은 삼면에서 진격해 들어오는 제군을 감당할 수 없어 점점 흩어져 달아나기 시작했다.

이에 포숙아가 명을 전한다.

"능히 노후를 사로잡아 오는 자 있으면 1만 집이 있는 고을을 상으로 주리라."

이 말을 전하는 군사들의 소리가 이곳저곳에서 성난 해도처럼 퍼져나갔다. 이에 노나라 장수 진자는 급히 노장공의 수놓은 황기黃旗를 땅바닥에 눕혔다. 그러나 양자는 그 기를 자기 병거 위에다 꽂았다.

진자가 묻는다.

"장차 어찌하려고 황기를 꽂느냐?"

양자가 대답한다.

"내 제나라 군사를 속이리라."

노장공은 형세가 다급해지자, 급히 병거에서 뛰어내려 미복微服으로 가장하고 조그만 초거輻車를 타고 달아났다. 이에 진자는 노장공을 호위하고 힘껏 싸워 제군의 포위를 뚫고 나갔다.

이때, 영월은 수놓은 노후의 황기가 나부끼는 걸 보자 그곳에 노장공이 있는 줄로 알고 군사를 지휘해서 겹겹으로 에워쌌다.

그제야 양자가 투구를 벗고 얼굴을 내보이며 말한다.

"나는 노나라 장수다. 우리 임금께서는 이미 멀리 가시고 이곳에 없으니 헛수고 말아라!"

드디어 포숙아는 제나라 군사가 완전히 이긴 것을 알고 금을 울려 군사를 거두었다. 중손추는 노장공이 탔던 융로戎輅를 뺏어 바치고, 영월은 노나라 장수 양자를 사로잡아 바쳤다.

제환공은 즉시 노나라 장수를 군전軍前에서 참했다. 제환공은 아직 왕자 성보와 동곽아의 군사로부터 아무 소식이 없어 일단 영월과 중손추를 건시에 머물러 있게 하고, 개가를 부르면서 먼저 회군했다.

한편 관이오는 후영後營에서 치중輜重을 관할하고 있었다. 그는 싸움의 결과가 궁금했다. 이윽고 전영前營의 노군이 제군에게 패했다는 소식을 들었다. 소홀召忽과 공자 규에게 후영을 지키게 하고 드디어 관이오는 병거를 거느리고 노장공을 도우러 달려갔다.

그러나 때는 이미 늦었다. 관이오는 달려가던 도중에 이편으로 도망해오는 노장공과 서로 만났다.

그들이 서로 군사를 합치고 있을 때 조말 또한 패잔병을 거느리고 왔다. 모든 병거와 군사를 점호해본즉 열 중 일곱을 잃었다.

관이오가 길이 탄식한다.

"군사들이 이미 사기를 잃었으니 잠시도 머물 수 없다."

그들은 영채를 뽑아서 떠났다.

그들이 이틀 동안 행군했을 때다. 문득 그들의 앞길을 가로막으며 일대一隊의 병거가 왔다. 그것은 왕자 성보와 동곽아가 사잇길로 뒤돌아가 노군을 기다리면서 천천히 올라오는 참이었다. 조말이 창[戟]을 높이 들고 외친다.

"주공께서는 속히 달아나소서. 신은 이곳에서 죽겠습니다."

그는 진자를 돌아보며 부탁한다.

"그대는 나를 도우라!"

이에 진자는 왕자 성보에게로 달려들고, 조말은 동곽아와 대적했다. 이러는 동안에 관이오는 노장공을 호위하고 소홀은 공자 규를 호위하고 길을 뺏어 달아났다.

홍포紅袍 입은 젊은 장수가 달아나는 노장공을 급히 추격했다. 노장공은 활을 들어 뒤쫓아오는 장수를 쐈다. 그 홍포 입은 젊은 장수가 이마에 화살을 맞고 길가에 굴러떨어진다.

이번에는 백포白袍 입은 장수가 노장공의 뒤를 쫓았다. 노장공은 또 활을 쏘아 한 대에 그 뒤쫓아오는 자를 죽여버렸다. 제군은 그제야 노장공에 대한 추격을 늦추었다. 달아나면서 관이오가 높은 소리로 하령한다.

"모든 군사는 치중과 무기와 갑옷과 말을 모조리 길에 버려라."

제군은 노군이 길에 버리고 간 물건들을 줍기에 바빴다. 그 틈을 놓치지 않고 노장공, 공자 규, 관이오, 소홀 등은 멀리 달아났다.

한편 조말은 제나라 군사를 무찌르다가 배에 칼까지 맞았다. 그러나 그는 오히려 제나라 군사를 무수히 죽이고 포위를 뚫고 달아났다. 진자만이 싸우다가 벗어나지 못하고 죽었다.

사관이 이 일을 논한 것이 있다.

노장공이 건시에서 패한 것은 스스로 취한 바니 누구를 원망하리오.

또 시로써 탄식한 것이 있다.

노후에겐 규가 원수의 자식이거늘
노후는 어찌하여 군사까지 일으켜 도우려 했느냐.
만일 노후가 아버지를 죽인 원수를 생각했다면
차라리 규보다도 무지를 도왔어야 할 것이다.
子糾本是仇人胤
何必勤兵往納之
若念深仇天不戴
助糾不若助無知

노장공 일행은 범 아가리에서 벗어나듯, 또는 고기가 그물에서 벗
어나듯 달아났다.

제나라 왕자 성보와 동곽아는 쉬지 않고 그들의 뒤를 쫓아 문수汝
水를 건너고 노나라 경내境內까지 들어갔다. 두 제나라 장수는 노나
라 땅인 문양汶陽의 밭을 빼앗고 그곳을 지킬 사람까지 두고서 돌아
갔다. 그러나 노나라 백성들은 아무도 제나라 장수와 다투려 하지
않았다. 이리하여 제나라 군사는 크게 승리했다.

한편 제환공 소백은 이른 아침에 조회에 나갔다. 모든 신하들이
축하한다.

포숙아가 앞으로 나가서 아뢴다.

"지금 규가 노나라에 있고 관이오와 소홀이 그를 돕고 있으며,
또한 노나라가 그들을 도우니 이는 우리 제나라의 근심입니다. 그
러니 신은 축하할 것이 없습니다."

제환공이 묻는다.

"경의 말이 옳소. 장차 이 일을 어찌하면 좋을꼬?"

포숙아가 대답한다.

"이번 건시 싸움에서 노후는 간담이 떨어졌을 것입니다. 그러니 신이 삼군을 거느리고 노나라 경계까지 가서 그들을 위압하겠습니다. 곧 노나라가 규를 없애버리지 않으면 우리가 노나라를 치겠다고 을러대겠습니다. 그러면 노후가 반드시 두려워하고 복종할 것입니다."

제환공이 말한다.

"과인은 모든 백성과 함께 그대 말을 좇을 뿐이오."

이에 포숙아는 병거와 군마를 뽑고 대군을 거느리고, 문양으로 갔다. 그는 문양에 이르러 공손습붕公孫隰朋(제장공의 증손이니 장중臧仲의 아들이다)을 노나라로 보냈다.

포숙아가 습붕에게 주어 보낸 서신 내용은 다음과 같았다.

외신外臣 포숙아는 노현후魯賢侯 전하께 백배百拜하고 아뢰나이다. 집안엔 주인이 둘 없는 법이며 나라엔 임금이 둘 없는 법입니다. 우리 임금께서 이미 종묘를 받들고 계시건만 공자 규가 다투어 뺏으려 하니 이는 서로 법을 존중하는 의誼가 아닙니다. 우리 임금께선 형제간 우애로서 차마 그를 죽이고자 않으시니 원컨대 귀국은 우리를 대신해서 공자 규를 처치해주소서. 더구나 관이오와 소홀은 우리 주공의 원수입니다. 청컨대 우리에게 돌려주사 우리 나라 태묘太廟 앞에서 그들이 죽게끔 하여주십시오.

습붕이 떠날 때 포숙아는 신신부탁했다.

"관이오는 천하 기재奇才다. 내 장차 임금께 관이오를 천거해서 불러 쓸 작정이다. 어떻게 해서라도 죽이지 않게 하여라."

습붕이 묻는다.

"만일 노후가 꼭 자기 손으로 관이오를 죽이겠다면 그땐 어떻게 할까요?"

"그럴 때엔 다만 관이오가 우리 주공의 혁대 갈고리를 쏘았다는 것만 강조하라. 노후는 관이오가 제齊로 가기만 하면 우리 주공 손에 반드시 죽음을 당할 줄로 믿을 것이다."

습붕은 거듭 머리를 끄떡이고서 노나라로 갔다.

노장공은 포숙아의 서신을 보고 즉시 시백을 불러 앞날을 상의했다.

관포지교管鮑之交

노장공은 포숙아의 서신을 읽고 시백施伯을 불렀다.

"지난날은 그대 말을 듣지 않다가 패했다. 이제 규糾를 죽일 것인가 살려둘 것인가 어느 쪽이 우리에게 유리할까."

시백이 대답한다.

"소백은 위位에 오르자 능히 사람을 선용할 줄 알았기 때문에 우리가 건시乾時에서 패했습니다. 그러니 소백은 규와 비할 바가 아닙니다. 더구나 이제 제나라 군사가 경계에 와서 우리를 위협하고 있습니다. 그러니 규를 죽이고 그들과 강화하는 것이 상책입니다."

이때, 공자 규와 관이오管夷吾와 소홀召忽은 다 함께 생두 땅에 있었다. 이때 노장공이 공자 언偃에게 분부한다.

"네 생두에 가서 제나라 규를 죽이고 오너라."

마침내 공자 언은 군사를 거느리고 생두에 가서 공자 규를 죽이고 소홀과 관중을 잡아왔다.

노장공은 잡혀온 그들을 죄수처럼 함거檻車 속에 가두라고 분부했다. 이 말을 듣고 소홀이 하늘을 우러러 크게 통곡한다.

"자식이 부모를 위해 죽으면 효도라 하며, 신하가 임금을 위해 죽으면 충신이라 하나니, 이는 다 그 사람의 분수인 것이다. 홀은 공자 규를 따라 지하로 갈지언정 살아서 어찌 이 같은 모욕을 당하리오."

마침내 소홀은 궁전 기둥에 머리를 짓찧고 두골이 깨져서 죽었다. 이를 보고서 관이오가 조용히 말한다.

"자고로 임금을 위해 죽는 신하도 있으며 임금을 위해 살아야 할 신하도 있다. 나는 살아서 제나라에 돌아가 죽은 공자 규의 원수를 갚으리라."

관이오는 태연히 함거 속으로 들어가 갇혔다. 이때 시백이 조그만 목소리로 노장공에게 말한다.

"신이 관중의 관상을 보건대 제나라에서 그를 돕는 자가 있는 듯하니 장차 죽을 것 같지 않습니다. 그리고 관중은 천하에 기이한 재주를 가진 사람입니다. 만일 그를 죽이지 않으면 반드시 제나라에서 그를 크게 쓸 것입니다. 또 그가 돕는다면 우리 노나라는 그들의 지시나 받고 심부름이나 하기에 편안할 날이 없으리이다. 주공께서는 제나라에 청해서 관중을 살리도록 하십시오. 주공의 힘으로 관중이 살게 되면 그는 반드시 우리의 덕을 잊지 못할 것인즉, 그때 우리 노가 그를 크게 등용하면 앞으로 제나라를 두려워할 것이 없을 것입니다."

노장공이 대답한다.

"제후齊侯는 지금 관중을 원수로 생각하고 있다. 우리가 관중을 살려주고 또 그를 등용하면, 우리가 비록 규를 죽여줬더라도 제후의 분은 풀리지 않을 것이다. 차라리 관중을 보내어 제후의 손으로 직접 죽여버리게 하는 것이 좋으리라."

시백이 무서운 말을 한다.

"주공께서 꼭 관중을 살려 수하에 두실 생각이 없으시면 친히 그를 죽여버리십시오. 그리고 그의 시체를 제나라로 보내십시오."

노장공은 연방 머리를 끄덕이었다.

"그러는 것이 좋겠군."

마침내 관중의 목숨은 바람 앞의 등불 격이 됐다.

이때, 공손습붕은 노나라가 직접 관중을 죽이기로 했다는 소문을 들었다. 그는 황급히 노나라 궁정으로 달려가서 노장공에게 말했다.

"지난날 관이오는 활로 우리 임금의 혁대 고리를 쏜 사람입니다. 그러므로 우리 주공께서는 분이 골수에 사무쳐 친히 관이오의 목을 참하시는 것이 소원입니다. 만일 이곳에서 관중을 죽여 그 시체만 보낸다면 우리 주공께서는 시체를 다시 살려서 거듭 죽일 수 없기 때문에 그 분노를 풀 길이 없으시리니, 장차 이 일을 어찌하시렵니까."

이에 노장공은 습붕의 말을 듣고 본즉 더 의심할 여지가 없었다. 마침내 노장공은 결박한 관이오와 죽은 공자 규와 소홀의 목을 함께 내줬다. 이리하여 습붕은 노장공에게 사은하고 노나라를 떠났다. 함거 속에 잡혀가면서 관이오는 이것이 다 포숙아의 계책이란 걸 알았다. 동시에 관이오는 그만큼 불안했다. 관이오가 속으로 혼자 중얼거린다.

"노나라 시백은 실로 무서운 지사智士다. 그들은 비록 나를 석방했으나 언제 곧 후회할지 모르며 후회하면 즉시 뒤쫓아올 것이다. 시백이 뒤쫓아와서 나를 다시 잡는다면 그땐 살아날 길이 없다."

관이오는 함거 속에서 눈을 떴다 감았다 하면서 여러모로 계책을 생각했다. 이에 그는 황곡黃鵠의 노래를 지어 공손습봉 일행에게 가르쳤다. 그 노래는 이러했다.

노란 따오기여
왜 날개를 도사리고 가만히 있나.
발이 비끄러매여 있기 때문이라.
날지도 울지도 못함이여 채롱 속에 엎드렸도다.
하늘이 높은데 왜 구부리고 있으며
땅이 두꺼운데 왜 쭈그리고 앉아 있나.
불행한 액년을 만나
목을 뽑고 길이 부름이여
드디어 울음으로 변하는도다.
黃鵠黃鵠
戢其翼
繫其足
不飛不鳴兮籠中伏
高天何蹋兮
厚地下蹐
丁陽九兮逢百六
引頸長呼兮
繼之以哭

노란 따오기여
하늘이 너에게 날개를 주셨기 때문에 능히 날며
하늘이 너에게 발을 주셨기 때문에 능히 달리는도다.

액난에 사로잡혀 있음이여 누가 구해줄꼬.

하루아침에 울[樊]을 부수고 나감이여

내 어떻게 산으로 가야 할지

슬프다! 저 새 잡는 사냥꾼이

곁에서 가며 오며 하는도다.

黃鵠黃鵠

天生汝翼兮能飛

天生汝足兮能逐

遭此羅網兮誰與贖

一朝破樊而出兮

吾不知其升衢而漸陸

嗟彼弋人兮

徒傍觀而躑躅

그들 일행은 이 노래를 배워 일제히 노래하면서 경쾌히 달렸다. 그들은 노래부르기에 신명이 나서 피곤한 줄을 몰랐다. 수레도 달리고 말도 달린다. 이틀 걸릴 노정을 단 하루에 갔다. 이리하여 관이오는 드디어 노나라 경계를 벗어났다.

아니나 다를까, 관이오가 근심한 것처럼 노장공은 과연 그들을 떠나보낸 후에야 후회했다. 그는 공자 언으로 하여금 즉시 관이오를 도로 잡아오도록 분부했다. 즉시 공자 언은 그들을 뒤쫓았으나 헛수고만 하고 돌아갔다.

한편 관이오는 제나라 경계로 접어들자 하늘을 우러러 찬탄했다.

"내 오늘에야 살아났구나."

그들 일행은 당부堂阜 땅에 이르렀다. 지금까지 기다렸던 포숙아가 즉시 그들 일행을 영접했다. 포숙아는 친구인 관중을 대하자 무슨 지극한 보물이나 얻은 듯이 기뻐했다.

"관중은 별고 없는 모양이니 참으로 기쁘다."

포숙아는 즉시 사람들에게 명하여 함거를 부수게 하고 관이오를 모셔내리게 했다. 그러나 관이오는,

"주공의 분부를 받지 않고서 내 어찌 맘대로 함거를 내릴 수 있으리오."

하고 포숙아에게 말했다.

포숙아가 대답한다.

"조금도 근심 마오. 내 또한 그대를 우리 주공께 천거하리라."

관이오가 대답한다.

"내 원래 소홀과 함께 규를 섬겼으나 능히 규를 받들어 임금 자리에 올려모시지 못했고, 또 능히 절개를 지켜 죽었어야 할 텐데 그렇지도 못했으니 참으로 보잘것없는 몸이라. 그런데 내가 이제 지난날을 배반하고 앞으로 원수를 섬긴다면 소홀이 지하에서 나를 비웃을 것이오."

포숙아가 타이른다.

"큰일을 하는 자는 조그만 일에 신경을 쓰지 않으며, 큰 공을 세우는 자는 조그만 절개 때문에 목숨을 버리지 않소. 더구나 그대는 천하를 다스릴 수 있는 인재라. 다만 지금까지 때를 만나지 못한 것뿐이오. 이번 주공은 뜻이 크고 식견이 높으니 만일 그대를 얻어 도움을 받는다면 장차 우리 제나라를 경영해서 천하 패업霸業을 성취할 것이오. 공을 천하에 높이고 이름을 제후들 사이에 드날리는 것과 필부匹夫의 절개를 지켜 소용없는 죽음을 취하는 것이 어찌 같으리오."

관이오는 아무 대답도 안 했다.

포숙아는 관이오의 결박을 풀어주고 우선 당부에 머물도록 했다. 그리고 포숙아는 임치臨淄로 돌아갔다. 포숙아가 제환공에게 아뢴다.

"이번 흉사兇事를 조상弔喪하는 동시에 이번 길사吉事를 축하합니다."

제환공이 영문을 몰라 되묻는다.

"무엇을 조상한단 말이오?"

포숙아가 대답한다.

"공자 규는 주공의 형님이십니다. 주공께서 국가를 위하여 형님을 없앤 것은 부득이한 일이었지만 신하로서 어찌 조상하지 않을 수 있습니까."

제환공이 다시 묻는다.

"그것은 그렇다 하고 그대는 또 어째서 과인에게 축하하오?"

포숙아가 대답한다.

"관중은 천하의 기이한 인재입니다. 소홀의 유와 다릅니다. 신이 이제 그를 죽이지 않고 데려오는 데 성공했습니다. 주공께서는 이제야 어진 재상을 얻었으니 신이 어찌 치하하지 않을 수 있습니까."

그러나 제환공은 마땅찮았다.

"관이오는 과인에게 활을 쏜 자라. 그 화살이 지금도 있소. 그의 살을 씹어도 오히려 쾌치 않거늘 어찌 그자를 정승으로 등용하란 말이오."

포숙아가 대답한다.

"신하 된 자로서 그 누가 자기 주공을 위하지 않겠습니까. 그가 주공을 쏜 것은 공자 규만 알고 주공을 몰랐기 때문입니다. 이제 주공께서 그를 등용하시면 그는 마땅히 주공을 위해 활로 천하를 쏠 것입니다. 주공은 그까짓 갈고리〔鉤〕 쏜 것만을 논하려 하십니까."

제환공이 그제야 머리를 끄덕인다.

"과인은 그대 말을 잠시 듣기로 하겠소. 관중을 죽이지 말고 그냥 두어두오."

이에 포숙아는 관중을 영접해서 자기 집으로 데리고 갔다. 그리고 그들은 밤낮 서로 담론하며 즐겼다.

그후 제환공은 모든 신하의 공로를 표창하기 위해 벼슬과 토지를 제수했다. 제환공이 분부한다.

"포숙아는 상경上卿이 되어 앞으로 나라 정사를 도맡아보오."

포숙아가 사양한다.

"주공께서 신에게 은혜를 베풀고자 하실진댄 신臣으로 하여금 헐벗고 배고프지 않게만 해주시면 그것만으로 족합니다. 그러나 나라 정사를 다스리는 데는 신이 그 적임자가 아닙니다."

제환공이 머리를 흔들며 분부한다.

"과인은 경을 안다. 경은 사양 마오."

포숙아가 차근차근 대답한다.

"주공께선 신을 아신다지만 신은 매사에 삼가고 조심하는 것뿐입니다. 그저 예에 따라 법을 지키는 데 불과합니다. 이는 누구나 신하 된 자로서 마땅히 갖추어야 할 일이니 어찌 국가를 다스릴 만한 인재라 하겠습니까. 대저 국가를 다스릴 수 있는 자는, 안으론 백성을 편안하게 하고 밖으론 사이四夷를 무마하고, 공훈을 주왕실에 세우고 모든 나라 제후에게 덕을 펴고, 국가를 태산처럼 튼튼하게 하고, 주공께 한량없는 복을 누리도록 하고, 공을 금석 今昔에 드리우고 이름을 천추에 드날리는 자라야만 비로소 천자의 신하라 하겠으며, 왕을 돕는 소임자라 하겠습니다. 그러나 저 같은 신하가 어찌 이 대임大任을 감당하겠습니까."

이 말을 듣자, 제환공은 자기도 모르는 중에 기쁨을 감추지 못하고 포숙아에게 몸을 숙이며 묻는다.

"경이 지금 말한 그런 인재가 오늘날 세상에 있소?"

포숙아가 아뢴다.

"주공께서 그런 인재를 구하지 않으시면 어쩔 수 없지만 꼭 그런 사람을 구하신다면 어찌 없겠습니까. 그러한 인재는 딴 곳에 있지 않고 바로 관이오가 그런 인물입니다. 이 말을 믿지 않으시면 신이 일일이 그 이유를 들겠습니다. 신이 관이오만 못한 것이 다섯 가지 있습니다. 그 하나는 너그럽고 부드러이 백성에게 은혜를 베푸는 것이 그만 못하며, 둘째는 국가를 다스리되 그 근본을 잃지 않는 것이 그만 못하며, 셋째는 충성과 믿음으로써 백성과 단결할 수 있는 것이 그만 못하며, 넷째는 예의를 제정制定하여 사방에 펴는 것이 그만 못하며, 다섯째는 부고枹鼓•를 잡고 군문軍門에 서서 군사로 하여금 싸우게 하며 물러서지 않게 하는 것이 그만 못합니다."

제환공이 거듭 머리를 끄덕인다.

"경은 곧 그를 불러오라. 과인이 직접 그의 식견을 시험해보겠다."

그러나 포숙아가 일어나지 않는다.

"신이 일찍이 듣건대 천한 몸으론 능히 귀貴에 나아갈 수 없으며, 가난한 자는 부자를 부릴 수 없으며, 소원疏遠하면 능히 부모도 간할 수 없다 하더이다. 그러니 주공께서 관이오를 등용하시려면 재상의 직위를 내리시고, 그 국록을 높이시고, 부형에 대한 예로써 영접하십시오. 대저 재상이란 것은 임금의 다음가는 자리

라. 이런 일을 가벼이 하여 서로 가벼이 대하면 임금 또한 가벼워지나니, 대저 비상한 사람에겐 반드시 비상한 예로써 대우해야 합니다. 그러니 주공께서는 우선 택일부터 하시고 교외까지 나가서 그를 영접하십시오. 이리하여 주공께서 비록 원수일지라도 어진 사람이면 존경하고, 높은 선비면 예의로써 대한다는 소문이 사방에 널리 퍼지면, 천하에 뜻 있는 사람은 누구나 다 우리 제나라에 등용되기를 원할 것입니다."

마침내 제환공이 대답한다.

"과인은 그대가 시키는 대로 하겠소."

제환공은 태복太卜에게 명하여 길일을 택하고 관중을 교외까지 나가서 영접하기로 했다. 이에 포숙아는 자기 집으로 돌아가서 관이오를 교외 공관으로 안내했다.

드디어 제환공이 관중을 영접하는 길일이 됐다. 관중은 세 번 목욕하고 향수를 세 번 몸에 발랐다. 관중에게 내려진 의복과 포홀袍笏은 상대부上大夫와 비길 만한 것이었다. 제환공은 친히 교외까지 나가서 관중을 영접하고 함께 나란히 수레를 타고 궁으로 향했다. 길 양편에 가득히 모여 구경하던 백성들은 이 성대한 영접을 보고 놀라지 않는 자 없었다.

사관이 시로써 이 일을 읊은 것이 있다.

위대한 군후가 정승을 두었으니
그가 바로 잡혀온 죄수일 줄이야 누가 알았으리오.
이로부터 지난날의 감정을 서로 버렸으니
천하가 다 제환공의 패업을 칭송하노라.

爭賀君侯得相臣
誰知卽是檻車囚
只因此日損私忿
四海欣然號覇君

관이오는 제환공과 나란히 수레를 타고 궁으로 들어가서 머리를 조아리고 사죄했다. 제환공은 친히 관이오의 손을 붙들어 일으키고 자리를 주어 앉게 했다. 그러나 관이오가 자리에 앉지 아니하고 사양한다.

"신은 사로잡힌 몸으로 죽음에서 용서받았습니다. 어찌 과도한 대접을 받을 수 있습니까."

제환공도 극진히 대답한다.

"과인은 그대에게 묻고자 하는 것이 있소. 그대가 자리에 앉지 않으면 내 어찌 물을 수 있겠소."

그제야 관이오는 재배하고 자리에 나아가 앉았다. 제환공이 묻는다.

"우리 제나라는 천승지국千乘之國이오. 지난날 희공僖公께서 여러 나라 제후에게 위엄을 떨쳐 겨우 소패小覇의 업적을 남기셨소. 그러던 것이 요전 양공襄公 때부터 정사에 질서를 잃더니 마침내 큰 변이 일어나고야 말았소. 이번에 과인이 사직社稷을 맡았으나 인심은 아직 안정되지 않고 나라 위세 또한 말이 아니오. 앞으로 나라 정사를 다스리고 기강을 바로잡으려면 장차 뭣을 먼저 해야겠소?"

관이오가 아뢴다.

"예禮, 의義, 염廉, 치恥는 국가의 네 가지 근본입니다. 이 네 가지 근본이 뚜렷하지 못하면 나라는 망합니다. 오늘날 주공께서 국가의 기강을 세우고자 하실진대 반드시 이 네 가지 근본부터 펴고 백성을 부리면 기강은 저절로 서고 국가 위세를 저절로 떨치게 됩니다."

"어떻게 하면 능히 백성을 부릴 수 있소?"

"백성을 부리고자 할진대 반드시 먼저 백성을 사랑해야 합니다. 연후에 백성이 처處할 길을 열어줘야 합니다."

제환공이 들으며 끊임없이 묻는다.

"백성을 사랑하려면 어떻게 해야 하오?"

"국가는 공사公事를 위해서 힘쓰고 가장家長은 가족을 위해서 힘써야 합니다. 항상 백성과 함께 서로 손을 잡고 일하며 그 이익을 나눠주면 백성과 서로 친할 수 있습니다. 동시에 이미 지나간 죄를 용서해주고 옛 법[宗]을 닦게 하고 자손이 없거나 혼자 사는 사람에겐 적극 부부의 짝을 짓도록 주선해주면 백성은 늘고 형벌은 줄고 세금은 감소되고 백성은 부자가 됩니다. 그리고 어진 선비를 등용하여 대신으로 삼고 그들로 하여금 국가의 잘못을 바로잡도록 책임을 맡기면 자연 백성들도 예의를 배우게 됩니다. 또 일단 선포한 법령은 경솔히 고치지 않아야만 백성은 모리謀利 협잡질을 하지 않고 정직한 사람이 됩니다. 이상 말한 것이 바로 백성을 사랑하는 길입니다."

제환공이 머리를 끄덕이며 또 묻는다.

"백성을 사랑할 줄 알면 백성이 처할 길을 열어줘야 한다 하니 그것은 무슨 뜻이오?"

"사士, 농農, 공工, 상商을 사민四民이라고 합니다. 그러므로 선비의 아들은 선비가 되고 농군의 아들은 농사짓고 공인[工]과 장

사[商]하는 사람의 아들은 공·상을 오로지하되, 요는 늘 익히고
[習] 안정할 수 있어야 합니다. 그들이 자기 직업을 바꾸지 않고
변경하지 않도록 해줘야만 백성은 스스로 안락할 수 있습니다. 이
것이 그들에게 처할 길을 열어주는 것입니다."

제환공이 또 묻는다.

"백성이 안정되었을지라도 무기가 부족하면 어찌하오?"

"무기와 군사를 충족하려면 마땅히 속형贖刑하는 법을 제정해
야 합니다. 중죄를 범한 자로서 형벌을 면하려면 서피犀皮 갑옷과
창 한 벌을 바치게 하고, 죄가 가벼운 자에겐 질긴 가죽 방패[鞼
盾]와 창 한 벌을 바치게 하고, 소소한 죄인에겐 따로 벌금을 물게
하고, 그 죄가 분명치 못한 자는 용서하고, 소송을 거는 자에겐 쌍
방마다 화살 1속(일속─束은 12시矢)을 바치게 하고, 채광採鑛을 허
가하고, 철물鐵物을 모으되 좋은 것은 칼[劍]과 창을 만들어 개와
말에 시험하고, 품질이 좋지 못한 것은 호미와 괭이를 만들어 농
사를 짓게 하면 됩니다."

제환공이 또 묻는다.

"무기는 이미 정해졌을지라도 재용財用이 부족하면 어찌하
오?"

"산을 녹이어 돈[錢]을 만들고 바다를 이용해서 소금을 구우면
그 이익이 천하에 유통합니다. 그리고 천하의 모든 물품을 거두어
두고, 때맞추어 무역貿易하게 하는 동시 창기唱妓 300명을 두어
행상하는 사람들을 위로하게 하면 장사하는 나그네들이 모여들
것이며, 모든 재화財貨도 아울러 모입니다. 그리고 그들로부터 적
당한 세금을 징수해서 군용軍用을 돕는다면 어찌 재용을 걱정할
것 있습니까."

제환공이 또 묻는다.

"재용은 충분할지라도 군사가 많지 못해서 위세를 떨칠 수 없을 땐 어찌하오?"

관이오가 대답한다.

"원래 군사란 것은 그 정예精鋭한 것을 중시할 뿐 수효 많은 것을 목적하진 않습니다. 그리고 군사는 힘보다 마음이 강해야 합니다. 만일 주공께서 군사를 기르고 무기를 준비하시면 천하 모든 제후도 다 군사를 기르고 무기를 준비하리니, 신은 그렇게 해서 승리하는 예를 보지 못했습니다. 주공께서 만일 군사를 강하게 하고자 하실진대 우선 그 명목名目을 숨기고 그 실속을 튼튼히 하십시오. 신은 청컨대, 내정內政을 지어 이에 기여하되 군령으로써 하겠습니다."

"내정이란 뭣이오?"

관이오가 평소의 포부를 말한다.

"내정의 법法이란, 나라를 21향鄕으로 나누되, 공工·상商의 향 여섯을 두며 선비[士]의 향 열다섯을 두어 공·상으로 재물을 충족하게 하고, 선비로 병력을 충족하게 하는 것입니다."

"어떻게 하면 병사를 충족할 수 있소?"

"다섯 집[五家]을 궤軌라 할지니 궤에 장長을 두고 10궤를 이里라 할지니 이마다 유사有司를 두고, 4리를 연連이라 할지니 연에다 장長을 두고, 10련을 향鄕이라 할지니 향에 양인良人을 두십시오. 곧 이로써 군령을 삼아야 합니다. 곧 다섯 집을 궤라 하는 고로 5명이면 오伍가 되어 궤장軌長이 그들을 거느리고, 10궤를 이里라 하는 고로 50명이면 소융小戎이 되어 이의 유사가 그들을 거느리고, 4리를 연이라 하는 고로 200명이면 졸卒이 되어 연장連長

이 그들을 거느리고, 10련을 향이라 하는 고로 2,000명이면 여旅가 되어 향의 양인良人으로 하여금 그들을 거느리게 하는 것입니다. 그러기에 5향이면 1사단師團이 되기 때문에 1만 명을 1군軍이라 하고 5향의 사師가 이를 거느리며, 15향이면 3만 명이 징집徵集되기 때문에 이를 3군軍으로 나누어, 군주는 중군中軍을 거느리고 공자 두 분이 각기 1군씩 거느리고, 사시절의 여가를 이용해서 사냥을 하십시오. 봄에 사냥하는 것을 수蒐라 하나니 새끼 배지 아니한 짐승을 잡으며, 여름에 사냥하는 것을 묘苗라 하나니 오곡에 해되는 짐승을 잡으며, 가을에 사냥하는 것을 선獮이라 하나니 가을 살기殺氣에 응應하며, 겨울에 사냥하는 것을 수狩라 하나니 에워싸고 지킴으로써 성공을 고하는 동시, 이리하여 평소부터 백성으로 하여금 무사武事를 익히게 하는 것입니다. 그러므로 군오軍伍를 이里에서 정제整齊하며, 군려軍旅를 교郊에서 정제하여, 안으로 가르쳐서 이미 성취시키면 다시 옮기고 변경하지 말아야 합니다. 이리하여 오伍의 사람들은 서로 함께 제사祭祀하고 복을 빌며, 죽은 이를 함께 장사하고, 불행한 일이 있으면 사람마다 서로 전하고 집집마다 서로 짝하여 대대로 함께 살고, 어릴 때부터 서로 친하는 것입니다. 그러므로 일단 유사시에 싸움이 벌어지면 밤중이라도 서로 어긋나지 않으며, 백주의 전장에서도 서로 흩어지지 않으며, 서로 기뻐하며 서로 죽을 수 있으며, 같이 있을 땐 즐기며, 죽은 사람을 위해선 서로 슬퍼하며, 지킬 때엔 서로 견고하며, 싸울 때엔 다 함께 강하나니, 이 3만 명만 있으면 족히 천하를 횡행할 수 있습니다."

제환공이 또 묻는다.

"병세兵勢가 이미 강하면 가히 천하 모든 제후를 정벌할 수 있겠소?"

"안 됩니다. 우리가 주 왕실에 항거하면 이웃 나라들이 우리를 따르지 않습니다. 주공께서 천하 제후에게 뜻을 두신다면 우선 주의 왕실을 존중하시고 이웃 나라와 친교를 맺으십시오."

"어찌하면 그렇게 될 수 있소?"

"우리 제나라 지역을 튼튼히 하고, 이미 침범한 남의 나라 땅을 돌려주고 다시 가죽과 폐백으로 우호를 맺고 다른 나라 재물을 받지 않으면, 사방 모든 나라가 우리와 친하고자 할 것입니다. 또 청컨대 선비 80명에게 수레와 말과 의복과 많은 폐백을 주어 사방에 두루 노닐게 하여 천하의 어진 선비들을 불러오게 하며, 동시에 사람을 시켜 가죽과 비단과 진기한 물품을 가지고 사방에 팔러 다니게 하여 모든 곳의 윗사람, 아랫사람들의 좋아하는 바를 살피게 하며, 그 잘못 있는 나라만 골라서 공격하여 토지를 넓히고, 그 음란하고 임금을 죽이고서 자리를 뺏은 자만 골라 죽여도 가히 위엄을 세울 수 있습니다. 그렇게 하면 천하 모든 제후가 서로 다투어 우리 제나라에 조례를 드릴 터인즉, 그러한 연후에야 모든 제후를 거느리고 주周를 섬기되 천자에 대한 공물貢物을 게을리 않도록 감독하면 이것이 바로 왕실을 높이는 것입니다. 그러고 보면 비록 주공께서 방백方伯(열국 제후의 장長이란 뜻.『예기禮記』에 千里之外 設方伯이라 나옴)의 명칭을 사양하실지라도 천하가 다 권할 것입니다."

제환공과 관이오는 의기상통해서 3일 3야夜를 담론했다. 그러나 그들은 조금도 피곤한 줄을 몰랐다.

이에 제환공은 너무도 기뻐서 다시 사흘 동안 목욕재계하고 태묘太廟에 고하고 관이오를 재상으로 삼으려 했다.

그러나 관이오는 사양했다. 제환공이 묻는다.

"그대를 재상으로 삼고 장차 나의 뜻을 성취하려고 그대에게 이 소중한 자리를 주는 것인데 어찌하여 받지 않으시오?"

관이오가 대답한다.

"신이 듣건대 크나큰 집〔廈〕을 지으려면 한 나무의 재목으론 안 된다고 하더이다. 그것은 마치 큰 바다도 한줄기의 흐름으로 이루 어지지 않는 것과 같습니다. 주공께서 꼭 그 큰 뜻을 성취하고자 하실진대 동시에 다섯 인걸人傑을 등용하십시오."

제환공이 묻는다.

"다섯 인걸이라니 그 누구요?"

"모든 진퇴주선進退周旋하는 예의와 언변言辯, 판단의 강유剛 柔는 신이 습붕隰朋만 못합니다. 청컨대 습붕을 대사행大司行•으 로 삼으십시오. 또 초목을 개간하고 토지를 개척하고 많은 곡식을 거두어 땅의 이익을 완수하는 것은 신이 영월寧越만 못합니다. 청 컨대 영월을 대사전大司田•으로 삼으십시오. 또 넓은 평원을 나아 가되 수레를 서로 비끄러매지 않아도 군사들이 물러서지 않고, 북 소리에 삼군이 죽음을 두려워 않도록 하는 데엔 신이 왕자 성보成 父만 못합니다. 청컨대 왕자 성보를 대사마大司馬•로 삼으십시오. 또 옥사를 판결하되 중용을 잃지 않고 무고한 사람을 죽이지 않으 며 죄 없는 자를 모함하지 않는 것은 신이 빈수무賓須無만 못합니 다. 청컨대 빈수무를 대사리大司理•로 삼으십시오. 또 임금의 비 위를 거스르면서까지 간하되 충성으로써 하며, 죽음을 피하지 않 고 부귀로도 그 뜻을 굽히지 않는 것은 신이 동곽아東郭牙만 못합 니다. 청컨대 동곽아를 대간大諫•으로 삼으십시오. 주공께서 만 일 국가를 다스리고 병력을 굳게 하시려면 이 다섯 사람이 있을 뿐입니다. 그러고도 주공께서 다시 패업을 원하신다면 신이 비록 재주는 없으나 굳이 군명君命에 의하여 구구한 힘을 다하겠습니다."

이리하여 제환공은 드디어 관이오로 재상을 삼고 국중國中의 시조市租 1년분을 그에게 녹祿으로 주고, 관이오가 천거한 그대로 습붕 이하 다섯 사람에게 벼슬을 주고 각기 맡은 바를 다스리게 했다. 드디어 제환공은 널리 방을 내걸게 하고 무릇 부국강병의 식견을 아뢰는 자 있으면 모두 등용해서 실행하도록 했다.

어느 날, 제환공은 관이오에게 이런 말을 했다.

"과인은 불행하게도 사냥과 여자를 좋아하오. 장차 패업을 성취하는 데 해롭지 않겠소?"

관이오가 대답한다.

"해되지 않습니다."

"그러면 어떤 것이 해롭소?"

"어진 사람을 쓰지 않으면 천하를 제패하는 데 해로우며, 어진 사람인 걸 알면서도 쓰지 않으면 천하를 제패하는 데 해로우며, 어진 사람을 쓰되 신임하지 않으면 천하를 제패하는 데 해로우며, 어진 사람을 신임하면서도 소인들을 참석시키면 천하를 제패하는 데 해롭습니다."

제환공이 이 말을 듣고 옷깃을 여미며 크게 감탄한다.

"좋도다. 그 말씀이여!"

이에 제환공은 오로지 관이오를 신임하고 존경하는 뜻에서 그를 중부仲父라 부르고 최고의 은례恩禮로써 대우했다. 그리고 나라에 큰일이 있으면 먼저 중부에게 고한 후에 자기에게 알리도록 하고, 모든 일을 중부에게 결재 맡도록 하고, 제나라 사람이면 누구나 관이오라는 이름을 함부로 못 부르게 하고 귀천 할 것 없이

다 관중이라고 부르도록 했다. 곧 고대 사람은 존경하는 사람의 이름을 함부로 부르지 않고 그 자字를 불렀던 것이다.

한편 노장공은 그후 제환공이 관중을 죽이지 않고 도리어 재상으로 올려세웠다는 소문을 듣고서 몹시 분개했다.

"내 시백의 말을 듣지 아니한 것이 천추 후회로다. 내 도리어 그 어린 놈에게 속았구나."

노장공은 드디어 병거를 일으키고 지난날 건시에서 패전한 원수를 갚고자 제나라를 치기로 결심했다.

한편 첩자에 의해서 이 소문은 즉시 제환공에게 보고됐다. 제환공이 관중에게 묻는다.

"과인이 새로 군위에 오른 만큼 자주 싸움을 당하기는 싫소. 차라리 우리가 먼저 노나라를 치는 것이 어떠하오?"

관중이 대답한다.

"우리는 병거와 정사가 다 안정되어 있지 않습니다."

그러나 제환공은 듣지 않고 드디어 포숙아를 장수로 삼고 군사를 거느리고 가서 바로 장작長勺 땅을 치게 했다. 이에 포숙아는 군사를 거느리고 가서 노나라를 쳤다.

한편 노장공이 시백에게 묻는다.

"제나라가 어찌 이다지도 과인을 속이는가. 그들이 먼저 쳐들어온다 하니 장차 어찌 막을꼬?"

시백이 아뢴다.

"신이 한 사람을 천거하겠습니다. 그 사람이면 가히 제군을 당적하리이다."

"경이 천거하려는 사람은 누구요?"

"그의 성은 조曹며 이름을 귀劌라 합니다. 그는 지금 시골 동평東平 땅에 살고 있습니다. 아직 벼슬엔 뜻을 두지 않았으나 큰 인물입니다."

노장공은 즉시 시백에게 조귀를 데려오도록 분부했다. 이에 시백은 시골 동평 땅에 가서 조귀를 찾아보고 벼슬 살기를 청했다. 이 말을 듣고 조귀가 웃는다.

"고기 먹는 사람도 계책이 없어서 이렇듯 나물[茶] 먹는 사람에게까지 와서 벼슬을 권하시오?"

시백이 또한 웃으며 대답한다.

"나물 먹는 사람이라야 능히 계책도 있고 능히 고기도 먹을 수 있지 않소."

그들은 서로 웃고 함께 수레를 타고 동평 땅을 떠났다. 그들이 함께 노장공을 뵈옵자 노장공이 조귀에게 묻는다.

"지금 제병齊兵이 쳐들어오니 어찌 막을꼬?"

조귀가 대답한다.

"군사란 것은 그때그때 형편 따라 승리를 꾀할 뿐입니다. 어찌 보지도 않고서 미리 말할 수 있습니까. 원컨대 신에게 탈것을 주시면 싸움터로 가는 동안에 계책을 세우겠습니다."

이에 노장공은 조귀와 함께 병거를 타고 군사를 거느리고서 바로 장작 땅으로 향했다.

한편 포숙아는 노장공이 군사를 거느리고 온다는 첩보를 듣고 즉시 진을 단속하고 대기했다. 이윽고 노장공은 장작 땅에 이르러 곧 진을 치고 제군과 대치했다.

포숙아는 지난날 건시에서 크게 이겼기 때문에 노군을 얕보았다. 포숙아가 하령한다.

"북을 울리고 즉시 진격하라. 먼저 적진을 함몰한 자에겐 후한 상을 주리라."

노장공은 진동하는 북소리를 듣고, 노군에게도 북을 울리도록 했다. 그런데 조귀가 말린다.

"제나라 군사는 바야흐로 날카롭습니다. 우리는 조용히 때를 기다려야 합니다."

조귀가 즉시 명을 내린다.

"누구든지 선동하거나 망동하는 자 있으면 불문곡직하고 참하겠다. 각별 조심하여라!"

한편 제군은 노진魯陣을 공격했다. 그러나 어찌 된 셈인지 노나라 진은 고요할 뿐 철통 같았다. 결국 제군은 노진을 무찌르지 못하고 물러갔다.

조금 지난 후에 제군은 다시 북을 울리면서 노나라 진을 공격했다. 그러나 노군은 모두 귀가 먹었는지 여전히 꼼짝하지 않았다. 제군은 여러모로 공격하다가 결국 노진을 부수지 못하고 물러갔다.

포숙아가 말한다.

"이건 노나라 군사가 싸움이 무서워서 꼼짝 않고 있는 것이다. 한 번만 더 북을 울리면 반드시 달아날 것이다."

이에 제군은 또 일제히 북을 울렸다. 그 세번째 북소리를 듣고서야 조귀가 노장공에게,

"이제야 제군이 패할 때가 왔습니다."

하고 하령한다.

"속히 북을 울려라."

이때 노군은 처음으로 북을 울렸다. 그때는 제군이 북을 세 번이나 울린 뒤였다. 제군은 두 번이나 공격해도 싸움에 응하지 않

는 걸 보고 노군을 멸시했다.

그런데 북소리를 단 한 번 울리고서 돌연 노군이 일시에 공세로 나올 줄이야 누가 알았으리오.

벌 떼처럼 나타나 쳐들어오는 노군은 칼을 번쩍이며 닥치는 대로 제군을 치면서 빗발처럼 활을 쏘아대지 않는가. 노군의 형세는 그야말로 우레 같고 달리는 번개 같았다. 제군은 눈을 가리고 귀를 틀어막을 여가도 없었다. 제군은 이리 꺼꾸러지고 저리 쓰러지며 달아나기 시작했다.

노장공이 승세를 놓치지 않고 즉시 추격하려는데 조귀가 말린다.

"가만히 계십시오. 신이 사세를 두루 살펴본 뒤에 결정하도록 하십시오."

그는 즉시 제군이 진을 벌였던 곳으로 갔다. 그는 제군이 머물렀던 진陣 터를 두루 살펴보고서 다시 병거에 올라 멀리 바라보며 말한다.

"가히 적을 추격할 만합니다."

이에 노장공은 급히 병거를 달려 달아나는 제군을 뒤쫓았다. 노장공은 제군을 30리나 뒤쫓다가 돌아왔다. 뺏은바 무기와 치중은 이루 헤아릴 수 없을 정도로 많았다.

사람을 씀에 의심이 없다

노장공은 제나라 군사를 크게 무찔러 이겼다. 노장공이 조귀曹
劌에게 묻는다.

"경은 한 번 북을 울려 세 번이나 북을 울린 적군을 단번에 이겼
으니 이 어찌 된 까닭이오?"

조귀가 대답한다.

"대저 싸움은 기운을 주로 삼습니다. 기운이 씩씩한즉 이기며,
기운이 쇠하면 집니다. 북을 울리는 것은 기운을 돋우기 위한 것
입니다. 한 번 울리면 기운이 일어나고 두 번 울리면 기운이 쇠하
고 세 번 울리면 기운이 끝납니다. 신은 애초부터 북을 울리지 않
고 삼군의 기운을 길렀습니다. 적이 세 번 북을 울려서 기운이 끝
났기에 신은 한 번 북을 울려 기운을 일으켰습니다. 곧 가득한 기
운으로 쇠진한 기운을 막은 셈입니다. 그러니 어찌 이기지 않을
수 있습니까."

노장공이 다시 묻는다.

"제나라 군사가 패했을 때 어째서 즉시 추격하지 않았는가. 청컨대 그 까닭을 듣고자 하노라."

조귀가 대답한다.

"제나라 사람은 속임수가 많습니다. 혹 복병이 있지 않을까 두려웠습니다. 그래서 달아나는 적을 그대로 믿을 수 없어 신은 그들이 떠나간 터를 봤습니다. 병거 바퀴 자국이 종횡으로 산란한 걸 보고서야 제군이 어지러웠다는 걸 알았습니다. 그리고 그들의 뒷모습을 바라봤습니다. 달아나는 그들의 정기旌旗가 정연하지 못했습니다. 비로소 신은 그들이 계획적으로 달아나는 것이 아니란 걸 알고 추격했습니다."

이 말을 듣자 노장공이 거듭 머리를 끄덕이며 찬탄한다.

"경은 참으로 병법을 아는 사람이오."

이에 노장공은 조귀를 대부로 삼고 그를 추천한 시백에겐 많은 상을 줬다.

염옹髥翁이 시로써 이 일을 읊은 것이 있다.

강한 제나라 군사 때문에 노나라 조정이여 근심 마라.
이미 승산勝算이 서 있을 줄이야 누가 알았으리오.
싸움에 나간 군사로부터 소식 없음을 괴이하다 마라.
원래 고기 먹는 자가 나물 먹는 자보다 계략이 못하니라.
强齊壓境擧朝憂
帷幄誰知握勝籌
莫怪邊庭捷報杳
由來肉食少佳謀

이때가 바로 주장왕周莊王 13년 봄이었다. 제나라 군사는 노장 공에게 패하여 힘없이 돌아갔다. 제환공이 크게 노한다.

"군사가 싸움에 나아가 공 없이 돌아왔으니 이러고야 장차 어찌 여러 나라 제후를 거느릴 수 있으리오."

포숙아가 머리를 숙이고 아뢴다.

"제와 노는 천승千乘의 나라입니다. 그러므로 병세兵勢가 서로 비슷합니다. 이는 마치 주인과 객 같아서 강하고 약한 것이 뚜렷하지 않습니다. 지난날 건시에서 싸웠을 때는 우리가 주인 격이었기 때문에 노에게 이겼지만 이번 장작長勺 싸움에서는 노가 주인 격이었기 때문에 우리 제는 패했습니다. 이제 신은 원컨대 주공의 명으로써 송에 원조를 청하고자 합니다. 우리 제와 송이 협력해서 노를 치면 가히 이번 수치를 설욕할 수 있으리라고 믿습니다."

제환공은 이 일을 허락하고 사신을 송나라로 보내어 군사 원조를 청했다.

이때, 송나라 송민공宋閔公은 제양공 때부터 무슨 일이고 늘 제나라와 협력해왔던 만큼 소백이 즉위했다는 소문을 듣고서 그렇지 않아도 장차 우호를 맺으려던 참이었다. 그는 제나라 사신의 청을 듣고 즉시 원조하기로 승낙했다. 이리하여 제·송 두 나라는 그해 여름 6월 초순에 각기 군사를 거느리고 낭성郎城 땅에서 만나기로 했다.

어느덧 6월이 됐다.

송나라에선 남궁장만南宮長萬이 장수가 되고 맹획猛獲이 부장이 되어 출발했다. 한편 제나라에선 포숙아가 장수가 되고 중손추仲孫湫가 부장이 되어 출발했다. 이에 제군은 낭성 땅 동북쪽에 모이고 송군은 동남쪽에 이르렀다.

한편 노장공은 제·송 두 나라 군사가 쳐들어온다는 보고를 받고 모든 신하에게 말했다.

"포숙아가 분을 삭이지 못하고 송나라 군사까지 청해서 쳐들어온다 하니 어찌할꼬. 더구나 송나라 남궁장만은 촉산觸山에 있는 가마솥〔鼎〕을 들어올렸다는 장사다. 우리 나라엔 그를 당적할 만한 장수가 없다. 두 나라 군사가 어깨를 나란히 하고 서로 도우면서 쳐들어올 것인즉 어찌 막아낼꼬?"

대부 공자 언偃이 아뢴다.

"신이 가서 그들의 동정을 한번 보고 오겠습니다."

공자 언이 갔다가 그후 돌아와서 보고한다.

"포숙아는 매사에 조심하는 듯 군용軍容이 몹시 정연하고 남궁장만은 스스로 나를 당적할 놈이 없다고 용기만 믿는 듯 그 행오行伍가 자못 어지럽더이다. 그러니 만일 우문雩門(노나라 남쪽 성문)으로 몰래 나가서 방비 없는 송군을 엄습하면 가히 그들을 무찌를 수 있을 것입니다. 송군이 패하면 제군 혼자서 우리와 싸우려고 남지는 않을 것입니다."

그러나 노장공이 들으려 하지 않는다.

"그대는 남궁장만의 적수가 아니다."

공자 언이 다시 간청한다.

"청컨대 신은 이를 한번 시험하고 싶습니다."

그제야 노장공이 겨우 대답한다.

"그대가 꼭 해본다면 과인은 그대 뒤를 접응하리라."

이에 공자 언은 호피虎皮 100여 장을 100여 필의 말에다 둘러씌우고 희미한 달빛 아래 기를 내리고 북을 치지 않고 우문을 열고 나갔다. 그들은 발걸음 소리를 죽이고 송군宋軍 영채 가까이 갔다. 송군 진영은 조용했다.

공자 언은 군사에게 명해서 일제히 불을 피워올렸다. 시뻘건 불이 오르자 금고金鼓 소리가 천지를 뒤흔들었다. 노군은 송군 영채로 돌격했다. 타오르는 불빛 저편에 일대의 맹호猛虎가 나타났다. 이를 보자 송나라 진영의 군사들은 크게 놀라 달아나고 말들은 미친 듯 코를 불며 줄을 끊고 달아났다.

남궁장만이 제아무리 용맹하다 하나 앞을 다투어 달아나는 군사와 병거를 막을 도리는 없었다. 남궁장만은 겨우 말을 진정시키고 병거에 올라타 후퇴했다. 이윽고 노장공의 후대後隊가 이르러 공자 언과 합세하여 밤을 새워가면서 송군을 추격했다.

송군은 노나라 국경인 승구乘邱 땅까지 달아났다. 이에 남궁장만이 맹획을 돌아보고 결심한다.

"오늘은 지든 이기든 양단간에 목숨을 걸고 싸우지 않을 수 없구려."

맹획은 즉시 찬동하고 말고삐를 돌려 칼을 휘두르며 뒤쫓아오는 노군을 향해 쳐들어갔다. 마침내 맹획과 공자 언 사이에 싸움이 벌어졌다.

한편 남궁장만은 장창長槍을 높이 들고 바로 노후의 대군에게로 달려들었다. 남궁장만은 닥치는 대로 노군을 쳐죽였다. 노군은 남궁장만의 용맹에 기겁을 하고 감히 가까이 덤벼들질 못했다.

노장공이 천손생歂孫生에게 말한다.

"그대는 원래 천하장사로 이름을 날렸으니 능히 남궁장만과 승부를 겨룰 수 있지 않겠느냐?"

이에 천손생은 큰 창[戟]을 끼고 달려나가서 즉시 남궁장만과 싸웠다. 노장공은 높은 대臺에 올라가서 그들의 싸움을 바라봤다.

그러나 천손생은 힘이 남궁장만만 못했다. 노장공이 좌우 사람에게 분부한다.

"속히 과인의 금복고金僕姑를 가지고 오너라!"

금복고란 것은 노나라 군부軍府에서도 가장 좋은 화살이었다. 좌우에서 화살을 바치자, 노장공은 화살을 시위에 메겨 남궁장만을 겨누고서 쐈다. 화살은 번개처럼 날아가 남궁장만의 오른편 어깨를 뚫었다. 활촉은 깊이 뼈 속까지 들어갔으나 남궁장만은 손으로 화살을 뽑아버렸다. 이 순간, 기회를 놓치지 않고 천손생이 창으로 남궁장만의 왼편 넓적다리를 찔렀다. 남궁장만이 통나무 쓰러지듯 땅에 자빠졌다. 그가 속히 일어나려 허우적거리는데 천손생이 병거에서 뛰어내려 남궁장만의 손을 결박했다. 이에 노군은 즉시 남궁장만을 잡아 일으켰다.

이때 맹획은 주장主將인 남궁장만이 적에게 사로잡힌 걸 보고 병거까지 버리고서 달아났다. 노장공은 사냥하듯 송군을 사로잡고 크게 이기자 금金을 울려 군사를 거두었다.

천손생이 사로잡은 남궁장만을 노장공에게 바쳤다. 남궁장만은 어깨와 넓적다리에 중상을 입었건만 오히려 꼿꼿이 서서 조금도 아파하는 기색이 없었다. 노장공은 남궁장만의 용기를 사랑하고 예로써 그를 후대했다.

이때, 포숙아는 송군이 참패하자 군사를 모조리 돌려 본국으로 돌아갔다.

그해에 제환공은 습붕을 주 왕실로 보내어 자기가 제나라 군위에 즉위한 것을 고하고 청혼했다. 이에 주장왕은 사신을 노장공에게 보내어 혼사를 주장主掌하게 하고 왕희王姬를 제나라로 출가시켰다. 이에 서徐·채蔡·위衛 세 나라 군후는 각기 그 딸들을 보내어 제환공의 첩이 되게 했다. 이건 제후들이 왕희의 출가를 축하하기 위한 예법이었다.

노나라가 혼사를 주장했기 때문에 그 뒤로 제·노 두 나라는 다시 친목하고 지난날 싸웠던 감정을 버리고 다시 형제의 의를 맺었다.

그해 가을에 송나라에 큰 홍수가 있었다. 이 소문을 듣자 노나라 노장공은,

"우리 노는 이미 제와 우호를 맺었거늘 어찌 송만을 미워할 수 있으리오."

하고 사자를 보내어 위문했다. 송나라는 노나라의 위문에 감격하고 사람을 노나라로 보내어 회사回謝하는 동시 남궁장만을 돌려보내주면 더욱 감사하겠다고 청했다. 노장공은 즉시 쾌락하고 남궁장만을 송나라로 돌려보냈다.

이로부터 제·노·송 세 나라는 서로 친목하고 지금까지의 모든 감정을 버렸다.

염옹이 시로써 이 일을 읊은 것이 있다.

> 건시와 장작 땅에서 서로 승부를 다투더니
> 또 승구에서 송군이 패했도다.
> 승부는 종잡을 수 없는 것 결국 손해뿐이니
> 어찌 우호를 맺고 서로 안전한 것만 같으리오.
> 乾時長勺互雄雌
> 又見乘邱覆宋師
> 勝負無常終有失
> 何如修好兩無危

한편 남궁장만은 오랜만에 본국으로 돌아갔다. 송민공이 남궁
장만을 놀린다.

"내 지난날은 그대를 존경했으나 이제 그대는 노나라 죄수라.
그러므로 내 이후로는 그대를 존경하지 않으리라."

이 말을 듣자 남궁장만은 크게 부끄러워하면서 물러갔다. 곁에
서 대부 구목仇牧이 송민공에게 간한다.

"임금과 신하는 예법으로써 사귈 것이지 희롱하면 못씁니다.
희롱하면 공경하지 않게 되며, 공경하지 않으면 태만하며, 태만
한즉 예가 없습니다. 그러하기 때문에 심지어 패륜悖倫과 시역弑
逆까지도 일어납니다. 그러니 주공은 삼가고 삼가십시오."

그러나 송민공은 웃고 대답한다.

"과인과 남궁장만은 서로 무간無間한 사이라. 어찌 그가 감정
을 두리오."

이때는 주장왕 15년이었다. 이해에 주장왕은 병으로 붕어했다.
그래서 태자 호제胡齊가 천자의 위에 올랐다. 그가 바로 주희왕周
僖王이다.

한편 주장왕이 세상을 떠났다는 부음은 송나라에도 전해졌다.
이때 송민공은 궁인들과 함께 몽택蒙澤에서 놀고 있었다. 송민공
은 남궁장만으로 하여금 척극擲戟 놀이를 하게 했다. 원래 남궁장
만은 남들이 흉내낼 수 없는 절등絶等한 재주를 한 가지 가지고
있었다. 창을 공중으로 던져올리는 재주였다. 창이 하늘 높이 몇
길이나 솟아오르다가 떨어지면, 그는 그것을 낱낱이 손으로 받되
백 번에 한 번도 실수가 없었다.

모든 궁인이 그 재주를 보고자 원했다. 그래서 송민공은 남궁장
만을 불러 함께 놀게 된 것이다. 이에 남궁장만은 분부를 받고 한

바탕 척극 재주를 부렸다. 이를 보자 모든 궁인은 박수갈채를 보내며 격찬하고 부러워했다. 송민공은 슬며시 남궁장만을 시기하는 맘이 일어나서 이맛살을 찌푸렸다.

송민공이 내시에게 박국博局을 가져오라고 분부한다. 그리고 남궁장만과 내기를 걸되 이긴 자는 진 자에게 금으로 만든 말[斗]에다 술을 가득 부어서 먹이기로 했다.

원래 박국만큼은 송민공의 장기長技였다. 그러니 남궁장만이 어찌 송민공을 당적할 수 있으리오. 남궁장만은 다섯 판을 겨루어 다섯 번을 다 졌다. 동시에 벌주 다섯 말을 마셨다. 어찌 제정신을 차릴 수 있으리오. 몹시 취한 그는 몸을 연방 비틀거리면서도 항복할 뜻이 없었다.

"이번은 꼭 이길 자신 있습니다. 한 판만 더 두사이다."

송민공이 빙그레 웃으며 또 놀린다.

"그대 같은 죄수는 항상 지는 데 성수星數가 난 사람이다. 어찌 과인에게 이길 수 있겠느냐."

이 말을 듣자 남궁장만은 무안하고 분해서 대답도 못했다. 이때 밖에서 궁시宮侍가 들어와 아뢴다.

"주 왕실에서 사신이 오셨습니다."

"어째 왔다더냐?"

"장왕이 붕어하시고 새 왕이 등극하셨다고 합니다."

송민공이 말한다.

"주에 새로 왕이 즉위하셨다면 마땅히 사자를 보내어 조상하는 동시 새 왕에 대해서 경하할 일이다."

이때 남궁장만이 아뢴다.

"신은 아직 왕도王都의 번화한 거리를 구경하지 못했습니다.

원컨대 사명을 받잡고 이번에 한번 가보고자 합니다.”

송민공이 크게 웃으면서 또 실없는 소리로 그를 놀린다.

“우리 송나라에 비록 사람은 없지만 어찌 죄수를 사자로 보낼 수 있으리오.”

이 말에 궁인들이 크게 웃었다. 남궁장만의 얼굴이 더욱 붉어졌다. 송민공이 말끝마다 오금을 박는 바람에 그는 부끄러움이 분노로 변했다. 더구나 술까지 몹시 취한 남궁장만은 분노를 참다못해 드디어 신하와 임금의 분별마저 없었다. 남궁장만이 벌떡 일어나 송민공을 크게 꾸짖는다.

“무도한 혼군昏君아! 죄수가 사람을 어떻게 죽이는지 아느냐?”

이에 송민공도 분기충천했다.

“이 죄수놈이 어찌 이다지도 무례하냐!”

송민공은 조금 전에 남궁장만이 하늘로 집어던지며 재주를 부리던 그 창을 성큼 움켜잡고 남궁장만을 찔렀다. 그러나 남궁장만은 순간 몸을 비키면서 곁에 있는 박국을 번쩍 들어 송민공을 후려갈겼다. 딱! 소리가 나면서 송민공은 허깨비처럼 나동그라졌다. 남궁장만은 즉시 나동그라진 송민공 위에 올라탔다. 쇳덩이 같은 주먹으로 송민공을 연거푸 내리쳤다.

슬프고 애달프다. 송민공은 남궁장만의 억센 주먹에 소리 한 번 못 지르고 쓰러져 죽었다. 궁인들은 끔찍스런 참경을 보고 크게 놀라 제각기 흩어졌다. 송민공을 죽인 남궁장만은 더욱 노기발발했다. 시근벌떡거리면서 그는 창을 이끌고 나갔다.

그는 조문朝門을 나가다가 때마침 들어오는 대부 구목仇牧과 만났다. 대부 구목이 묻는다.

“주공은 지금 어디 계시오?”

남궁장만이 대답한다.

"무도한 혼군이 예법을 모르기에 내가 이미 죽여버렸소."

구목이 웃고 말한다.

"장군이 취했구려."

남궁장만이 머리를 흔들면서 대답한다.

"난 취하지 않았소. 자, 내 손을 보오."

남궁장만은 온통 피투성이가 된 손을 내보였다. 그제야 구목은 기겁을 하고 놀라더니 곧 정색하면서 꾸짖는다.

"시역弑逆한 도적아! 하늘이 있다면 네 죄를 용납하지 않으리라."

구목은 손에 들고 있는 홀笏로 남궁장만을 후려갈겼다. 그러나 어찌 구목이 남궁장만의 범 같은 힘을 당적할 수 있으리오. 남궁장만은 손에 잡고 있던 창을 버리고 두 팔을 쩍 벌리고서 구목에게 덤벼들었다. 남궁장만은 번개같이 왼손으로 구목의 홀을 쳐 떨어뜨리고 동시에 오른손으로 구목을 쳤다. 남궁장만의 주먹은 바로 구목의 머리에 가서 맞았다. 순간 구목의 두골은 피를 쏟고 부서졌다. 주먹 한 번에 두골을 부수고 얼굴을 모조리 바숴버렸으니 이 어찌 절등한 힘이라 하지 않을 수 있으리오.

가엾다! 구목은 목숨을 잃고 징그러운 송장이 됐다. 남궁장만은 피를 본 야수가 됐다. 그는 다시 창을 집어들고 유유히 걸어가 수레를 올랐다. 그는 참으로 방약무인했다.

이리하여 송민공은 즉위한 지 10년 만에 쓸데없는 한마디 농으로 역신의 독한 주먹을 맞고 죽었다.

어지러운 춘추 시대에는 신하가 임금 죽이기를 마치 닭의 목 비틀 듯했으니 공자孔子가 어찌 군신유의君臣有義를 강조하지 않을 수 있었으리오.

　사신史臣이 시로써 구목을 찬한 것이 있다.

　　세상이 말세여서
　　도덕은 무너졌도다.
　　상하上下의 질서가 없어서
　　임금이 신하와 장난하도다.
　　임금은 곧잘 실없는 소리를 하고
　　신하는 곧잘 창으로 재주를 부리도다.
　　장하구나 구목이여
　　홀로 역신을 쳤도다.
　　상대의 힘을 두려워 않고
　　마침내 충신의 피를 뿌렸도다.
　　그대의 죽음은 태산보다 무겁거니
　　그 이름 일월처럼 빛나도다.
　　世降道斁
　　綱常掃地
　　堂廉不隔
　　君臣交戲
　　君戲以言
　　臣戲以戟
　　壯哉仇牧
　　以笏擊賊
　　不畏强禦
　　忠肝瀝血

死重泰山
名光日月

이때 화독華督은 궁에서 변이 생겼다는 기별을 받고 즉시 칼을 집어들고 수레에 올라 군사를 거느리고 난亂을 치려고 달려갔다. 화독이 동궁東宮 서쪽을 돌아가는데 마침 이편으로 오는 남궁장 만과 만났다.

남궁장만은 수레를 달려와 말도 아니 하고 곧 창을 들어 화독을 찔렀다. 창에 찔린 화독은 외마디 소리를 지르면서 수레 밑으로 굴러떨어졌다. 남궁장만은 서슴지 않고 다시 창을 들어 화독을 찔러 죽였다.

이날 남궁장만은 송민공의 종제從弟 공자 유游를 받들어 군위 에 올려모셨다.

그리고 대공戴公, 무공武公, 선공宣公, 목공穆公, 장공莊公 등 역 대 임금의 족속族屬을 모조리 추방했다. 이에 모든 공자들은 남궁 장만에게 추방되어 소읍蕭邑(송나라에 있는 지명)으로 달아났다. 또 공자 어열御說은 박亳 땅으로 달아났다. 남궁장만이 말한다.

"어열은 학문이 있고 재능이 있으며 바로 송민공의 친동생이 다. 그놈이 지금 박에 있으니 반드시 장차 변을 일으키고야 말 것 이다. 만일 어열만 죽이면 다른 모든 공자쯤이야 족히 걱정할 것 없다."

이에 남궁장만의 아들 남궁우南宮牛가 맹획과 함께 군사를 거 느리고 가서 박 땅을 쳤다. 이것이 그해 겨울 10월이었다. 한편 소 읍 수령守令 숙대심叔大心은 대공, 무공, 선공, 목공, 장공 등 오 족五族의 모든 공자를 받들어 모시고 또 조曹나라에 군사를 청해

박 땅을 구원하러 갔다. 이에 공자 어열도 박 땅 백성을 모조리 일으켜 소읍에서 온 숙대심과 모든 공자와 함께 안팎으로 남궁우의 군사를 협공했다.

이 싸움에서 남궁우는 죽고 송군은 모두 공자 어열에게 항복했다. 그리고 패한 장수 맹획은 송으로 돌아갈 면목이 없어서 위나라로 달아났다. 이에 대숙피戴叔皮가 공자 어열에게 계책을 말한다.

"항복한 군사 몇 사람과 그들의 기호旗號를 이용하십시오. 곧, 그들을 앞장세우고 도성으로 돌아가서 그들로 하여금 남궁우는 이미 박 땅을 함몰하고 어열을 사로잡아 지금 돌아오는 중이라고 거짓 보고를 하게 하십시오."

공자 어열은 항병降兵 몇 명으로 하여금 돌아가서 싸움에 이겼다고 거짓 보고를 하게 했다. 남궁장만은 군사 몇 명이 먼저 돌아와서 보고하는 승전을 곧이 믿고 태연히 아들 남궁우와 맹획이 돌아오기만을 기다렸다.

한편 모든 공자와 군사는 송나라 성문 밖까지 이르렀다. 그들은 승전하고 돌아온 것처럼 속임수를 써서 성문을 열게 했다. 그리고 일제히 성안으로 들어가서 부르짖었다.

"역적 남궁장만만 잡으면 그만이다. 다른 사람들은 조금도 놀라거나 두려워 마라."

일이 이쯤 되고 보니 남궁장만은 창황蒼湟해서 어찌할 바를 몰랐다. 그는 급히 궁에 가서 공자 유를 모시고 달아나기로 했다. 그러나 어찌하리오. 궁중에는 이미 무장한 군사들이 들어차 있었다. 그 군사들 틈을 비집고 나온 한 내시가 남궁장만에게 말한다.

"상감은 이미 군사들에게 피살됐습니다."

남궁장만은 길이 탄식했다. 그는 어느 나라로 달아나는 것이 좋을까 하고 궁리했다. 원래 송나라와 진陳나라는 별로 원한이 없는 터였다. 그래서 그는 장차 진나라로 달아나기로 했다. 그러나 그는 팔순이 넘은 어머니를 버리고 갈 수는 없었다.

남궁장만이 다시 탄식한다.

"어찌 천륜을 버리고 혼자 갈 수 있으리오."

그는 몸을 돌려 집으로 갔다. 그는 집에 이르러 늙은 어머니를 부축하여 수레에 올려 모시고, 왼손엔 칼을 뽑아들고 오른손으론 수레를 밀면서 성문 지키는 군사들을 참하고 나갔다. 그는 성문을 벗어나자 바람처럼 달아났다. 그러나 아무도 감히 그를 뒤쫓는 자는 없었다.

송나라에서 진나라까지는 260리였다. 그런데 남궁장만은 수레를 끌고서 하루 만에 진나라에 당도했다. 이런 신력神力은 고금에 보기 드문 바였다.

이리하여 공자들은 공자 유를 죽이고 공자 어열을 받들어 임금으로 모셨다. 그가 바로 송환공宋桓公이다.

이에 대숙피는 대부가 되고 오족五族 중에서 이번 거사에 공로를 세운 자는 모두 공족公族 대부가 됐다. 그리고 숙대심은 다시 소읍으로 돌아갔다.

송환공은 위나라로 사자를 보내어 맹획을 넘겨달라고 청했다. 그리고 또 사자를 진나라로 보내어 남궁장만도 잡아 보내주기를 청할 작정이었다.

이때 공자 목이目夷는 겨우 다섯 살이었다. 마침 송환공 곁에 앉았다가 웃으면서 말한다.

"진나라는 남궁장만을 잡아 보내지 않을 것입니다."

송환공이 묻는다.

"네 어찌 그러리라 믿느냐?"

공자 목이가 대답한다.

"사람들은 용력勇力이 있는 자를 공경합니다. 우리 송나라는 남궁장만을 버렸지만 진나라는 반드시 그를 보호할 겁니다. 그러니 빈손으로 가서 청하면 진나라가 어찌 우리 송나라를 위해 힘쓰겠습니까."

이 말을 듣자 송환공은 크게 깨닫고 사자에게 귀중한 보물을 많이 내줬다.

"이걸 가지고 가서 진나라에 주고 잘 부탁하여라."

우선 위나라로 간 송나라 사자부터 이야기해야겠다. 이때 위혜공衛惠公은 사자로부터 송나라 청을 듣고서 모든 신하에게 물었다.

"맹획을 돌려달라는데 보내는 것이 좋을지, 안 보내는 것이 좋을지?"

모든 신하가 이구동성으로 대답한다.

"위급을 모면하려고 도망온 사람을 어찌 다시 돌려보낼 수 있습니까."

대부 공손이公孫耳가 간한다.

"천하의 악은 어디고 마찬가집니다. 그러므로 송나라 악이 오히려 우리 위나라 악이 될 수 있습니다. 악한 사람 하나를 머물게 하는 것이 우리 위에 무슨 이익이 있겠습니까. 더구나 우리 위와 송은 원래 친한 사이입니다. 만일 이번에 맹획을 잡아 보내지 않으면 송은 반드시 노할 겁니다. 한 사람의 악을 보호하기 위해서 한 나라의 환심을 잃는다면 이건 결코 좋은 계책이라 할 수 없습니다."

위혜공이 머리를 끄덕이면서 결연히 말한다.

"그대 말이 옳다."

이에 위혜공은 맹획을 결박지어 송나라 사자에게 내줬다.

한편 진나라에 간 송나라 사자는 진선공陳宣公에게 귀중한 보물을 바치고 자기가 온 뜻을 말했다. 진선공은 그 뇌물에 욕심이 나서,

"과인이 남궁장만을 잡아 보내리라."

하고 쾌락했다. 그러나 진선공은 남궁장만이 천하장사이므로 고분고분 붙들려가지 않을 것을 알고 한 계책을 세웠다.

하루는 공자 결結이 남궁장만에게 말한다.

"우리 주공께서는 그대를 얻은 것을 오히려 다른 나라 성 열 개를 얻은 것보다 더 끔찍이 생각하시오. 그러니 송나라가 제아무리 백방으로 청할지라도 우리 진나라는 듣지 않을 것이오. 다만 우리 주공께서는 그대 때문에 송나라로부터 의심을 살까 두려워하사 이 동심결同心結로써 자기 심중을 그대에게 알리라 하셨소. 그러니 그대는 우리 진나라가 좁다는 걸 핑계로 내세우고 다른 큰 나라에 가서 조용히 몇 달만 놀다 오면 어떻겠소. 내 그대를 위해 수레를 장만해드리리이다."

남궁장만이 울며 대답한다.

"귀국 군후께서 보잘것없는 나를 이렇듯 생각해주시니 내 또 무슨 다른 말이 있겠소."

이에 공자 결은 남궁장만과 함께 술을 마시며 즐기다가 형제의 의까지 맺었다.

이튿날 남궁장만은 공자 결의 집에 가서 칭사稱謝했다. 공자 결은 남궁장만을 반가이 영접했다. 술상이 들어오고 비첩婢妾들까

지 들어와서 섬섬옥수로 다투어 남궁장만에게 술을 권했다. 남궁장만은 사양하지 않고 계집들이 권하는 대로 술을 받아 마시며 즐기다가 크게 취했다. 마침내 남궁장만은 몸을 가누지 못하고 자리 위에 쓰러졌다.

공자 결이 문을 열고 바깥을 향해 손짓하자, 난데없는 역사力士들이 들어와 서피犀皮 포대에다 대취해 쓰러진 남궁장만을 넣었다. 그리고 그들은 쇠심〔牛筋〕으로 남궁장만이 들어 있는 서피 포대를 묶었다. 이리하여 진선공은 남궁장만과 그 늙은 어머니까지 한데 잡아서 송나라 사자에게 내줬다.

송나라 사자가 남궁장만 모자를 잡아넣은 함거를 몰고 불철주야로 돌아가는 도중이었다. 송나라로 가는 도중에서 남궁장만은 비로소 술이 깼다. 그는 전신의 힘을 다 내어 몸을 바둥댔다. 그러나 쇠 같은 서피 가죽과 소 힘줄로 된 동아줄에서 벗어날 순 없었다.

거의 송나라 성 가까이 이르렀을 때였다. 서피 가죽도 여기저기가 찢어져서 남궁장만의 손과 발이 다 밖으로 비어져나왔다. 이를 보자 압송하던 군인들이 사정없이 쇠뭉치로 치고 짓찧어서 남궁장만의 팔다리를 모조리 분질러놓았다.

송환공이 명을 내려 맹획과 남궁장만은 함께 시장으로 끌려나갔다. 그리고 그 두 사람은 무수한 쇠망치에 맞아 결국 고깃덩어리로 변했다. 송환공은 다시 백정에게 명하여 남궁장만과 맹획의 살점을 떠서 소금에 절이게 하고 그 인육을 모든 신하에게 나눠줬다.

"신하 된 자로서 능히 임금을 섬기지 못하는 자는 이 소금에 절인 고기를 보아라."

남궁장만의 팔십 노모도 죽음을 당한 것은 물론이다.

염옹이 시로써 이 일을 탄식한 것이 있다.

그 절륜한 힘이 아깝구나.

어미와 자식이 임금 섬길 줄 몰랐으니

죽는 자리에서 지난 일을 후회한들 무엇 하리오

다음날 역신에게 좋은 본보기가 되었도다.

可惜趏趏力絶倫

但知母子昧君臣

到頭應戮難追悔

好諭將來造逆人

송환공은 소읍에 있는 숙대심의 공로를 갚기 위해 소읍을 부용附庸(속국屬國이란 뜻)으로 승격시키고 숙대심을 소蕭의 주인으로 삼았다.

그리고 화독이 이번 난에 죽어 그 아들 가家를 사마司馬로 등용했다. 그후로 화씨는 대대로 송나라 대부가 되었다.

한편 제환공은 장작에서 대패한 후 군사를 일으켰던 것을 몹시 후회했다. 이에 제환공은 국가의 모든 정사를 관중에게 맡기고 날마다 부인들과 함께 술이나 마시며 즐겼다. 혹 나랏일을 아뢰는 자가 있으면 제환공은 말했다.

"왜 중부仲父에게 고하지 않고 과인에게 왔느냐."

이리하여 그는 모든 일을 관중에게 쓸어 맡기고 일체 간섭하지 않았다.

이때 초貂라는 아이가 있었다. 초는 제환공의 총애를 받는 미동美童이었다. 초는 궁중 내정內庭에 가까이 있으려고, 바깥에서 드나들기 불편하다 하여 궁중에 머무르면서 제환공을 섬겼다. 이에 제환공은 더욱 그를 귀엽게 보고 총애하고 신망하고 잠시도 자기 좌우에서 떠나지 못하게 했다.

또 제나라 옹읍雍邑에 한 사람이 있었다. 그의 이름은 무巫였다. 그래서 사람들은 그를 옹무雍巫라고 불렀다. 옹무의 자는 역아易牙이니, 원래 위인이 권모술책도 능하려니와 겸하여 음식을 요리하는 솜씨가 대단했다.

한번은 위희衛姬가 병으로 드러누운 일이 있었다. 이때 역아는 오미五味를 갖추어 훌륭한 요리를 만들어 바쳤다. 위희는 역아가 만든 음식을 먹고 병이 나았다. 그래서 역아는 궁중에 드나들게 됐다.

역아는 또 맛있는 음식을 만들어 초에게 아첨하기를 잊지 않았다. 이리하여 초는 역아를 제환공에게 천거했다.

제환공이 역아에게 묻는다.

"네 능히 맛난 음식을 만들 수 있느냐?"

"만들 수 있습니다."

제환공이 역아에게 농조로 말한다.

"일찍이 날짐승과 네발 달린 짐승과 버러지 종류와 갖은 생선 맛은 여러 번 봤으나 아직 사람 고기 맛은 어떤지 모르겠다."

역아는 아무 대답 않고 물러갔다. 역아는 점심상에 찐 고기 한 쟁반을 바쳤다. 그 고기는 젖 먹는 염소 새끼 고기보다 연하고 매우 맛이 좋았다. 제환공은 어떻게 맛난지 다 먹고 난 뒤에야 역아를 불렀다.

"그 무슨 고기관데 그토록 맛이 있느냐?"

역아가 무릎을 꿇고 아뢴다.

"사람 고깁니다."

그제야 제환공은 깜짝 놀랐다.

"사람 고기라면 그걸 어디서 구했느냐?"

역아가 태연히 대답한다.

"신의 큰자식은 이제 겨우 세 살입니다. 신이 듣건대 임금께 충성하는 자는 가정을 돌보지 않는다고 합니다. 상감께서 아직 사람 고기를 맛보지 못하셨다고 하기로, 신은 즉시 자식을 죽여 요리를 만들었습니다."

이 말을 듣고서 제환공은 한참 있다가,

"물러가거라."

하고 분부했다. 그런 뒤로 제환공은 역아를 몹시 총애하고 신망했다. 그리고 내궁內宮에서는 위희가 역아를 극구 칭찬했다.

그런 뒤로부터 초와 역아는 안팎으로 손이 맞아 절친한 사이가 됐다. 그들은 다 속으로 관중을 좋게 생각하지 않았다. 그래서 초와 역아가 제환공에게 아뢴다.

"임금이 영을 내리시면 신하는 그 영을 받들어 행할 뿐입니다. 그런데 지금 주공께서는 이것저것 할 것 없이 모든 걸 중부에게만 맡기시니 이는 흡사 우리 제나라에 임금이 없는 거나 다름없습니다."

제환공이 웃고 대답한다.

"중부는 과인의 팔다리나 다름없다. 팔다리가 있어야 완전한 몸이 되듯이 중부가 있어야 과인도 임금이 될 수 있다. 그러하거늘 너희들 소인이 무엇을 안다고 함부로 말하느냐."

초와 역아는 감히 두말도 못하고 물러갔다. 어떻든 관중이 정사를 맡은 지 3년에 제나라는 크게 다스려졌다.

염옹이 시로써 이 일을 찬탄한 것이 있다.

사람을 쓰면 의심하지 말지니
그 당시 관중이 혼자서 제나라를 다스렸도다.
그러나 제환공이 그를 신임했기 때문에
소인들의 모략도 아무 소용이 없었다.
疑人勿用用無疑
仲父當年獨制齊
都似桓公能信任
貂巫百口亦何爲

　한편, 이때 초楚나라•는 바야흐로 강성했다. 초나라는 등鄧을
멸하고 권權을 이기고 수隨를 굴복시키고 운鄖을 깨뜨리고 교絞
와는 동맹하고 식息을 부리는 등 한동漢東•의 모든 소국으로부터
조공朝貢을 받고 있었다. 그러므로 초나라의 위세는 날로 대단했
다. 다만 채蔡나라만이 제후齊侯와 혼인한 관계가 있음을 믿고 중
국 모든 후侯들과 동맹하고 초에 굴복하지 않았다.
　초문왕楚文王 웅자熊貲 때는 초나라가 칭왕稱王한 지도 벌써 2
대째였다. 초나라는 투기鬪祈·굴중屈重·투백비鬪伯比·원장薳
章·투렴鬪廉·육권鬻拳 등 모든 신하를 거느리고 항상 중원을 노
리고 있었다.
　이때 채나라 채애후蔡哀侯 헌무獻舞는 식息나라 식후와 마찬가
지로 진陳나라 여자를 부인으로 삼고 있었다. 곧 채애후는 진후의
장녀에게 장가들고 식후는 진후의 차녀에게 장가들었던 것이다.
　그런데 식후의 부인 규씨嬀氏는 천하절색으로 이름이 높았다.
한번은 식후의 부인 규씨가 친정인 진나라에 가게 됐을 때 채나라
를 경유하게 됐다. 이 소식을 듣고 채애후는 무슨 생각에선지 몹

시 기뻐했다.

"나의 처제가 우리 나라를 지나간다 하니 내 어찌 한번 만나보지 않을 수 있으리오."

그는 즉시 사람을 보내어 식부인息夫人 규씨를 궁중으로 영접해 왔다. 그는 식부인 규씨를 끔찍이 환대하고 서로 마주앉아 친절히 굴었다. 그러나 점점 채애후의 언동이 희학戲謔질로 변했다. 손님을 조금도 공경하는 빛이 없었다. 그만 식부인 규씨는 채애후의 해괴한 음담패설에 크게 노하여 즉시 자리를 박차고 일어나 그 길로 떠나가버렸다.

그후 식부인 규씨는 친정인 진나라에 갔다가 식국으로 돌아올 때는 채나라에 들르지도 않았다. 그리고 식부인 규씨는 식국에 돌아가자 남편인 식후에게 채애후의 버릇없이 굴던 언행을 일일이 고했다. 식후는 채애후가 자기 부인을 모욕한 데 대해서 장차 그 앙갚음을 하기로 결심했다. 이에 식후는 초나라로 사자를 보내어 조공을 바치는 동시 초문왕에게 비밀히 고했다.

"채후蔡侯가 중국만 믿고 기꺼이 대왕께 조공을 바치지 않건만 어찌 그냥 보고만 계시나이까. 만일 대왕께서 우리 식국을 치시면 우리는 즉시 채국에 구원을 청하겠습니다. 원래 채후는 경망한 사람이므로 반드시 우리를 구원하려고 친히 달려올 것입니다. 그때에 우리 나라와 초군이 합세하여 도리어 그들을 친다면 그까짓 채후 헌무쯤이야 손쉽게 사로잡을 수 있습니다. 헌무를 사로잡고만 보면 어찌 대왕께 조공을 바치지 않는 채국을 근심할 것 있습니까."

초문왕은 몹시 기뻐했다. 초문왕은 즉시 군사를 일으켜 식국으로 쳐들어갔다. 이에 식국은 계책대로 즉시 사람을 채나라에 보내어 원조를 청했다.

과연 채애후는 멋도 모르고 군사를 일으켜 식국을 도우러 갔다. 그러나 채군은 영채를 세우고 쉴 여가도 없이 초나라 복병에게 습격을 당했다. 채애후는 초군의 습격에 견딜 수 없어 급히 식성息城으로 물러갔다.

그런데 어찌 된 일인가. 식후는 성문을 굳게 닫고 채군을 영접해 들이지 않았다. 이에 채군은 크게 패해서 달아나고 초군은 그 뒤를 추격했다. 채애후는 허둥지둥 달아나다가 신야莘野에 이르자 기진맥진해서 마침내 초군에게 사로잡히고 말았다.

이에 식후는 초군을 배불리 먹이고 초문왕이 회군할 때 경계까지 가서 전송했다. 사로잡힌 채애후는 이를 보자, 그제야 식후의 속임수에 빠졌다는 걸 알았다. 그러나 이미 어쩔 도리가 없었다.

초나라로 붙들려가면서 채애후는 식후에 대한 원한이 골수에 사무쳤다.

초문왕이 귀국하자 즉시 분부한다.

"채후를 펄펄 끓는 가마솥에 넣고 삶아라. 내 그 고기를 태묘에 바치겠다."

실로 무시무시한 분부였다. 육권이 곁에서 간한다.

"왕께서는 고정하십시오. 왕은 장차 중국에 뜻을 두고 있지 않습니까. 이 마당에 만일 채후 헌무를 죽이면 이 소문을 들은 모든 나라 제후는 다 우리를 무서워할 것입니다. 그러니 그를 돌려보냄으로써 모든 제후에게 우리의 덕을 보이십시오."

여러 가지로 간했으나 초문왕은 종시 들으려 하지 않았다. 이에 육권이 분연히 왼손으로 초문왕의 소매를 잡고 오른손으로 칼을 뽑아 왕을 겨누면서 다시 아린다.

"신은 차라리 왕과 함께 죽을지언정 차마 살아서 왕이 모든 나라로부터 멸시받는 꼴은 볼 수 없습니다."

그제야 초문왕이 몹시 놀라 거듭 부르짖는다.

"과인이 그대 말을 듣겠노라. 그대 말을 듣겠노라."

이리하여 채애후는 겨우 죽음을 면했다. 육권이 다시 초문왕에
게 아뢴다.

"왕께서 다행히 신의 말을 들으사 채후를 죽이지 않으시니 이
는 우리 초나라의 복입니다. 그러나 신이 왕을 겁박한 죄는 마땅
히 만사萬死에 해당합니다. 청컨대 왕은 신을 죽여주십시오."

초문왕은 황급히 대답한다.

"경의 충성에는 저 해[日]도 무색할 지경이다. 과인이 어찌 경
을 처벌할 수 있으리오."

그러나 육권은,

"왕께선 비록 신을 용서하시지만 신이 어찌 스스로를 용서할
수 있으리오."

하고 칼로 자기 발을 끊었다. 그리고 큰소리로 외친다.

"신하 된 자로서 왕에게 무례한 자는 나의 꼴을 보아라."

초문왕은 이를 보고 매우 놀라 신하에게 명하여 육권의 끊어진
발을 대부大府에 소중히 모셔두도록 분부했다. 그러고서 초문왕
은 간언을 듣지 아니한 자기 허물을 뉘우쳤다.

그후 의원醫員이 치료해서 육권은 상처가 아물었으나 보행을
잘 못했다. 초문왕은 육권을 대혼大閽*(성을 맡는 관명)으로 삼고
성문을 장악하게 하고 존칭하여 태백太伯이라 불렀다.

이에 초문왕은 채애후를 채나라에 돌려보내기로 하고 전송하는
뜻에서 크게 잔치를 베풀었다. 많은 여자들이 잔치 자리의 흥취를
돋우려고 악기를 연주했다. 그들 중에 쟁箏을 탄주彈奏하는 한 여

인이 있었다. 용모가 매우 수려했다.

초문왕이 채애후에게 손가락으로 그 여자를 가리키며 말한다.

"저 여자는 재색을 겸비하고 있소. 가히 군후에게 한잔 술을 바치게 하리이다."

이에 그 여자는 왕의 명을 받고 큰 잔에다 술을 가득 따라 채애후에게 올렸다. 채애후가 술을 받아 마시고 그 잔을 초문왕에게 올리며,

"만수萬壽하십시오."

하고 덕담했다. 초문왕이 웃으며 묻는다.

"군후는 평생에 절세미인을 본 일이 있으신지요?"

이 말을 듣자, 채애후는 식후의 속임수 때문에 자기가 초에 패하고 붙들려오게 된 그 원수를 갚고자 결심했다.

"아마 천하 여자 중에 식후의 부인처럼 아름다운 여자는 없을 것입니다. 참으로 하늘 사람이지요. 이 땅 위의 인간이라곤 할 수 없습니다."

"그 자색姿色이 어떻기에 그렇듯 칭찬하시오?"

"눈은 가을 물 같고 뺨은 도화 같고 길고 짧음이 알맞으며 움직이는 태도가 생기가 있어 극히 사랑스럽지요. 나는 아직 그런 미인을 보지 못했소이다."

초문왕이 길이 탄식한다.

"과인이 그 식부인을 한번 볼 수 있으면 고대 죽어도 한이 없겠소."

채애후가 슬며시 권유한다.

"군후의 위엄으로써 무엇이 어려울 것 있겠소. 더구나 한 여자쯤이야 정 생각만 있으시다면 극히 쉽지요."

이 말을 듣고서 초문왕은 기뻐했다. 그들은 서로 대취하자 잔치

를 파했다. 이리하여 채애후는 사례하고 호랑이 굴에서 빠져 나가 듯 본국으로 돌아갔다.

한번 채애후의 말을 들은 뒤로, 초문왕은 식부인 규씨를 손아귀에 넣고자 사방을 순수巡守한다는 명목을 내세우고 드디어 식국으로 갔다. 이에 식후는 도중까지 나가서 초문왕을 영접하여 친히 관사館舍를 열고 조당朝堂에다 대연大宴을 베풀었다.

식후가 초문왕의 수壽를 빌며 술잔을 올린다. 초문왕이 술잔을 받고 웃으며 말한다.

"지난날 과인은 군후의 부인을 위해서 약간 수고한 바가 있음이라. 이제 과인이 이곳까지 왔는데 군후의 부인은 어째서 과인에게 술 한잔 권하기를 아끼시오."

식후는 초문왕의 위세에 눌려 감히 거역하지 못하고 허리를 굽실거리면서 즉시 내궁으로 사람을 보냈다. 이윽고 환패環珮 소리가 나면서 부인 규씨가 성장하고 들어와 따로 담요를 펴고 초문왕에게 재배했다. 그러나 초문왕은 답례도 하지 않았다. 규씨가 백옥잔白玉盞에 술을 가득 부어 두 손으로 공손히 올리는데, 손과 옥빛이 서로 영롱해서 극히 아름다웠다. 초문왕은 이를 보자 크게 놀라 속으로 '과연 천상天上 여자구나. 인간 세상에서 보기 드문 바다' 감탄하고 친히 그 술잔을 받으려 했다. 그러나 규씨는 유유히 그 잔을 곁에 있는 궁인에게 주어 대신 바치게 했다. 초문왕은 그 술잔을 받아 단숨에 마셨다. 그제야 식부인 규씨는 다시 재배하고 내궁으로 들어가버렸다. 이때부터 초문왕은 식부인에 대한 욕심이 불붙었다.

그러나 잔치가 파하자 초문왕은 하는 수 없이 관사로 돌아갔다.

그날 밤, 초문왕은 잠을 이루지 못하고 전전반측輾轉反側했다.

이튿날 초문왕은 답례한다는 명목으로 친히 관사에서 잔치를 베풀고 식후를 청했다. 그리고 사방에다 비밀히 무장한 군사를 매복시켰다.

식후는 곧 잔치 자리에 이르렀다. 식후가 술이 얼근히 취했을 때였다. 초문왕이 크게 취한 체하면서 식후에게 주정한다.

"과인은 군후의 부인께 큰 공이 있소. 이제 삼군이 이곳에 있거니 군후의 부인께서는 능히 과인을 위해 한잔 술을 권하지 못하실까."

식후가 미안한 듯이 사양한다.

"원래 식국은 조그만 나라이므로 모든 상국上國의 분부를 일일이 받들 수 없는 형편입니다. 이 점 널리 통촉하십시오."

초문왕이 대뜸 주먹으로 술상을 치며 꾸짖는다.

"너는 의리를 배반하고 감히 교묘한 말로 나에게 거역하는구나. 좌우에 아무도 없느냐! 어찌 과인을 위해 이 필부를 사로잡아 끌어내리지 않느냐."

식후는 변명할 여가도 없었다. 매복하고 있던 군사들이 졸지에 쏟아져나왔다. 초나라 장수 원장遠章과 투단鬪丹이 성큼 잔치 자리로 뛰어올라가 식후를 당장 잡아내려 결박했다.

초문왕은 즉시 일어나 친히 군사를 거느리고 식나라 궁으로 들어가서 식부인 규씨를 찾았다. 식부인 규씨는 변이 일어났다는 보고를 듣고서 탄식한다.

"범을 방으로 끌어들였으니 누구를 원망하리오. 다 나의 불찰이었구나."

규씨가 후원으로 가서 우물에 몸을 던지려던 참이었다. 마침 달려온 초나라 장수 투단이 창으로 규씨의 앞을 가로막으며 소매를 잡고 아뢴다.

"부인은 식후의 목숨을 건지고자 아니 하십니까. 왜 부부가 다 함께 죽으려 하십니까!"

식부인 규씨는 이 말을 듣자 죽지도 못하고 머리를 숙였다. 투단은 규씨를 데리고 초문왕에게 갔다. 초문왕은 좋은 말로 규씨를 위로하고 식후를 죽이지 않겠다는 것과 식나라 종묘宗廟의 신위神位를 참하지 않겠다는 것을 다짐했다.

초문왕은 군중軍中에서 식부인 규씨를 자기 부인으로 삼고 수레에 싣고서 초나라로 돌아갔다.

사람들은 규씨의 눈언저리가 도화桃花 같다 해서 그후로 그녀를 도화 부인이라고 했다.

오늘날도 한양부漢陽府 성밖에 도화동桃花洞이 있고, 그곳에 도화 부인 묘가 있다. 바로 식부인 규씨를 모신 사당이다.

당唐나라의 시인 두목杜牧이 이 일을 두고 시로써 읊은 것이 있다.

궁중의 가는 허리 도화인 양 어여쁜데
은근하구나! 말없이 몇 봄을 지났던고.
필경 그녀 때문에 식국은 망해버리고
가엾다! 다른 남자를 섬기는 신세가 됐구나.
細腰宮裏露桃新
脈脈無言幾度春
畢竟息亡緣底事
可憐金谷墜樓人

그후 초문왕은 식후를 여수汝水 땅에다 안치시키고 겨우 십가

지읍十家之邑을 봉해주고 식나라 신위를 지키게 했다. 그러나 얼마 아니 가서 식후는 원통한 분을 참지 못해서 병으로 세상을 떠나고 말았다.

남방南方 초나라의 무지무도함이 이렇듯 했다.

불을 밝히고 벼슬을 내리다

주이왕周釐王 원년 봄 정월이었다. 제환공齊桓公이 조회에서 모든 신하로부터 신년 축하를 받고 관중管仲에게 묻는다.

"과인은 중부의 가르침을 받아 국정을 쇄신하고 군사와 군량도 충족해서 백성이 다 예의를 알게 되었은즉 장차 맹세를 세우고 천하 패권을 잡고자 하오. 장차 어떻게 하면 좋겠소?"

관중이 대답한다.

"아직도 모든 제후諸侯 중에 우리 제나라보다 강한 나라가 많습니다. 남쪽엔 초나라가 있고 서쪽엔 진秦나라와 진晉나라*가 있어 각기 영웅으로 자처하고 있습니다. 그러나 그들은 천자이신 주왕을 높이고 받들 줄 모르기 때문에 아직 천하 패권을 잡지 못하고 있습니다. 주 왕실이 비록 쇠약하나 천하의 주인임엔 틀림없습니다. 동쪽 낙양洛陽으로 천도한 이래 모든 제후는 천자께 가서 조례하지 않고 방물方物을 바치지 않고, 더구나 정나라 정백은 활로 주환왕의 어깨를 쏘았으며, 또 다섯 나라는 주장왕의 어명을 거역

하고 마침내 모든 나라로 하여금 신자臣子로서 군부君父도 알아
보지 못하게끔 했습니다. 이리하여 초나라 웅통은 자기를 천자라
하고 스스로 왕이라 칭하기까지 이르렀고, 송나라와 정나라는 임
금 죽이는 것을 밥먹듯 하건만 아무도 그들을 토벌하지 못하고 있
습니다. 이제 주장왕께서 붕어하신 지 오래지 않고 그 뒤 신왕이
즉위하셨습니다. 또 송나라는 근자에 남궁장만의 난을 당하고 결
국 적신賊臣을 잡아죽이긴 했지만 아직 송나라는 군후를 정하지
못하고 있는 실정입니다. 이런 때를 당하였은즉, 주공께서는 속
히 사자를 주나라로 보내사 조례하시고 천자의 뜻으로 모든 제후
를 모은 뒤에 우선 송나라 임금부터 정해주십시오. 송나라 군후가
정해지거든 주공께선 천자를 받들고 모든 제후들에게 명령하되,
안으론 주 왕실을 높이고 밖으론 사방 오랑캐를 물리치고, 모든
나라 중에서 약한 나라부터 돕고 무법 횡포한 자를 누르고, 복종
하지 않거나 혼란을 일으키는 자가 있으면 모든 제후를 거느리고
가서 토벌하십시오. 그러면 천하 제후가 다 우리 제나라에 사심私
心이 없음을 알고 반드시 우리를 따를 것입니다. 이것만이 병거를
움직이지 않고서도 천하 패권을 잡는 길입니다."

이 말을 듣고서 제환공은 흡족했다. 즉시 제나라 사자는 낙양에
가서 주이왕께 조례했다.

"우리 주공께선 이번에 왕명을 받들어 모든 제후를 회합하고
우선 송나라 군위부터 정해줄 생각입니다."

주이왕이 흔연히 허락한다.

"제나라 백구伯舅가 왕실을 잊지 않고 이렇듯 사자를 보냈으니
짐은 크게 기쁘도다. 오직 백구만이 사상泗上의 모든 제후를 좌우
할 수 있은즉 짐에게 무슨 걱정이 있으리오."

제나라 사자는 자기 나라로 돌아가서 제환공에게 주이왕의 말을 전했다. 이에 제환공은 왕명으로써 송 · 노 · 진陳 · 채 · 위 · 정 · 조曹 · 주邾 등 모든 나라에 사자를 보내어 3월 초하룻날 북행北杏 땅에 모이도록 포고했다.

제환공이 관중에게 묻는다.

"이번 모든 나라 제후의 회합에 병거를 얼마나 거느리고 가면 좋겠소?"

관중이 기색을 변치 않고 대답한다.

"군후께서 왕명을 받고 모든 제후 앞에 임하는 것인데 왜 병거를 거느리고 가시려 하십니까. 청컨대 예복을 갖추고 회에 가십시오."

제환공이 머리를 끄덕이면서 대답한다.

"좋은 말이오."

이에 제환공은 군사를 보내어 북행 땅에다 높이 3장丈이나 되는 3층 단을 쌓게 하고 왼편엔 종을 걸고 바른편엔 북을 두고 맨 위에다 천자의 빈자리를 만들고 곁에는 반점反坫(주객主客이 헌주獻酬를 마치고 술잔을 올려놓는 곳. 『논어論語』에 邦君爲兩君之好 有反坫이라 했다)을 베풀고 옥과 비단과 모든 기구를 갖추도록 했고, 그리고 제후가 유숙하도록 여러 곳에다 관사를 예비하는데 경치 좋은 곳을 골라 격식에 맞도록 지었다.

어느덧 약속한 기일이 가까워지자, 먼저 송환공 어열御說이 와서 제환공을 만나보고 자기 군위를 결정해주기 위해 이런 모임을 베풀어준 데 대해서 감사하다는 뜻을 말했다. 이튿날은 진선공 저구와 주邾나라 주자극邾子克 두 군후가 잇달아 당도했다. 채애후 헌무도 지난날 초나라에 붙들려가서 죽을 뻔하다가 살아온 원한이 있기 때문에 또한 회합에 달려왔다.

북행 땅에 모인 네 나라 군후는 제나라 병거가 한 대도 없는 걸 보고서 서로 찬탄했다.

"제후는 오로지 지성으로 우리를 대하는 것이 이렇듯 한결같군요."

그들은 부끄러운 생각이 들어서 거느리고 온 장병들에게 병거를 몰고 20리 밖에 물러가 있도록 했다.

이때는 2월도 거의 끝날 무렵이었다. 제환공이 초조히 관중에게 상의한다.

"암만 기다려도 제후諸侯가 더 모이지 않을 모양이오. 다시 기일을 연기하는 것이 어떻겠소?"

관중이 대답한다.

"옛말에 세 사람이면 무리〔群〕를 이룬다고 하였습니다. 이제 네 나라가 온 것만 해도 결코 적은 수는 아닙니다. 만일 주공 말씀대로 기일을 다음날로 변경하면 이는 믿음을 잃는 것입니다. 기다려도 모든 제후가 오지 않으면 이는 그들이 왕명을 욕되게 한 것입니다. 이제 처음으로 제후가 모였는데 신용을 잃거나 왕명을 욕되이 하고야 어찌 앞으로 패권을 도모할 수 있겠습니까."

제환공이 다시 묻는다.

"이참에 동맹을 할 것인지 회會만 하고 말 것인지 어떻게 하는 것이 좋겠소?"

관중이 서슴지 않고 아뢴다.

"아직 인심이 하나로 단결되진 못했지만 회를 열어서 서로의 마음이 흩어지지만 않으면 저절로 동맹이 이루어질 것입니다."

"좋도다, 중부의 말씀이여!"

제환공은 거듭 머리를 끄떡이었다.

3월 초하룻날 이른 아침, 제·송·진陳·채·주 다섯 나라 제후는 함께 단 아래 모여서서 상견례를 했다. 제환공이 두 손을 끼고 제후들에게 고한다.

"오늘날은 왕정이 오래도록 폐해서 반란이 끊임없이 일어나는 실정이오. 과인이 이번에 천자의 명을 받들어 여러 제후를 청한 것은 장차 주 왕실을 돕기 위함이오. 앞으로 우리가 서로 함께 일을 하려면 오늘 반드시 한 사람을 추대해서 모든 일을 주장케 해야만 권한도 소속될 것이며, 따라서 정령政令도 천하에 펼 수 있소."

이 말을 듣고서 네 나라 제후가 서로 분분히 상의한다. 그들은 한 사람을 추대하는 데엔 별 반대가 없었다. 그러나 난처한 문제가 있었다. 송나라는 벼슬이 상공上公의 높이에 있고 제나라는 지체가 군후에 불과했던 것이다. 벼슬의 차례로 따지면 제환공을 추대할 순 없었다.

그렇다 해서 송나라를 추대하자니 이번에 송후가 새로 군위를 인정받은 것도 오로지 제환공의 힘으로 이루어진 바라. 그러므로 둘 중에 누구를 추대하느냐는 것은 실로 곤란한 문제였다.

진선공 저구가 자리에서 일어나 말한다.

"이번에 천자께서 모든 제후諸侯를 규합하라는 뜻을 제후齊侯에게 부탁하셨소. 그러니 누가 감히 제후를 대신해서 설 수 있으리오. 마땅히 제후를 추대해서 맹회盟會를 주장하게 합시다."

모든 제후가 응낙한다.

"제후가 아니면 이 책임을 감당하지 못할 것이오. 진후의 말씀이 옳소."

이에 제환공은 거듭 사양한 뒤에야 단 위에 올라가서 맹주盟主가 되었다. 그 다음 자리에 송후宋侯가 서고, 그 다음 자리에 진후陳侯가 서고, 그 다음 자리에 채후蔡侯가 서고, 그 다음 자리에 주자邾子가 섰다.

이렇듯 차례가 정해지자 종을 울리고 북을 치고, 먼저 천자의 빈자리를 향해 행례行禮하고, 다시 다섯 나라 제후끼리 교배交拜하고 서로 형제의 정을 폈다. 이에 중손추仲孫湫가 함函을 열고 간簡을 내어 꿇어앉아서 읽는다.

모년某年 모월某月 모일某日에 제齊 소백小白, 송宋 어열御說, 진陳 저구杵臼, 채蔡 헌무獻舞, 주邾 극克은 천자의 명을 받자와 북행 땅에 모여 함께 왕실을 돕고 약한 자를 원조하기로 맹세하노라. 만일 맹약을 어기는 자 있으면 열국은 함께 그를 정벌하리라.

이에 다섯 제후는 읍하고 명을 받았다.

『논어』에 보면 제환공이 아홉 번이나 제후를 규합한 데 대해 칭찬한 것이 있다. 북행北杏 땅에서의 회가 그 첫번째 규합이었다.

염옹이 시로써 이 일을 찬양한 것이 있다.

예복을 갖추고 다섯 나라 임금이 모였으니
제나라 사업이 크게 빛나도다.
이 큰 뜻을 품은 사람은 그 누구인가
다만 높이 추대된 그 한 사람이라.

濟濟冠裳集五君
臨淄事業赫然新
局中先著誰能識
只爲推尊第一人

다섯 제후는 서로 술잔을 들어 헌수獻酬했다. 관중이 계단을 밟고 올라가서 말한다.

"노·위·정·조 네 나라가 왕명을 어기고 이 맹회에 참석하지 않았습니다. 왕명을 어긴 그들을 토벌하지 않을 수 없습니다."

이 말을 듣자 제환공이 즉시 손을 들어서 네 나라 군후에게 청한다.

"과인의 나라는 병거가 충분하지 못하오. 모든 군후는 함께 거사하사이다."

진·채·주 세 나라 군후가 일제히 대답한다.

"서로 힘을 다해 따르리이다."

그러나 송환공은 아무 대답이 없었다.

그날 밤이었다. 송환공은 관사로 돌아가서 대부 대숙피와 상의했다.

"오늘 보니 제후齊侯가 망령되이 스스로 자기를 높여 벼슬의 차례를 무시하고서 이번 회의 주장이 됐다. 어찌 아니꼽지 않으리오. 그뿐 아니라, 여러 나라 군사를 이용하려고까지 하니 장차 우리 나라는 제후의 명령만 복종하다가 아무 일도 못하겠구나."

대숙피가 아뢴다.

"그러나 천하 제후 중에서 이번에 안 온 나라만도 반이나 됩니다. 아직 제나라는 세력을 잡지 못했습니다. 그러나 노나라와 정나라를 정복하면 제나라는 패업을 성취하게 됩니다. 제나라의 성공은 우리 송나라의 복일 수 없습니다. 이번에 네 나라가 제나라에 모였으나 그중에 제일 큰 우라 송나라가 복종하지 않고 노나라가 또한 그들에게 항거하면 세 나라도 자연 해체되고 맙니다. 장차 우리가 오늘날 이곳에 온 목적은 왕명을 받들어 주공의 군위를 결정하는 데 있습니다. 이미 회에 참석해서 목적을 달성한 바에야 다시 무엇을 기다릴 것 있습니까. 먼저 돌아가는 것만 같지 못합니다."

송환공은 연방 머리를 끄떡이었다. 드디어 송환공과 대숙피는 인사도 없이 이른 새벽에 수레를 타고서 송나라로 돌아가버렸다. 제환공은 송환공이 대회를 배반하고 달아났다는 보고를 듣고 몹시 노했다. 이에 제환공은,

"속히 가서 그놈을 잡아오너라."

하고 중손추에게 추상같이 분부했다. 곁에서 관중이 말린다.

"지금 추격하는 건 옳지 못합니다. 감히 왕군의 명목으로써 쳐야만 대의가 섭니다. 지금은 그보다 더 급한 일이 있습니다."

"무슨 일이 이보다 더 급하단 말이오?"

관중이 차근차근 아뢴다.

"송나라는 멀고 노나라는 가까이 있으며 또한 왕실과 종맹宗盟 간이니 먼저 노나라를 굽히지 못하면 어찌 송나라를 복종시킬 수 있습니까."

제환공이 묻는다.

"노나라를 치려면 어느 길을 취할까요?"

관중이 대답한다.

"제의 동북쪽에 수遂라는 나라가 있습니다. 노나라를 섬기는 나라로서 노나라 속국입니다. 그 나라는 원래 약하고 작아서 다만 네 성〔四姓〕바지가 살고 있습니다. 우리가 중병重兵으로써 치면 수는 왕의 명령을 받은 우리 앞에 곧 항복할 것입니다. 수가 항복하면 노는 반드시 송구해할 것입니다. 그때에 사자를 노나라로 보내어 이번 회會에 안 온 것을 꾸짖으십시오. 그리고 다시 사람을

보내어 노부인魯夫人 문강文姜에게 편지하십시오. 원래 노부인 문강은 그 아들인 노후와 자기 친정인 우리 나라가 서로 친하기를 바라느니 만큼 극력 주선할 것입니다. 노후가 안으론 모부인母夫 人의 성화를 받고 바깥으론 우리 군사의 위세에 당황하게만 되면 반드시 동맹하기를 자원하고 나올 것입니다. 그때에 우리는 노나 라를 용서하고 다시 군사를 송나라로 옮기고 주공께선 왕신王臣 으로서 임하시면 이것이 바로 파죽지세破竹之勢입니다."

"중부의 말이 옳소."

하고 제환공은 머리를 끄덕이었다.

북행 땅에서 회가 끝나는 즉시로 제환공은 친히 군사를 거느리 고 수성遂城에 가서 북 한 번 울리고 단번에 수나라의 항복을 받 았다. 그리고 제군은 제수濟水에 가서 주둔했다.

사세가 이쯤 되고 보니 노장공은 겁이 났다. 모든 신하를 모으 고 계책을 물었다. 공자 경보慶父가 아뢴다.

"제나라 군사는 두 번이나 우리 나라에 왔지만 아무런 이익도 얻지 못했습니다. 원컨대 신이 군사를 거느리고 가서 그들을 무찌 르겠습니다."

반중班中에서 한 사람이 일어나 외친다.

"그건 안 될 말이오."

노장공이 보니 바로 시백施伯이었다. 이에 노장공이 묻는다.

"그대에겐 무슨 계책이 있소?"

시백이 아뢴다.

"신은 항상 말했습니다. 관중은 천하 기재라. 이제 그가 제나라 정사를 보살피는 한 반드시 그 군사에겐 절제節制가 있을 것입니다. 이것이 그들과 싸우는 것이 이롭지 못하다는 첫째 이유입니다. 북행 땅 회에서 그들은 왕명을 받들어 왕을 높이는 것으로 명목을 세웠습니다. 그들은 우리 노나라가 왕명을 어기고 참석하지 않은 것을 꾸짖는 것이니 허물이 우리에게 있습니다. 이것이 그들과 싸우는 것이 이롭지 못하다는 둘째 이유입니다. 또 제나라 공자 규糾를 죽인 것도 주공의 공이며 왕희가 제나라로 출가하는 데도 주공께서 수고한 바 크거늘 이제 그들에 대한 지난날의 공로를 버리고 앞으로 그들과 원수를 맺기 위해 싸운다는 것이 그 이롭지 못한 셋째 이유입니다. 그러니 우리가 장차 세워야 할 계책은 제나라와 강화를 맺고 동맹을 청하는 길입니다. 그러면 싸우지 않고서 제군을 물러가게 할 수 있습니다."

조귀曹劌가 찬동한다.

"신도 시백의 의견과 같습니다."

이렇게 서로 의논하는데 밖에서 시신侍臣이 들어와,

"제후의 서신이 왔습니다."

하고 아뢴다. 노장공이 뜯어보니 그 서신에 하였으되,

　　과인과 군후가 함께 주 왕실을 섬겼으니 정으로 말하자면 형제나 다름없고, 뿐만 아니라 우리 선군께선 서로 통혼한, 말하자면 척당戚黨지간입니다. 이번 북행 땅 회에 군후가 참석하지 않았기 때문에 이제 과인은 감히 그 까닭을 묻습니다. 만일 군후가 두 가지 마음을 품고 있다면 희噫라, 이는 아닌 게 아니라 운수라고 하겠습니다.

이때 노장공의 어머니 문강은 이미 제환공의 서신을 받은 뒤였다. 그래서 문강이 또한 노장공을 불러 분부한다.

"제나라와 우리 노나라는 서로 혼인해온 사이다. 우리가 그들의 뜻을 어겼건만 도리어 저편에서 우호를 청해왔다. 이러고야 어찌 세의世誼를 지킬 수 있으리오."

노장공은 모친의 말에 허리만 굽실거렸다. 이에 시백으로 하여금 제환공에게 보내는 답서를 쓰게 했다. 그 내용에 하였으되,

과인이 원래 병이 있어 이번 북행 땅 회에 가고는 싶었으나 뜻을 이루지 못했습니다. 이제 군후께서 대의로써 꾸짖으니 과인인들 어찌 자기 허물을 모르리오. 그러나 성하城下에서 항복하는 것은 과인이 실로 부끄러워하는 바라. 그러니 군후께서 군사를 거느리고 일단 제나라 경계까지 물러가시면 과인은 감히 옥백玉帛을 바치지는 못하나 분부대로 복종하겠습니다.

제환공은 노나라에서 온 답서를 읽고 기뻐했다. 제환공은 곧 군사를 거느리고 제나라 가柯 땅까지 물러갔다. 이에 노장공은 친히 가서 제환공을 만나보지 않을 수 없었다. 노장공이 모든 신하에게 묻는다.

"이번은 누가 과인을 위해 따라갈 테냐?"

장군 조말曹沫이 앞으로 나서며 청한다.

"신이 상감을 모시고 가겠습니다."

노장공이 묻는다.

"그대는 세 번이나 제나라 군사에게 패한 사람이다. 제나라 사람들이 그대를 보고 비웃으면 어찌할 테냐?"

조말이 의연히 대답한다.

"세 번 패한 것이 부끄러워서 가는 것입니다. 이번에 가서 하루 아침에 설치雪恥(설욕)할 생각입니다."

"가서 어떻게 설치하려느냐?"

"주공께서는 제후를 맡으십시오. 신은 제나라 신하를 담당하겠습니다."

노장공은 우울했다.

"과인이 경계 밖에 나가는 것은 제나라에 동맹을 빌기 위한 것이다. 이는 다시 한 번 패하는 것과 다름없다. 그런데도 그대는 능히 설치할 수 있겠느냐. 그렇다면 내 그대를 데리고 가리라."

드디어 노장공은 조말과 함께 떠났다. 노장공과 조말이 가 땅에 이르러 보니 제환공은 이미 흙으로 단을 쌓고 기다리고 있었다. 노장공은 사람을 보내어 먼저 사죄하고 동맹을 청했다. 제환공도 사람을 보내어 서로 회견할 날짜를 통지했다.

어느덧 서로 회견할 날이 됐다. 이날 제환공은 용맹한 장수와 씩씩한 군사를 단 아래 늘어세우고 청기·홍기·흑기·백기를 동서남북 사방에 세우고 각기 대를 나누고 각기 장관將官과 통령統領을 두고 중손추로 하여금 지휘하게 했다.

그리고 7층 단의 층계마다 장사를 세우고 황기를 잡혀 파수하게 하고 단 맨 위에는 대황기大黃旗를 일면一面으로 세웠다. 그 대황기엔 방백方伯이란 두 자가 뚜렷이 수놓여 있었다. 또 그 곁엔 큰북이 걸려 있었다. 이 모든 것을 왕자王子 성보成父가 맡아서 통솔했다.

그리고 단 중간에다 향탁香卓을 베풀었다. 그 위에 착주반着朱盤과 옥우玉盂와 희생犧牲을 담을 그릇과 삽혈歃血하는 기구를 늘어놓았다. 이런 건 습붕이 맡아서 주장했다. 또 양편엔 반점反坫

을 놓고 금준金樽(금으로 만든 술통)과 옥가玉斝(옥으로 만든 술잔)를 뒀다. 이런 건 시인寺人(후궁의 사무를 맡은 자로 환관宦官이다. 『주례周禮』에 寺人掌王之內人及女官之戒令이라 하였다) 초貂가 맡아서 보살폈다. 단 서쪽에 세운 두 석주石柱에 검은 소와 백마白馬가 매여 있었다. 도인屠人•은 장차 두 짐승을 죽일 준비를 하고 있었다. 이런 건 사포司庖• 역아가 맡아서 보살폈다. 동곽아는 안내가 되어 계하階下에 서고 관중은 상相이 되어 계상階上에 섰다. 그 기상이 십분 정연하고 엄숙했다.

제환공의 전령에 의해서 노장공이 당도하자, 제나라 장수가 말한다.

"노후와 귀국 신하 한 사람만 단에 오르시고 그 나머지 사람은 단 아래서 쉬십시오."

이에 조말이 갑옷을 입고 손에 대검을 잡고 노장공 곁에 바짝 붙어서서 단 위로 올라갔다.

노장공은 한걸음 한걸음 계단을 오를 때마다 제환공의 위세에 눌려서 떨었다. 그러나 조말은 조금도 두려워하는 빛이 없었다. 실로 장수다운 기상으로 계단을 밟고 점점 올라간다. 중간에서 동곽아가 앞으로 나서며 조말에게 주의를 준다.

"오늘날 양국 군후가 기쁨으로 회견하는 마당에 양편 상相이 서로 예로써 도움이거늘 어찌 흉기를 가지고 올라오시오? 청컨대 그 대검을 버리시오."

이 말을 듣자 조말은 두 눈을 부릅뜨고 동곽아를 노려보는데 양쪽 눈꼬리가 모조리 찢어져 올라갔다. 조말의 무서운 표정에 동곽아는 기가 질려 물러섰다. 그제야 노장공과 조말은 다시 걸음을 옮겨 계단을 다 올라갔다. 양국 군후가 서로 대하자 각기 통호通

好의 뜻으로서 인사를 나누었다.

이윽고 둥둥둥 북소리가 세 번 일어났다. 북소리를 따라 제환공과 노장공은 향탁을 향하여 절했다.

습붕이 검은 소와 백마의 피를 옥우에 가득 담아 들고 무릎을 꿇고서 두 군후에게 삽혈하고 맹세하기를 청한다.

바로 이때였다. 조말은 오른손에 칼을 들고 왼손으로 제환공의 소매를 움켜잡았다. 조말의 표정은 노기가 등등했다. 참으로 심상치 않은 순간이었다. 관중이 급히 자기 몸으로 제환공의 앞을 가로막으면서 묻는다.

"대부는 누구시오!"

조말이 눈 하나 깜짝 아니하고 대답한다.

"우리 노나라는 다른 나라의 침범을 받아 위기를 겪었소. 들으니 귀국은 약한 자를 돕고 쓰러지는 자를 붙들어 일으키기로 회를 했다는데 어째서 우리 노나라를 위해선 도무지 염려조차 않으시오?"

관중이 급히 묻는다.

"그렇다면 대부는 우리에게 무엇을 원하시오?"

"제나라는 스스로 강한 것만 믿고서 약한 자를 속이오. 그래서 지난날에 제나라는 우리 노나라 문양 땅을 빼앗았소. 오늘날 청하노니 귀국은 우리 주공에게 그 땅을 돌려주오. 그러면 즉시 삽혈하는 맹세를 하겠소."

관중이 곧 제환공을 돌아보며 아뢴다.

"주공께서는 노나라 요구를 허락하소서."

제환공이 선뜻 웃으며,

"대부는 안심하오. 과인은 문양 땅을 돌려주겠소."

그제야 조말은 대검을 놓고 습붕을 대신해서 희생의 피를 담은 옥우를 두 군후에게 바쳤다. 두 군후는 함께 그 피를 입술에 바르고 맹세했다. 조말이 다시 말한다.

　"관중은 제나라 정사를 주장하시니 원컨대 나와 함께 서로 삽혈합시다."

　제환공이 선뜻,

　"하필 우리 중부와 맹세할 것 있으리오. 과인이 그대와 함께 맹세하리라."

하고 하늘의 해를 가리키며

　"문양 땅을 노나라에게 돌려주지 않거든 태양이여 이 사람을 벌하소서!"

하고 맹세했다. 조말은 희생의 피를 입에 바르고 제환공에게 재배하고 칭사했다. 이에 양국 군후는 술을 나누어 마시고 서로 환담하고서 동맹을 마쳤다.

　양국 군후의 회견이 끝나자, 왕자 성보와 모든 사람은 분노를 참지 못했다. 그들이 제환공에게 불평한다.

　"즉시 노후를 잡아와 크게 꾸짖는 동시 조말의 버릇을 가르치십시오. 우리는 조말에게 그런 모욕을 당하고선 가만있을 수 없습니다."

　제환공은 정색하며,

　"과인은 이미 조말의 요구를 승낙했다. 필부도 한 번 약속하면 신의를 지키거늘 항차 군후로서야 더 말할 것 있으리오. 그대들은 다시 그런 말 마라."

하고 모든 사람을 제지했다.

　이튿날 제환공은 다시 공관에다 주연을 베풀고 노장공과 잔을 나누며 서로 기뻐한 뒤 각기 작별했다. 제환공은 노장공을 전송하고 즉시 남비南鄙의 읍재邑宰에게 명하여 문양 땅을 노나라로 반환시켰다.

옛사람이 이 일을 논한 것이 있다.

동맹을 강요하기 위해 침범했으나 제환공은 상대를 속이지 않았다. 조말이 가히 숙원을 갚았지만 제환공은 그를 미워하지 않았다. 이것이 바로 제나라가 모든 제후를 거느리고 천하 패권을 잡게 된 비결인 것이다.

높고 높은 패업의 기상이 동쪽 노나라를 삼켰으니
한 자루 칼로 어찌 항거할 수 있었으리오.
신信과 의義로써 모든 영웅을 다스리기 위해서는
어찌 문양의 한 조각 땅을 아끼리오.
巍巍覇氣吞東魯
尺劍如何能用武
要將信義服群雄
不吝汝陽一片土

또 조말이 제환공과 대결했기 때문에 후세 사람으로부터 중국 협객俠客의 시조로 추앙된 것을, 시로 읊은 것이 있다.

숲처럼 무장한 군사들이 둘러섰는데
칼 짚고 단 위에 올라선 그 의기 장히 크도다.
세 번 패한 수치를 하루아침에 씻었으니
조말은 천추 협객의 시초가 되었도다.

森森戈甲擁如潮
仗劍登壇意氣豪
三敗羞顔一日洗
千秋俠客首稱曹

　천하 모든 제후는 가 땅에서 제·노 두 나라가 동맹했다는 경위를 듣고서 모두 제환공의 신의를 공경했다. 이에 위·조 두 나라도 사자를 제나라로 보내어 사죄하고 동맹을 청했다. 그러나 제환공은 송나라를 친 뒤에 다시 기일을 정하고 대회를 열기로 그들에게 약속했다. 그리고 제환공은 사자를 주周로 보내어 왕실에 고했다.

　"송공이 왕명을 어기고서 전번 회를 하던 중간에 돌아갔으니 청컨대 왕군을 보내주시면 함께 송나라를 쳐서 문죄問罪하겠습니다."

　주이왕은 대부 선자單子에게 왕군을 거느리고 가서 제군과 함께 송나라를 치도록 분부했다. 제나라가 거사한다는 기별을 받고 진陳·조曹 두 나라도 군사를 거느리고서 송나라를 치기로 작정하고 전부 선봉이 되기를 자원해왔다.

　이에 제환공은 관중으로 하여금 먼저 일군一軍을 거느리고 전방에 가서 진·조 두 나라 군사와 합세하게 했다. 그리고 제환공은 친히 습붕, 왕자 성보, 동곽아 등을 거느리고 대군을 통솔하고 출발했다.

　이리하여 제나라 연합군은 상구商邱 땅에 모였다. 바로 이때가 주이왕 2년 봄이었다.

　지난날의 일이었다. 관중에게 사랑하는 첩이 하나 있었다. 그 애첩의 이름은 청婧이었다. 청은 원래 종리鍾離 땅 태생으로 고금

경사經史와 문학을 달통했을 뿐만 아니라, 지혜 또한 출중했다.

원래 제환공은 여색을 좋아해서 어디고 출행出行할 때는 궁중 희빈姬嬪들을 많이 거느리고 갔다. 그래서 관중도 출행할 때면 곧 잘 청을 데리고 나섰다.

그날 관중은 청과 함께 수레를 타고 남문 밖으로 나갔다. 약 30 리쯤 가서 관중은 요산猺山 밑에 이르렀다. 한 들사람[野夫]이 짧은 바지 흩옷을 입고 부서진 삿갓을 쓰고 산밑에서 소를 놓아먹이고 있었다. 그 사람이 쇠뿔을 두드리며 무슨 노래를 흥얼거리고 있었다.

관중이 지나가며 수레 속에서 그 사람을 내다보니 보통 사람이 아닌 것 같았다. 이에 관중은 수레를 멈추고 사자를 시켜 술과 음식을 그 사람에게 갖다주게 했다. 그 들사람이 술과 음식을 다 먹고 나서 말한다.

"내 상군相君 중부를 만나보고자 하노라."

음식을 갖다준 사자가 대답한다.

"우리 상국相國의 수레는 이미 지나가셨소."

들사람이 머리를 끄덕인 뒤,

"내가 할말이 있으니 상군에게 전해다오."

"무슨 말이오?"

그러니까 그 들사람은,

"넓고 넓구나 백수白水여!"

라고만 했다.

이 말을 듣고 사자는 급히 관중의 수레를 뒤쫓아갔다. 그리고 사자는 들사람으로부터 들은 말을 그대로 관중에게 전했다. 관중은 그 말이 무슨 뜻인지를 알 수 없어 청에게 물었다.

청이 아뢴다.

"첩이 듣자오니 옛날에 「백수시白水詩」(일시편逸詩篇의 제목으로, 『고시기古詩記』에 관중과 청의 대화가 나오고 이 시도 수록되어 있다. 『고시기』에 수록된 「백수시」는 浩浩者水 育育者魚 未有室家 而召我安居로 되어 있다)란 것이 있었다고 합니다. 그 시에,

넓고 넓구나 백수*여
많고 많은 송사리 떼로다.
군후 오시와 나를 부르시니
내 장차 자리[位]에 안정安定하리라.
浩浩白水
儵儵之魚
君來召我
我將安居

* 백수白水: 강 이름이다.

했은즉 그 들사람이 벼슬을 구하는 것 같습니다."

관중은 이 말을 듣자 크게 깨닫고 즉시 수레를 멈추게 하고 사람을 시켜 그 들사람을 불러오도록 했다. 들사람은 소를 몰고 촌집으로 가려다가 마침 사자가 와서 전하는 말을 듣고 관중과 만나기 위해서 따라갔다.

들사람은 사자를 따라가서 관중에게 읍할 뿐 절하지 않았다. 관중이 그 들사람을 유심히 보고서 먼저 묻는다.

"성명이 누구시오?"

"나는 위나라 들사람으로 성은 영寧이며 이름을 척戚이라 하오.

상군이 어진 사람을 좋아하고 선비를 예의로써 대한다기에 항상 사모하던 바라. 그러므로 산 넘고 물 건너 제나라까지 왔다가 요행히 이곳에서 뵙게 됐으나 실은 소 먹이는 촌사람에 불과하오."

관중은 그 들사람의 배운 바를 여러모로 물어봤다. 영척의 대답은 관중의 질문에 청산유수처럼 막히는 데가 없었다. 관중이 크게 탄복하며 말한다.

"호걸이 진흙길에서 곤욕을 당하고 계시니 만일 이끌어주는 자가 없으면 어찌 스스로 그 참다운 재질을 나타낼 수 있으리오. 우리 주공께서 군사를 거느리시고 뒤에 오시니 수일 안으로 이곳을 지나시리이다. 내 서신을 써서 그대에게 주리니 그대는 우리 주공이 지나실 때 이 서신을 바치고 배알하시오. 그러면 우리 주공께서 반드시 그대를 높이 등용하시리이다."

관중은 말을 마치자 곧 서신을 써서 봉한 뒤 영척에게 내주고 떠나갔다.

그 이튿날도 영척은 여전히 요산 밑에서 소를 먹였다. 그런 지 사흘이 지났을 때 제환공이 군사를 거느리고 그곳을 지났다. 영척은 전날과 다름없이 짧은 바지에 홑옷을 입고 떨어진 삿갓을 쓰고 맨다리로 길가에 서서 피하려고도 안 했다. 이윽고 제환공이 탄여興가 가까이 왔다. 이에 영척은 쇠뿔을 두드리면서 노래했다.

> 창랑의 물에 하얀 돌은 빛나는데
> 그 속에 길이 척반尺半이나 되는 잉어[鯉]가 있도다.
> 아직 요순堯舜의 선위禪位를 만나지 못해서
> 짧은 바지 홑옷이 종아리를 가리지 못했도다.
> 저녁 무렵부터 소를 먹여 한밤중에 이르렀으니

밤은 길고 더디어 언제라야 아침이 될꼬.

滄浪之水白石爛

中有鯉魚長尺半

生不逢堯與舜禪

短褐單衣纔至骭

從昏飯牛至夜半

長夜漫漫何時旦

제환공은 영척의 노래를 듣자, 이상히 생각하고 좌우 사람에게 분부했다.

"저 사람을 이리 데리고 오너라."

좌우 사람이 그 들사람을 데리고 왔다. 제환공이 묻는다.

"그대 성명은 무엇인고?"

"성은 영寧이며 이름은 척戚입니다."

제환공이 정색하고 꾸짖는다.

"너는 한갓 소 먹이는 사람으로서 어찌하여 시국과 정사를 풍자하느냐?"

"신은 비록 소인이지만 어찌 시국을 기롱譏弄할 리가 있겠습니까."

"지금 천자께서 위에 계시고 과인이 모든 제후를 거느리고 천자를 도와 이제 백성은 각기 그 생업生業을 즐기고 초목도 봄빛의 혜택을 받고 있다. 요순 시대도 이보다는 낫지 못하였으리라. 그런데 네가 '요순 시대를 못 만났다' 하고, 또 '밤만 길고 아침이 아니다' 라고 노래했은즉 시국을 풍자한 것 아니면 무엇이냐?"

영척이 정색하고 대답한다.

"신은 비록 촌사람이나 아직 선왕先王의 정치를 보지 못했습니다. 그러나 항상 요순 시대의 일을 들어 알고 있습니다. 그 당시는 열흘마다 한 번씩 바람 불고 닷새마다 한 번씩 비가 내려 백성은 밭을 갈아 먹고 우물을 파서 마시며 자기도 모르는 중에 임금의 법을 순종했다고 합니다. 그런데 오늘날은 어떠합니까. 기강紀綱은 떨치지 않고 교화敎化는 실행되지 않건만 걸핏하면 요순의 세상과 다름없다고들 하니 소인은 참으로 그 까닭을 모르겠습니다. 또 들은 바에 의하면 요순 시대엔 백관百官이 바르므로 제후들이 복종하고 사방의 오랑캐는 물러가고 천하는 태평하고 말하지 않아도 서로 믿고 노하지 않아도 자연 위엄이 섰다고 하더이다. 그런데 오늘날 군후께선 어떠하십니까. 한 번 거사함에 송이 맹회를 배반하고 두 번 거사하여 노를 겁박하고 강제로 동맹을 맺었습니다. 군사는 쉴 새가 없고 백성은 피로하고 재정은 어지럽기 짝이 없습니다. 그런데 백성은 소업을 즐기고 산천초목도 혜택을 받고 있다 하시니 소인은 그 말씀하시는 뜻을 모르겠습니다. 또 소인이 들은 바에 의하면 요나라 임금은 그 아들 단주丹朱에게 위位를 전하지 않고 순에게 천하를 전했건만, 순은 받지 않고 남하南河에 피했으나 모든 백성이 달려가 억지로 받들어모셔서 하는 수 없이 제위에 오르셨다고 합니다. 그런데 지금은 어떠합니까. 군후는 형을 죽이고 나라를 차지했으며, 천자를 방패로 삼아 모든 제후를 호령하니 소인은 아직도 요임금이 순임금에게 천하를 양도한 풍습을 오늘날 세상에서 보지 못했습니다."

제환공이 분기가 솟아 부르짖는다.

"필부의 몸으로 어찌 그 말이 이다지도 공손하지 못할꼬. 닝큼 저놈을 끌어내어 참하여라!"

좌우 군사들은 즉시 영척을 끌어내어 결박하고 칼을 뽑아들었다. 그러나 영척은 추호도 안색이 변하지 않았다. 그는 하늘을 우러러 탄식했다.

"옛날 폭군 걸은 충신 관용봉關龍逢을 죽였고, 주紂는 비간比干을 죽였다. 오늘날 영척은 죽지만 그들과 함께 장차 이름이 천추에 빛나겠구나!"

습붕이 늠름한 영척을 보고 제환공에게 아뢴다.

"저 사람의 기상을 본즉 죽음에 임했건만 전혀 두려워하지 않습니다. 결코 심상한 목자目子가 아닌 듯합니다. 주공께서는 속히 그를 살리소서."

제환공은 즉시 생각을 고치자 노기가 씻은 듯 사라졌다. 좌우에 다시 명하여 그 결박을 풀도록 했다.

"과인은 잠시 그대를 시험했을 따름이라. 그대는 진실로 훌륭한 선비로구나."

그제야 영척은 품속에서 관중의 서신을 내어 바쳤다. 제환공이 그 서신을 뜯어보니 다음과 같이 씌어 있었다.

신이 군명을 받잡고 출사出師할새 요산에 이르러 위나라 사람 영척을 얻었습니다. 이 사람은 보통 소 먹이는 목자의 무리가 아니며 진실로 당세當世의 인재입니다. 주공께서는 마땅히 그를 머무르게 하고 도움을 받으십시오. 만일 그가 다른 나라에 가서 등용되면 다음날 후회해도 소용없습니다.

제환공이 다 읽고서 황망히 묻는다.

"그대는 이미 중부의 서신을 가지고 있으면서 왜 즉시 과인에게 보이지 않았소?"

영척이 대답한다.

"신은 듣건대 어진 군후는 사람을 골라서 쓰고 어진 신하는 주인을 골라서 섬긴다고 하더이다. 만일 군후께서 바른말을 싫어하시고 아첨하는 것만 좋아하사 오로지 노기로써 신을 대하셨다면 이 영척은 차라리 죽을지언정 상국의 서신을 내놓지 않았을 것입니다."

제환공은 크게 기뻐하며,

"곧 뒷수레에 타오."

하고 명했다.

제환공은 도중에서 영척을 얻고 종일 행군하다가 저문 뒤에야 영채를 세우고 군사를 쉬게 했다.

제환공이 햇불을 밝히도록 하고,

"속히 의관을 준비하여라."

분부한다. 시인侍人 초가 묻는다.

"주공께서 의관을 찾으시니 영척에게 벼슬을 주시려 하십니까?"

"그러하노라."

초가 못마땅한 듯이 아뢴다.

"우리 제나라에서 위나라까지는 과히 멀지 않습니다. 어찌하사 사람을 보내어 그 사람의 경력을 조사하지 않습니까. 그 사람의 과거가 과연 어진 사람이면 그때에 벼슬을 줘도 늦지 않습니다."

제환공이 정색하고 대답한다.

"그 사람은 활달한 인재다. 소소한 범절에 구애될 성격이 아니다. 혹 그가 위에 있을 때 조그만 허물이 있었다 할지라도 그런 것까지 조사하고서 벼슬을 주면 그의 영광이 빛나지 않는다. 그렇다

194

고 버리기에는 너무나 아까운 인물이다. 너는 일체 잔말을 마라."

그날 밤에 제환공은 영척을 대부로 삼고 관중과 함께 국정에 참석하게 했다. 이에 영척은 의관을 바꿔입고 제환공 앞에 나아가서 사은謝恩했다.

염옹이 시로써 이 일을 읊은 것이 있다.

짧은 바지에 홑옷 입은 소 먹이는 가난뱅이가
요순은 만나지 못하고 제환공을 만났도다
쇠뿔을 두드리면서 부르던 노래도 끝났으니
이는 문왕文王이 강태공姜太公을 얻은 것과 같도다.
短褐單衣牧竪窮
不逢堯舜遇桓公
自從叩角歌聲歇
無復飛熊入夢中

드디어 제환공은 군사를 거느리고 송나라 경계에 이르렀다. 그곳에는 이미 진선공 저구와 조장공曹莊公 사고射姑가 먼저 와 있었다. 곧 뒤를 따라 주周에서 선자單子가 왕군을 거느리고 왔다.

그들은 서로 회견하고 장차 송나라 칠 일을 상의했다.

영척이 앞으로 나서며 말한다.

"주공께서 천자의 명을 받고 이제 모든 나라 제후를 규합했으니 위세로써 이길 생각은 마시고 덕으로써 이기도록 하십시오. 신의 어리석은 소견엔 굳이 군사를 진격시킬 것이 아니라, 비록 신이 재주는 없으나 송환공에게 가서 언변으로써 일을 성취시키고 오겠습니다."

제환공은 크게 기뻐하며,

"군사들은 송나라 경계를 쳐들어가지 말고 각기 영채를 단속하여라."

하고 명령했다. 그리고 영척에게 송나라에 갔다 올 것을 허락했다. 영척은 조그만 수레를 타고 수명의 종자를 거느리고 곧 수양睢陽에 가서 송환공을 뵈옵자고 청했다.

이에 송환공이 대숙피에게 묻는다.

"영척이란 자가 와서 과인을 보겠다고 하니 그는 과연 어떤 사람이냐?"

대숙피가 대답한다.

"신이 듣건대 그는 소를 치던 촌사람이라고 합니다. 이번에 제후가 새로 등용해서 벼슬을 준 사람입니다. 반드시 뛰어난 구변이 있을 것입니다. 곧, 이번에 온 것은 우리를 설복하려는 것입니다."

송환공이 묻는다.

"어떻게 대우할꼬?"

"주공께서는 그를 불러들이되, 예의로써 대하지 말고 동정만 보십시오. 만일 그가 부당한 말을 하기만 하면 신이 신紳(옛 관복의 대대大帶)을 들어올려 신호하겠습니다. 주공께서는 다만 무사에게 명하사 그를 사로잡아 수금囚禁해버리십시오. 그러면 제후齊侯의 계책은 수포로 돌아가고 맙니다."

송환공이 머리를 끄덕인다.

"무사를 불러 과인을 시위하게 하여라."

이윽고 영척은 큰 옷에 큰 띠를 두르고 앙연昻然히 들어와 송환공에게 읍했다. 그러나 송환공은 단정히 앉았을 뿐 답례도 안 했다. 영척이 얼굴을 들어 길이 탄식한다.

"위태롭구나, 송나라여!"

송환공이 놀라 묻는다.

"과인의 작위가 상공上公에 이르렀고 모든 제후의 우두머리에 있는데 무엇이 위태롭단 말인고?"

영척이 도리어 묻는다.

"군후께서 스스로 옛 주공周公과 비하면 어느 쪽이 더 어질다고 생각하십니까?"

송환공이 대답한다.

"주공은 성인이시라. 과인이 어찌 성인과 견줄 수 있으리오."

영척이 말한다.

"그 옛날 주공이 계셨을 때 주나라는 가장 왕성했습니다. 천하는 태평하고 사방의 오랑캐도 복종했건만 그런데도 주공께서는 토포악발吐哺握髮(『사기史記』에 '주공周公이 백금伯禽을 훈계해 가로되 내 목욕하다가 세 번이나 두발頭髮을 잡고 뛰어나갔으며 식사하다가 세 번이나 먹던 것을 뱉고 뛰어나가서 선비를 대했다. 이는 천하의 현인賢人을 잃을까 두려워한 때문이다'고 했다)하고 어진 선비를 등용했습니다. 이제 국가는 망하다시피 되고 군웅들이 힘으로 다투는 때를 당하여 군후는 2대나 그 임금을 시살한 이 송나라를 계승하고 옛 주왕의 법을 본받고자 노력 중이십니다. 그렇다면 마땅히 선비 앞에 몸을 낮추시고 오히려 선비들이 오지 않을까 두려워하셔야 할 것이거늘 이제 망령되이 자기를 자랑하고 크게 높이어 어진 사람을 멀리할 뿐 아니라 이런 나그네마저 멸시하시니 비록 충언忠言이 있을지라도 어찌 군후의 귀에 들어갈 리 있습니까. 이러고도 위태롭지 않은 나라를 보지 못했습니다."

이 말을 듣자 송환공은 크게 놀라 자기도 모르는 중에 자리에서 일어섰다.

"과인이 군위에 오른 지 얼마 되지 않아서 군자의 가르침을 듣지 못했소이다. 그러니 선생은 과도히 허물 마시오."

이때 대숙피는 송환공이 영척의 말에 감동하는 걸 보고서 연방 옷띠를 들어 신호했다. 그러나 송환공은 대숙피를 돌아보지도 않고 영척에게 묻는다.

"선생이 이렇듯 오셨으니 장차 과인에게 무엇을 가르쳐주시려오?"

영척이 정색하고 대답한다.

"천자가 권세를 잃으시매 모든 제후의 마음도 각기 흩어져 임금과 신하 사이에 한계가 없어졌습니다. 그러므로 요즘 세상에선 임금을 죽이고 위를 뺏는 일이 날마다 일어나고 있습니다. 우리 제후齊侯께서 천하의 혼란을 보시다 못해 왕명을 받고 천자를 위해 모든 제후諸侯와 동맹하셨으니 그때 군후께서도 회에 참석하사 비로소 군위를 정하지 않았습니까. 그러나 군후는 즉시 회에서 이탈하고 동맹을 배반했습니다. 그러고 보면 아직도 군후의 위는 정해지지 아니한 거나 다름없습니다. 그러므로 이번에 천자께서 혁연赫然히 진노하사 특히 왕신王臣을 보내시고 제후에게 명하여 송나라를 치게 하신 것입니다. 군후는 전날에 이미 왕명을 배반했으며 또 장차 왕군과 항거하게 되었은즉 아직 싸우진 않았으나 신은 이미 승부를 알 수 있습니다."

송환공이 묻는다.

"그렇다면 선생의 의견은 어떠하오?"

"신의 어리석은 소견으로 말할진대 군후는 한 다발의 폐백[贄](군후들이 회견할 때 쓰는 예물)을 아끼지 마시고 제후齊侯와 회견하시고 동맹하십시오. 그러면 위로 주나라 신하로서의 예의를 잃지 않을 것이며 밑으론 가히 제후諸侯와 기쁨을 나눌 수 있으니 무기와 군사를 사용하지 않고도 송나라를 태산처럼 안정하게 할 수 있습니다."

송환공이 걱정한다.

"과인이 한때 실수로 동맹하는 회를 끝까지 안 보고 돌아왔기 때문에 이제 제후가 군사를 거느리고 왔으니 어찌 우리의 폐백을 받으리오."

영척이 아뢴다.

"우리 제후께서는 관인대도寬仁大度하사 사람의 허물을 곰곰이 생각하지 않으시며, 또 지난날의 일을 끝까지 미워하는 성격이 아닙니다. 일례를 들어 말하면 그때 노나라가 맹회에 오지 않았건만 그 뒤 가 땅에서 제·노 양국이 동맹을 맺게 되자 제후께서는 지난날 빼앗았던 문양의 땅까지 모조리 노나라에 돌려줬습니다. 이에 비하면 더구나 군후는 맹회 때 참석까지 하셨음이라. 그러니 제후께서 어찌 폐백을 받지 않겠습니까."

송환공이 다시 묻는다.

"장차 무엇으로 폐백을 삼으면 좋겠소?"

"제후는 원래 예의로써 이웃 나라와 사귀기를 좋아합니다. 한 다발의 포脯로 폐백하십시오. 반드시 부고의 귀물을 보낼 필요까진 없습니다."

이 말을 듣자 송환공은 크게 기뻐하고, 사자로 하여금 영척을 따라 제군齊軍에게 가서 강화를 청하도록 했다. 대숙피도 영척의 정대한 말에 스스로 부끄러움을 느끼고 물러나갔다. 이에 송나라 사자는 제환공에게 가서 배알한 뒤,

"지난 일을 사죄하는 동시에 동맹을 청합니다."

하고 백옥 열 쌍과 황금 1,000일鎰을 바쳤다.

제환공이 대답한다.

"천자의 명이 있을 뿐이라. 과인이 어찌 맘대로 할 수 있으리오. 이는 반드시 왕신王臣이 왕께 가서 아뢴 후라야만 결정할 수 있소."

제환공은 송나라가 바친 금과 옥을 왕신인 선자單子에게 주어 송나라 뜻을 천자께 전하도록 했다. 선자가 제환공에게 속삭인다.

"진실로 군후께서 송나라를 용서하시려면 그대로 천자께 가서 아뢰겠습니다. 너무 염려하실 건 없습니다."

제환공이 머리를 끄덕이고 다시 송나라 사자를 불러 분부한다.

"그럼 송후가 친히 주 천자께 가서 수례修禮하도록 하오. 그렇게 하면 다시 맹회할 기일을 통지하겠소."

송나라 사자는 돌아갔다. 선자도 제환공과 작별하고 돌아갔다. 그리고 제 · 진陳 · 조曹 세 군후도 각기 본국으로 돌아갔다.

원수의 딸을 아내로 맞는 노장공

제환공齊桓公은 본국으로 돌아갔다. 관중管仲이 아뢴다.

"주나라 왕실이 동쪽으로 도읍을 옮긴 이후로 정鄭나라보다 강한 나라는 없었습니다. 정나라는 동괵東虢을 쳐서 없애고 그곳에다 도읍을 정했는데, 앞은 산이고 뒤는 하수河水며, 좌우로 낙천洛川, 제천濟川을 끼고 있어 험하고 튼튼하기로 천하에 유명합니다. 그러므로 지난날에 정장공은 이를 믿고 송나라와 허許나라를 쳤으며, 왕군王軍에 항거했습니다. 그러나 이제 정은 초나라를 섬겨 그 일당 노릇을 하고 있습니다. 초나라는 자칭 왕이라고 하느니만큼 땅은 크고 군사는 강하고 왕성 모든 나라를 손아귀에 넣고 이제 와선 주나라 왕실과 대적하고 있습니다. 그러니 주공께서 만일 주 왕실을 돕고 모든 제후諸侯간에 패권을 잡으시려면 반드시 초나라부터 쳐야 합니다. 그런데 초나라의 힘을 꺾으려면 반드시 먼저 정나라부터 얻어야 합니다."

제환공이 대답한다.

"과인도 정나라가 중국 중추란 걸 알기 때문에 항상 그를 수습하려고 했지만 계책이 없어 한이오."

곁에서 영척寧戚이 아뢴다.

"정나라 공자 돌突은 임금이 된 지 2년 만에 제족祭足에게 쫓겨났고, 제족은 자홀子忽을 군위에 세웠습니다. 그후 고거미高渠彌가 자홀子忽을 죽이고 자미子亹를 세웠습니다. 그런데 우리 선군先君께서 자미를 죽이자 제족은 또 자의子儀를 군위에 세웠습니다. 그러니 제족은 신하로서 임금을 추방한 자며 자의는 동생으로서 그 형님 자리를 빼앗은 자입니다. 이들은 다 분수를 범하고 윤기倫氣를 거스른 자들입니다. 그러니 마땅히 그 죄를 밝히고 그들을 치십시오. 그런데 지금 공자 돌은 역櫟 땅에 있으면서 날마다 정나라를 치려고 계획 중입니다. 더구나 제족이 죽고 없으니 정나라엔 인물이 없습니다. 주공께선 한 장수를 역 땅으로 보내사 공자 돌을 내세우고 정나라로 쳐들어가 공자 돌로 하여금 정나라 군위에 오르게 하면 그는 반드시 주공의 은덕을 잊지 않고 북면北面하고 우리 제나라를 섬길 것입니다."

"그 말이 장히 좋소."

제환공은 머리를 끄덕이었다. 마침내 제환공은 빈수무賓須無에게 명하여 병거 200승을 거느리고 진발進發하도록 했다. 빈수무는 역성櫟城 20리 밖에 이르러 군사를 둔치고 사람을 보내어 공자 돌에게 제환공의 뜻을 전했다. 이때 정여공鄭厲公 자돌은 먼저 제족이 죽었다는 소식을 듣고 비밀히 심복 부하 한 사람을 정나라로 보내어 국내 소식을 탐지하던 중이었다.

어느 날, 정여공 자돌은 제환공이 군사를 보내어 자기를 본국으로 들어가도록 주선해주겠다는 소식을 듣자 바야흐로 때는 왔다고 크게 기뻐했다. 그는 즉시 역성 바깥까지 나가서 제나라 군사를 영접하고 크게 잔치를 베풀고 빈수무와 함께 흉금을 터놓고 이야기했다. 이때 정나라로 보냈던 사람이 돌아왔다.

"제족이 죽은 것은 사실입니다. 그 후임으로 숙첨叔詹이 상대부上大夫가 됐습니다."

빈수무가 묻는다.

"숙첨은 어떤 사람입니까?"

공자 돌이 대답한다.

"숙첨은 나라는 다스릴 줄 알지만, 장수가 될 만한 인재는 못 되오."

정나라에서 돌아온 밀탐꾼이 보고한다.

"이번에 정나라 성내에서 기이한 일이 일어났습니다. 남문 안에 큰 뱀이 나타났는데, 길이가 8척이며 머리는 푸르고 꼬리는 황색이었습니다. 또 성문 밖에도 큰 뱀 한 마리가 나타났는데 길이는 장여丈餘나 되고 머리는 붉고 꼬리는 녹색이었습니다. 이 두 마리 뱀이 성문 문턱에서 3일 3야 동안 맹렬히 싸웠으나 승부가 나지 않았습니다. 그걸 구경하는 백성들이 저자와 같았으나 감히 접근하는 자는 없었습니다. 그런 지 17일 만에 드디어 성 바깥편 뱀이 성 안쪽 뱀을 물어죽이고 그 길로 성내로 들어가 태묘太廟 안으로 들어가버렸습니다. 그후 그 뱀은 어디로 갔는지 다시 나타나지 않았습니다."

빈수무가 허리를 굽히며 자돌에게 치하한다.

"장차 군위에 다시 오르실 징조입니다."

정여공 자돌이 묻는다.

"어찌 그러리라고 믿으시오?"

빈수무가 대답한다.

"정나라 성 바깥의 뱀은 바로 군후이시니 길이가 장여나 된다는 것은 바로 형님뻘입니다. 성내의 뱀은 바로 자의子儀니 길이가 8척밖에 안 되는 것은 동생뻘이기 때문입니다. 싸운 지 17일 만에 성밖 뱀이 성내의 뱀을 이기고 정나라 성안으로 들어간 것은 무엇이냐 하면, 군후께서 본국을 떠나 망명한 것이 바로 갑신년甲申年 여름이고 지금이 신축년辛丑年 여름인즉 그동안이 바로 17년 간입니다. 성안의 뱀이 죽은 것은 자의가 군위를 잃을 징조이며, 성 바깥 뱀이 태묘로 들어간 것은 군후께서 종사宗師를 받들 징조입니다. 우리 주공께서 대의를 천하에 펴사 군후를 정나라 정위正位에 세우고자 하시니 이제야 뱀이 서로 싸울 때는 왔습니다. 어찌다 하늘의 뜻이 아니겠는지요."

정여공 자돌이 대답한다.

"진실로 장군의 말대로 된다면 대대로 이 은덕을 저버리지 않겠소."

드디어 빈수무는 자돌과 함께 계책을 정하고 대릉大陵 땅을 야습했다. 이에 정나라에선 부하傅瑕가 군사를 거느리고 나왔다. 양편은 서로 크게 싸웠다. 이때 빈수무는 상대편 뒤로 돌아가 크게 대릉을 쳐부수고 제나라 기호旗號를 세웠다.

부하는 도저히 힘으로 당적할 수 없음을 알고 병거에서 내려와 제군齊軍 앞에 투항했다. 정여공 자돌은 투항해온 부하를 보자 17년 동안이나 자기에게 항거해온 부하에 대해서 원한을 참을 수 없었다. 그는 이를 갈며 좌우에게 속히 부하를 참하도록 호령했다.

부하가 군사에게 끌려가면서 큰소리로 외친다.

"주공은 정나라로 돌아가고 싶지 않으십니까! 어찌하사 나를 죽이려 하십니까."

자돌은 이 말을 듣고 다시 그를 불러들이었다. 부하가 아뢴다.

"주공께서 만일 신을 살려주시면 신은 원컨대 자의의 목을 끊어 바치겠습니다."

자돌이 묻는다.

"네 무슨 계책이 있기에 능히 자의를 죽일 수 있다고 하느냐. 거짓말로써 과인을 비웃고 이곳을 벗어나 정나라로 돌아가려는 것 아니냐?"

부하가 열심히 말했다.

"지금 정나라 정사는 숙첨이 주장하고 있습니다. 신은 원래 숙첨과 절친한 사이입니다. 주공께서 저를 용서해주시면 신은 정나라로 몰래 들어가서 숙첨과 상의하여 자의의 목을 반드시 좌하座下에 바치겠습니다."

자돌이 눈을 부라리고 크게 꾸짖는다.

"늙은 도적, 간사한 여우야! 네 어찌 감히 나를 속일 수 있으리오. 내 너를 놓아주면 성으로 들어가서 숙첨과 함께 군사를 거느리고 나와 나에게 항거할 것 아니냐."

곁에서 빈수무가 말한다.

"부하의 처자가 지금 대릉에 있습니다. 역성에 수금囚禁해두고 볼모로 삼읍시다."

부하가 머리를 조아리고 아뢴다.

"만일 신이 신의를 지키지 못하거든 신의 처자를 죽이십시오. 또한 하늘의 해를 두고 맹세하리이다."

그제야 자돌은 부하를 석방했다. 부하는 밤에 정성鄭城으로 들어갔다. 즉시 그는 숙첨을 찾아갔다. 숙첨이 부하를 보자 크게 놀라며 묻는다.

"그대는 대릉 땅을 지키기로 했는데 어찌 한밤중에 돌아왔소?"

부하가 말한다.

"제후가 정나라 군위를 바로잡으려고 대장 빈수무에게 대군을 거느리게 하고 공자 돌을 귀국하게 했기 때문에 이미 대릉을 잃었습니다. 하가(瑕)는 겨우 밤을 이용해서 이곳까지 도망왔으나 장차 제군이 조만간에 쳐들어올 것인즉 사태가 매우 급합니다. 그러니 그대는 자의의 목을 참한 뒤 성문을 열어 그들을 영접하고 부귀를 보전하는 동시에 백성을 도탄에서 건지도록 하시오. 재앙을 돌려 복되게 하는 것이 바로 지금인즉 때를 놓치면 후회해도 소용없습니다."

숙첨이 한참 만에 묻는다.

"내 지난날, 옛 주공을 모셔와 임금으로 세우자고 주장하다가 제족에게 저지를 당했소. 이제 제족이 죽고 없으니 이는 하늘이 옛 임금을 도우심인가 하오. 하늘을 어기면 허물을 짓는 법이오. 그러나 장차 어찌해야 좋을지 계책이 서지 않는구려."

부하가 계책을 속삭인다.

"그러면 속히 역성으로 밀서를 보내어 즉시 자돌로 하여금 쳐들어오게 하는 동시 그대는 성밖에 나가서 거짓으로 항거하는 체하오. 그러면 자의가 반드시 성 위에 올라가 싸움하는 걸 볼 것이오. 내 그때 형편 보아 그를 죽이겠소. 이리하여 그대가 옛 임금을 영접해서 모시고 성으로 들어오면 대사는 끝나오."

숙첨은 그 계책을 실천하기로 했다. 그는 심복 부하에게 밀서를 주어 자돌에게 보냈다. 일을 이쯤 꾸미고 난 후에야 부하는 궁으로 들어가 자의를 뵈었다.

"제군이 자돌을 돕고 쳐들어오는 바람에 대릉 땅이 함몰되었습니다."

자의가 크게 놀란다.

"과인은 귀중한 뇌물을 초나라에 보내고 구원을 청하겠다. 초군이 오기를 기다려 안팎에서 협공하면 제군을 가히 무찌를 수 있을 것이다."

그러나 숙첨은 이틀이 지났건만 일부러 사자를 초나라로 보내지 않았다. 이러는 동안에 세작細作이 와서 보고한다.

"역성의 군사가 이미 성 아래 이르렀습니다."

숙첨이 자의에게 아뢴다.

"신이 군사를 거느리고 나가서 싸우겠습니다. 주공께서는 부하와 함께 성에 올라 굳게 지키십시오."

자의는 그 말을 믿고 머리를 끄덕였다. 이에 성밖에선 자돌이 먼저 군사를 거느리고 숙첨과 함께 거짓으로 수합을 싸우는 척하는데, 빈수무가 제군을 거느리고 들이닥쳤다.

이를 보자 숙첨은 급히 병거를 돌려 달아나기 시작했다. 이때 부하가 성 위에서 큰소리로 외친다.

"정나라 군사가 패하는구나!"

이 말을 듣자 원래 무능한 자의는 부리나케 성을 내려가려고 돌아섰다. 순간 부하는 칼로 자의의 등을 찔렀다. 자의는 등에 칼이 꽂힌 채 외마디 소리를 지르고 성 위에서 죽어자빠졌다. 부하는 즉시 성문을 열도록 호령했다.

이에 자돌과 빈수무와 숙첨은 유유히 성안으로 들어갔다. 부하는 먼저 청궁淸宮으로 달려가 자의의 두 아들을 다 죽이고 정여공 자돌을 군위로 모셨다.

원래 정나라 사람들은 정여공을 동정했다. 그래서 백성들은 환호성을 올렸다.

정여공 자돌은 빈수무에게 후한 예물을 주고 언약했다.

"오는 겨울 10월에 과인이 제나라 궁에 가서 동맹을 청하리라."

빈수무는 후한 대접을 받고 제나라로 돌아갔다.

정여공이 복위한 지 수일 만에 인심은 크게 안정됐다. 어느 날 정여공이 부하에게 말한다.

"너는 대릉을 지킨 지 17년 동안에 언제나 전력을 기울여 과인에게 항거했다. 너는 참으로 전 임금의 충신이었다. 이번에 너는 생명을 탐하고 죽음을 두려워한 나머지 다시 과인을 위해 전 임금을 죽였다. 참으로 네 마음을 측량할 수 없구나. 이제 과인이 자의의 원수를 갚겠다!"

정여공이 좌우 역사에게 호령한다.

"무엇을 머뭇거리느냐. 저놈을 저자에 끌어내어 참하여라!"

부하는 끌려나가면서 하늘을 우러러 길게 탄식했다. 그날 저자에서 부하는 참형을 당했다. 정여공은 부하의 처자만은 죽이지 않았다.

염옹髥翁이 시로써 이 일을 탄식한 것이 있다.

자돌 같은 간웅은 세상에 없을 것이니
사람의 힘을 빌려 뜻을 이룬 후에 그 사람을 죽였도다.
부하는 얼마 못 살고 죽었지만
그의 충성은 만고에 전해졌도다.
鄭突奸雄世所無
借人成事又行誅

傅瑕不受須臾活
贏得忠名萬古呼

이때 원번原繁은 지난날 자의를 군위에 세우자고 찬동했기 때문에 혹 자기까지 걸려들지나 않을까 두려워서 늙고 병들었다 칭탈하고 집 안에서 나오지 않았다. 정여공은 원번의 집으로 사람을 보내어 크게 꾸짖었다. 이에 원번은 대들보에다 목을 매고 자살했다. 정여공은 또 지난날 임금을 쫓아낸 죄를 용서할 수 없다 하고 공자 알閼을 죽였다. 그러나 숙첨만은 숙청하지 않았다. 숙첨이 목숨을 애걸한 때문이었다.

정여공은 더 이상 사람을 죽이진 않았다. 그러나 정여공은 숙첨을 살려주는 대신 숙첨의 다리를 끊었다. 공부公父 정숙定叔은 장차 자기 신변이 위험할 걸 짐작하고 위나라로 달아났다.

그런 지 3년이 지났다. 정여공은 위나라에 있는 공부 정숙을 불러와 또다시 벼슬을 줬다.

"가히 공숙共叔의 자손을 죽여 그 대를 끊을 순 없다."

그리고 제족은 이미 죽었으니 지나간 일을 논할 것 없다 하고 다시 숙첨을 정경正卿으로 삼고 도숙堵叔과 사숙師叔도 대부로 삼았다. 그 당시 정나라에선 숙첨·도숙·사숙 세 사람을 삼량三良이라고 했다.

한편 제환공은 정여공 자돌이 귀국해서 다시 군위에 앉고 위衛·조曹 두 나라가 지난 겨울에 또한 동맹에 가입하겠다고 자청해왔기 때문에, 다시 모든 나라 제후를 크게 모은 후 희생을 죽이고 새로 규약을 정하기로 했다.

관중이 제환공에게 아뢴다.

"주공께서 새로 패업을 세웠으니 모든 일을 간편히 하십시오."

제환공이 의아하다는 듯이 묻는다.

"간편히 하라니 어떻게 하란 말이오?"

관중이 대답한다.

"진陳 · 채蔡 · 주邾는 북행 땅에서 동맹한 이래로 우리 제나라를 섬기되 배신한 일이 없으며 조曹나라는 비록 맹회盟會 때에 참석하진 않았으나 우리가 송나라를 쳤을 때 함께 거사했습니다. 그러니 이 네 나라는 번거롭게 두 번씩 오랄 것 없습니다. 다만 송 · 위 두 나라가 한번도 회에 협력한 일이 없으니 이번엔 그들만을 부르기로 하고 모든 나라가 한맘으로 단결되면 그때에 다시 모두 모여서 맹약을 정하도록 하십시오."

이때 바깥에서 시신이 들어와 고한다.

"주왕께서 송이 조정에 들어와 예로써 알현했다는 것을 우리나라에 알리도록 사신 선자單子를 보내셨다고 합니다. 그런데 사신 선자가 이미 위나라에 당도했다는 소식이 왔습니다."

관중이 아뢴다.

"이쯤 되면 송나라는 우리와 동맹하게 됐습니다. 천자의 사신이 우리 나라로 오는 도중 위나라까지 왔다 하니 주공께서는 이참에 친히 위나라에 가셔서 모든 제후를 불러 회견하십시오."

제환공은 사자를 송 · 위 · 정 세 나라로 보내어 위나라 견鄄 땅에 모이도록 했다. 이리하여 위나라 견 땅에서 제후와 위후와 천자의 사신인 선자와 송후와 정후가 모였다. 그러나 제환공은 그들에게 삽혈의 맹세를 강요하지는 않고 다만 정중히 서로 읍하고 환담한 후 헤어졌다. 모든 나라 제후는 제환공이 그들에게 조금도 강요하는 것이 없는 데 대해서 크게 감동했다.

그후 제환공은 모든 제후가 진심으로 자기에게 복종하는 걸 알고서야 송 · 노 · 진 · 위 · 정 · 허 모든 나라를 크게 유幽 땅으로 불러모으고 삽혈하고 동맹하고 비로소 맹주盟主의 칭호를 받았다. 이때가 주이왕 3년 겨울이었다.

한편 초문왕楚文王 웅자熊貲는 식부인息夫人 규씨嬀氏를 자기 부인으로 삼은 후 깊이 총애했다. 이리하여 3년 동안에 규씨는 웅간熊囏, 웅운熊惲 두 아들을 낳았다. 그러나 규씨는 비록 초나라 궁에 있으면서도 항상 멸망한 식나라를 잊지 않고 3년이 지났건만 한번도 초문왕과 말을 하지 않았다.

초문왕이 참다못해 묻는다.

"말하지 않는 까닭이 무엇이냐?"

규씨는 대답 없이 울기만 했다. 초문왕은 굳이 그 까닭을 들어야겠다고 우겼다. 그제야 규씨는 처음으로 대답한다.

"부인의 몸으로서 두 남자를 섬겼으니 비록 절개를 위해 죽진 못했을망정 또 무슨 면목으로 사람을 대해서 말할 수 있으리까."

규씨는 말을 마치자 한없이 눈물을 흘렸다.

호증胡曾 선생이 시로써 이 일을 읊은 것이 있다.

식나라는 망하고 몸은 초나라 궁에 있어
돌아본즉 봄바람에 모두가 꽃이로구나.
옛정을 잊지 못해 눈물로 세월을 보내니
어찌 부귀영화로써 한을 풀 수 있으랴.
息亡身入楚王家

回看春風一面花
感舊不言常掩淚
祇應翻恨有榮華

초문왕은 규씨가 측은했다.

"이 일은 모두 채후蔡侯 헌무獻舞가 저질러놓은 일이다. 짐은 부인을 위해서 그 원수를 갚아주리라. 그러니 부인은 과도히 슬퍼 마라."

드디어 초문왕은 군사를 일으켜 채나라로 쳐들어갔다. 초군이 채나라 부郕 땅으로 쳐들어가자 채애후 헌무는 초군 앞에 나아가 웃옷을 벗고 꿇어엎드려(이를 육단肉袒이라 한다. 고대 중국인들이 칭죄請罪할 때의 태도다) 사과하고 부고府庫에 있는 금옥까지 다 바쳤다. 이에 비로소 초문왕은 채나라에서 물러갔다.

이 소문을 듣자 정나라 정여공도 겁이 나서 곧 사자를 초나라에 보내어 자기가 복위한 것을 고했다. 초문왕이 정나라 사자를 꾸짖는다.

"너희 나라 임금 자돌은 복위한 지 2년이 지났는데 이제야 과인에게 고하니 과인을 업신여김이 이렇듯 심하냐. 내 마땅히 너희 나라를 치리라."

드디어 초문왕은 다시 군사를 일으켜 정나라를 쳤다. 정여공은 감히 싸우지도 못하고 초군 앞에 나가서 백배사죄했다. 초문왕은 정여공을 용서하고 회군했다. 이때가 주이왕 4년이었다.

그후로 정여공 자돌은 초나라가 무서워서 감히 제나라를 섬기지 못했다. 한편 제환공은 사자를 정나라로 보내어 정여공을 심히 꾸짖었다.

정여공은 상경 숙첨을 제나라로 보냈다. 숙첨이 제나라에 이르러 제환공에게 아뢴다.

"지금 우리 정나라는 초군의 위세에 견딜 수 없어 밤낮 성만 지키고 있습니다. 그래서 자연 귀국에 그간 세물歲物을 바치지 못했습니다. 만일 군후께서 초나라를 눌러주시면 우리 주공인들 어찌 조석으로 군후를 섬기지 않겠습니까."

제환공은 정나라 숙첨의 불손한 변명이 미웠다. 제환공은 두말 않고 숙첨을 군부에 잡아 가두었다. 어느 날 밤, 숙첨은 군부의 담을 넘고 도망쳐 정나라로 돌아갔다. 이로부터 정나라는 제나라를 등지고 초나라만 섬겼다.

그후 주이왕은 왕위에 있은 지 5년 만에 세상을 떠났다. 그 뒤를 이어 왕자 낭閬이 왕위에 올랐다. 그가 바로 주혜왕周惠王이다.

주혜왕 2년 때 일이다. 그간 초문왕 웅자는 여색만 즐기고 정사는 돌보지 않은 채 싸움만 좋아했다.

지난해에 초문왕은 파巴나라 임금과 함께 신申나라를 친 일이 있었다. 그러나 초문왕은 파나라 군사를 몹시 멸시하고 혹사했다. 마침내 파나라 임금은 분을 품고 반란을 일으켰다. 이때 초나라 지방을 지키던 수장守將 염오閻敖는 어떻게 신세가 급했던지 수챗구멍으로 빠져나가 헤엄을 쳐서 달아났다. 그러나 초문왕은 파군을 진압하지 못하고 도망온 염오를 즉시 잡아 죽였다.

이에 염씨閻氏 일족은 속으로 초문왕을 몹시 미워했다. 그들은 사람을 파나라로 보내어 함께 초나라를 치기로 짜고 자기들은 내응하기로 언약했다. 드디어 파군이 초나라를 치자 초문왕은 친히 군사를 거느리고 나아가 나룻가에서 크게 싸웠다. 그러나 내부에서 원한을 품고 시기만 기다리던 염씨 일족 수백 명을 어찌 막을 수 있으리오.

이때 염씨 일족은 초군으로 가장하고 초진 안에 들어가서 원수를 갚고자 초문왕을 찾았다. 그중 한 사람이 초문왕을 보자, 그는 파군과 싸우는 척하고 활을 잔뜩 잡아당겼다가 문득 돌아서면서 초문왕을 쐈다. 화살은 마침 얼굴을 돌리던 초문왕의 뺨에 들어맞았다. 이에 염씨 일족은 닥치는 대로 초군을 쳐죽였다.

초군은 크게 어지러웠다. 이때 기회를 놓치지 않고 파군이 물밀듯 쳐들어왔다. 초군은 대패하고 초문왕은 뺨에 화살을 맞은 채 달아났다.

파나라 임금은 감히 초군을 추격하진 못하고 군사를 거두어 본국으로 돌아갔다. 생존한 염씨 족속은 파군을 따라가 다 파나라 사람이 됐다.

한편 초문왕은 패잔군을 거느리고 성문으로 돌아갔다. 그때는 밤이 깊은 후였다. 초군은 성문을 두드렸다. 그러나 성문은 열리지 않았다. 성안에서 육권鬻拳이 묻는다.

"왕은 싸움에 이기셨나이까?"

초문왕이 대답한다.

"졌노라."

성문 안에서 육권의 목소리가 다시 들린다.

"선왕 이래로 우리 초군은 싸워서 진 일이 없습니다. 더구나 파나라로 말하면 보잘것없는 조그만 나라가 아니오니까. 그런데 왕께서는 친히 군사를 거느리고 나가서 졌으니 모든 사람의 웃음거리가 되지 않을 수 없습니다. 그간 황黃나라가 우리에게 조례하지 않고 있습니다. 만일 왕께서 황나라를 쳐서 이기고 돌아오시면 이 조소를 면할 수 있습니다."

결국 성문은 열리지 않았다. 초문왕이 분연히 모든 군사에게 말한다.

"이번에 가서도 이기지 못하면 과인은 결코 돌아오지 않으리라."

초문왕은 그 길로 군사를 거느리고 가서 황나라를 쳤다.

초문왕은 적릉踖陵 땅에 이르러 친히 북을 쳐서 사기를 돋웠다. 군사들도 죽기를 각오하고 싸워 황나라 군사를 무찔렀다.

황군을 쳐부순 그날 밤이었다. 깊이 잠든 초문왕은 영중營中에서 꿈을 꿨다. 지난날의 식나라 군후가 산발한 머리를 흔들면서 눈을 부릅뜨고 나타났다.

"내 무슨 죄가 있기에 나를 죽게 했느냐. 그리고 내 나라를 없애고 내 강토를 점령했느냐. 그리고 내 아내를 뺏어갔느냐. 내 이미 상제께 너의 죄를 낱낱이 고하였다."

식나라 임금은 손을 번쩍 들어 초문왕의 뺨을 쳤다. 초문왕은 크게 외마디 소리를 지르면서 벌떡 일어났다. 화살에 맞은 뺨이 찢어져서 피고름이 흘렀다. 초문왕은 즉시 명을 전하고 군사를 거두어 본국으로 떠났다.

초군이 추湫 땅에 이르렀을 때였다.

밤은 점점 깊었다. 초문왕은 자다 말고 또 무슨 꿈을 꿨는지 괴상한 소리를 지르면서 겨우 아픈 몸을 반쯤 일으키다가 뒤로 벌렁 나자빠졌다. 군사들이 모여들었을 때엔 이미 초문왕은 흉악스레 눈을 부릅뜨고 싸늘한 시체로 변해 있었다.

이에 초나라 육권은 초문왕의 시체를 영접하고 장례를 지냈다. 이리하여 초문왕의 장자 웅간熊囏이 왕위에 올랐다. 초문왕의 장례가 끝난 후 육권이 말한다.

"나는 두 번이나 왕의 명령을 거스른 일이 있었다. 그럴 때마다

왕은 나를 죽이지 않았다. 그러나 내 어찌 세상에 더 살기를 원하리오. 내 장차 왕을 따라 지하에 돌아가리라."

그는 다시 가족을 돌아보고 말한다.

"내 죽거든 반드시 나를 성문 곁에다 묻어라. 자손들에게 내가 성문을 지키고 있다는 걸 알게 하리라."

마침내 육권은 칼을 뽑아 자기 목을 찌르고 죽었다. 웅간은 육권의 죽음을 가엾게 생각하고 그 자손들로 하여금 대대로 대혼大閽 벼슬을 하게 했다.

선유先儒 좌구명左丘明(노나라의 태사太史)은 그의 저서『좌씨춘추左氏春秋』에서 육권을 애군愛君한 사람이라고 했다. 그래서 후세 사관이 시로써 좌구명을 반박한 것이 있다.

> 군사를 거느리고서 임금을 간하고
> 또 성문을 열어주지 않았으니 해괴한 일이다.
> 만일 이런 걸로 충성이니 애군이니 한다면
> 난신亂臣 적자賊子도 다 할말이 있으리라.
> 諫主如何敢用兵
> 閉門不納亦堪驚
> 若將此事稱忠愛
> 亂賊紛紛盡借名

정여공은 초문왕이 죽었다는 소식을 듣고 매우 기뻐했다.

"내 이제야 근심이 없어졌다."

숙첨叔詹이 이 말을 듣고 아뢴다.

"신이 듣건대 타인에게 의지하면 위태로우니 사람의 신하 된 자는 항상 굴욕을 면할 수 없다고 하더이다. 지금 우리 정나라는 제·초 양대 세력 사이에 있기 때문에 위태롭지 않으면 굴욕을 받는 수밖에 없습니다. 그러나 어찌 남의 지배만 받고 있겠습니까. 선군 환공桓公·무공武公·장공莊公께서는 3대로 왕조의 경사卿士가 되사 면류冕를 쓰시고 열국의 제후를 정복했습니다. 이제 주周에선 새 왕이 왕통을 계승했습니다. 듣건대 괵虢·진晉 두 나라는 왕께 가서 조례하고 왕께선 그들에게 잔치를 벌여주고 또 옥玉 다섯 쌍과 말 세 필을 하사하셨다고 합니다. 주공께서도 주에 조공하시고 왕의 총애를 입으사 선군들의 경사지업을 닦으시면 비록 대국들이 우리를 간섭할지라도 족히 두려울 것 없을 것입니다."

정여공은,

"대단히 좋은 계책이다."

하고 대부 사숙師叔을 불러,

"즉시 주에 가서 왕께 조례하고 오라."

하고 분부했다. 사숙은 왕실에 바칠 공물을 가지고 주나라로 갔다. 사숙이 주나라에 갔다가 돌아와서 보고한다.

"왕실에 큰 난이 일어났는데, 참으로 말이 아니더이다."

정여공이 묻는다.

"무슨 난이 일어났던고?"

사숙이 차근차근 말한다.

"지난날 주장왕周莊王이 사랑하던 첩 하나가 있었습니다. 이름은 요희姚姬랍니다. 그래서 사람들은 그녀를 왕도王桃라고 한답니다. 왕도의 소생으로 퇴頹라는 아들이 있는데 장왕은 퇴를 몹시 사랑하여 대부 위국蔿國을 그의 사부師傅(지도하는 선생)로 세웠습니다. 그런데 퇴는 소(牛)를 좋아했습니다. 친히 수백 마리를 기르는데 소에게 오곡을 먹이고 무늬 있는 옷을 입혔기 때문에 세상에선 그 소를 문수紋獸라고 하였습니다. 그가 출입할 때면 시종들은 다 소를 타고 뒤따랐으며, 뭣이고 닥치는 대로 밟고 지나가서 피해가 많았다고 합니다. 이런 한편 퇴는 대부 위국, 변백邊伯, 자금子禽, 축궤祝跪, 첨보詹父 등 이런 사람들과 비밀히 결탁하고 서로 왕래가 빈번했습니다. 그러나 전번에 붕어하신 주이왕周釐王도 이러한 동생의 방약무인한 태도를 막진 못했다고 합니다. 이번에 왕이 세상을 떠나시고 낭閬(주혜왕)이 신왕新王으로 즉위하자 자퇴는 자기가 아저씨뻘이란 걸 믿고서 더욱 교만횡포해졌습니다. 이에 신왕이 그를 미워하사 그들의 당을 억압하기 위해 자금, 축궤, 첨보의 밭을 뺏었답니다. 신왕은 또 궁궐 곁에다 새로이 동산을 쌓기 위해서 왕궁 곁에 있는 위국의 전포田圃와 변백의 집을 몰수하고 터를 넓혔답니다. 또 신왕은 선부膳夫*(왕의 식상食床을 맡은 사람) 석속石速이 바치는 식상은 맛이 없다 하고 그의 녹을 줄였습니다. 그래서 석속 또한 왕을 원망했습니다. 드디어 위국, 변백 등 다섯 대부와 석속이 함께 난을 일으켜 퇴를 왕으로 받들고 신왕을 쳤습니다. 이에 주공周公 기보忌父, 소백召伯 요廖 등은 힘을 다해 적과 싸웠습니다. 퇴와 다섯 대부는 반란을 일으켰으나 많은 사람을 당해낼 수가 없어 소蘇로 달아나버렸습니다. 그런데 옛 주무왕周武王 때 일입니다. 소분생蘇忿生은 왕실에 공이 컸기 때문에 세상 사람들은 그를 소공蘇公이라고 불렀습니다. 주무왕은 그에게 남양南陽의 밭을 주어 녹을 받게 했습니다. 그후 소분생이 죽자 그 자손들은 오랑캐에게 견제되어 왕을 배반하고 오랑캐를 섬기게 됐건만 그들은 남양 밭을 주 왕실에 반환하지 않았습니다. 그러던 것이 주환왕周桓王 8년에 이르러서야 왕은 그 소자

蘇子의 밭을 거두어 우리 나라 선군 정장공鄭莊公께 내주시고 그 대신 주나라 가까이에 있는 우리 나라 밭과 바꾸었습니다. 그런 후로 소자와 주나라 사이는 더욱 감정이 좋지 않았습니다. 그뿐만 아니라 위나라도 주나라를 미워했습니다. 이는 천하가 다 알다시 피 오늘날 위후 삭朔이 지난날 망명하던 때에 주 왕실이 금모黔牟 를 위나라 군위에 세웠기 때문입니다. 이리하여 소자는 도망온 퇴 를 받들어 모시고 위나라로 갔습니다. 마침내 소자는 위후와 단짝 이 되어 군사를 거느리고 주나라에 가서 왕성을 공격했습니다. 이 에 주공 기보는 힘을 다해 싸웠으나 마침내 패하여 소백 요와 함 께 왕을 받들어 모시고 언鄢 땅으로 달아났습니다. 이리하여 다섯 대부는 퇴를 왕으로 세웠습니다. 주나라는 지금 적당賊黨의 소굴 로 변했습니다. 지금 주나라의 민심은 퇴에게 복종하지 않고 물 끓듯 합니다. 이 기회를 놓치지 마시고 주공께서 군사를 일으켜 망명 중인 왕을 다시 환궁케 하시면 이는 만세의 공로가 될 것입 니다."

정여공이 거듭 머리를 끄덕인다.

"그 말이 대단히 좋다. 나약한 퇴가 믿는 것은 위나라와 소자의 무리들이다. 또 다섯 대부가 있다지만 그건 다 무능한 것들이다. 이제 과인이 사자를 보내어 그들을 이치로써 타이를 요량이다. 만 일 그들이 후회하고 왕을 다시 모셔간다면 굳이 군사를 일으킬 것 까진 없으니 어찌 아름다운 일이 아니리오."

정여공은 이렇듯 말하고 한편 사자를 언 땅으로 보내어 망명 중 인 주혜왕을 역 땅으로 모셔왔다. 역櫟 땅은 지난날 정여공이 17년 간이나 망명했던 곳이다. 그래서 궁실이 제법 정제되어 있었다.

정여공이 사자를 시켜 왕자 퇴에게 보낸 글은 다음과 같았다.

돌(*)은 듣건대 신하로서 임금을 범하면 이를 불충이라고 하며, 동생으로서 형을 범하면 이를 불순이라고 하더이다. 불충하고 불순하면 하늘에서 재앙을 내리나니 왕자는 어찌 그걸 모르십니까. 이번에 왕자가 간신의 계책을 듣고 왕을 추방했으나 만일 후회하고 재앙을 두려워한다면 즉시 천자를 도로 모셔가십시오. 그리고 몸을 단속하고 천자께 사죄하십시오. 그래야만 왕자는 부귀를 잃지 않을 것입니다. 그것도 싫으시거든 조용히 변방으로 물러가십시오. 비록 오랑캐들과 함께 살지라도 오히려 천하 사람들에게 사죄한 것은 되리이다. 오직 왕자는 왕위에서 속히 물러나도록 하십시오.

한편 퇴는 정여공의 서신을 읽고 주저할 뿐 결정을 짓지 못했다. 다섯 대부들이 아뢴다.

"한번 범을 탄 사람은 다시 내리지 못합니다. 어찌 만승의 높이에 한번 오르신 다음에야 다시 신하의 자리로 물러설 수 있습니까. 왕을 속이는 정백鄭伯의 말을 아예 곧이듣지 마십시오."

마침내 퇴는 정나라 사자를 몰아냈다.

한편 정여공은 역 땅에 가서 주혜왕께 조례했다. 그리고 주나라에 갔던 사자가 쫓겨와서 보고하는 걸 들었다. 이에 정여공은 왕명을 받들고 주나라를 엄습했다. 그러나 정여공은 대대로 주 왕실에 전해내려오는 보기寶器만을 취해 다시 역성으로 돌아갔다.

이때가 주혜왕 3년이었다. 그해 겨울에 정여공은 서괵西虢으로 사자를 보내어 함께 왕을 복위시키기 위한 회합을 하자고 청했다. 서괵의 괵공은 정나라 청을 승낙했다.

이리하여 주혜왕 4년 봄에 정·괵 두 나라 군후는 군사를 거느리고 이郳 땅에서 회견했다. 그리고 그해 여름 4월에 정·괵 두 나라 군사는 왕성으로 진격했다. 정여공은 친히 군사를 거느리고 가서 왕성 남문을 쳤다. 그리고 괵공은 군사를 거느리고 북문을 쳤다.

한편 위국은 황망히 퇴를 만나러 왕궁으로 들어갔다. 이때 퇴는 후원에서 소에게 여물을 먹이고 있었다. 퇴는 바빠서 만날 수 없다고 거절했다. 위국은 초조했다.

"일이 몹시 급한데 어찌할꼬."

위국은 하는 수 없이 퇴의 명령이라 속이고 변백, 자금, 축궤로 하여금 성루에 올라가 쳐들어오는 군사를 막게 했다. 주나라 백성들이 퇴에게 복종하지 않았다는 건 이미 말한 바다. 주나라 백성들은 주혜왕이 돌아왔다는 소문을 듣자 우레처럼 환호성을 질렀다. 백성들은 성난 파도처럼 성으로 몰려가서 다투어 성문을 열어 제치고 주혜왕을 영접했다.

한편 위국은 사세가 이미 어떻게 된 줄도 모르고 집에서 국서國書를 쓰고 있었다. 그 국서는 위나라에 구원을 청하는 내용이었다. 그가 국서를 다 베끼기도 전이었다. 종소리와 북소리가 사방에서 일어났다. 아랫사람이 허둥지둥 들어와 보고한다.

"옛 왕이 이미 성으로 들어와 조정에 좌정했습니다."

이 말을 듣자 위국은 길게 탄식하고 칼을 뽑아 자기 목을 찌르고 죽었다. 이를 전후해서 축궤, 자금도 난군 속에서 죽었다. 변백, 첨보는 주나라 백성들에게 사로잡혔다.

그러나 요행히 퇴는 서문으로 빠져나가 달아나는 중이었다. 보라! 그의 앞뒤로 무늬 있는 옷을 입은 소들이 떼를 지어 따라가지 않는가. 퇴는 달아나면서도 석속에게,

"속히 소를 몰아라!"

하고 호령했다. 그러나 살진 소들은 잘 건질 못했다. 먼지를 뿌옇게 일으키며 뒤쫓는 추병追兵이 나타났을 때에야 퇴는 혼자 달아났다. 마침내 퇴는 추병에게 사로잡혔다. 그날로 퇴는 변백, 첨보와 함께 참형을 당했다.

염옹이 시로써 퇴의 어리석음을 탄식한 것이 있다.

　총애를 믿고 맘대로 굴면서도 만족하지 못해서
　비밀히 악당들과 사귀어 간악한 꾀를 냈도다.
　1년 남짓 왕위에 있으면서 무엇을 했던고.
　차라리 관문 밖에서 소나 기르는 것이 마땅했으리라.
　挾寵橫行意未休
　私交乘釁起奸謀
　一年南面成何事
　只合關門去飼牛

또 제환공이 이미 맹주가 되었음에도 불구하고 주혜왕을 복위시키지 않고 공을 정·곽에 빼앗긴 것을 두고 이를 탄식한 시가 있다.

　천자가 다른 나라로 몸을 피했으니 이는 구묘九廟의 수치로다.
　다만 정·곽만이 분주히 충성을 다했구나.
　왜 관중은 계책을 쓰지 않고서
　그 당시의 제일 공을 남에게 넘겨줬던고.
　天子蒙塵九廟羞
　紛紛鄭虢效忠謀

如何仲父無遺策

却讓當時第一籌

주혜왕은 다시 왕위에 오르자, 정나라에 호뢰虎牢 이동의 땅과 반감鑿鑑(혁대에다 거울을 장식한 중국 고복古服)을 하사하고 서괵공에겐 주천酒泉 땅과 술잔 여러 개를 하사했다. 이리하여 정여공과 서괵공은 주혜왕에게 절하고 물러나와 각기 본국으로 돌아갔다.

그러나 정여공은 도중에서 병이 나서 간신히 본국으로 돌아가 바로 세상을 떠났다. 모든 신하는 세자 첩捷을 받들어 군위에 모셨다. 그가 바로 정문공鄭文公이다.

주혜왕 5년 때의 일이다. 진陳나라 진선공이 공자 어구禦寇가 혹 자기에게 모반하지나 않을까 의심한 나머지 공자 어구를 죽인 사건이 일어났다.

공자 완完의 자는 경중敬仲이니 그는 선군 진여공陳厲公의 아들로서 평소 어구와 친한 사이였다. 그는 어구가 죽음을 당하는 것을 보고 자기의 생명도 위태로울 것을 알고 제나라로 달아났다.

제환공은 망명 온 공자 완을 용납하고 그에게 공정工正이란 벼슬을 줬다.

하루는 제환공이 공자 완의 집에 가서 술을 마시며 즐기는 동안에 어느덧 해가 저물었다. 제환공이 분부한다.

"속히 촛불을 밝혀라. 이 밤에 미진한 흥을 풀리로다."

그러나 공자 완은 분부를 받들지 않았다.

"신은 다만 낮에만 주공을 모시기로 하였습니다. 그러므로 감히 촛불까지 밝히고 술자리를 계속할 순 없습니다."

제환공은 조그만 일에도 조심하고 삼가는 공자 완의 태도에 대해서,

"그대는 실로 예의가 있다."

찬탄하고 자리에서 일어나 궁으로 돌아갔다. 그 이튿날 제환공은 공자 완이 임금을 대하는 태도와 그 어짊을 표창하기 위해서 전田 지방을 그에게 주고 그곳 소출로 녹을 받게 했다. 이리하여 진나라 공자 완은 후세에 전씨田氏의 시조가 됐다.

그해에 노나라 노장공魯莊公은 혼인을 추진하기 위해서 방防 땅에 가서 제나라 대부 고해高傒를 만났다. 그들이 서로 만난 데엔 다음과 같은 일이 있었기 때문이었다.

곧 노부인魯夫人 문강文姜은 친정 오빠며 동시에 정부였던 제양공이 참살당한 후로 날마다 애통한 나머지 해소병에 걸려 자리에 누워 있었다. 이에 내시가 거莒나라의 의원醫員으로 하여금 문강의 진맥을 보게 했다. 오랫동안 남자에 굶주린 문강은 음탕한 마음을 참지 못해 거나라 의원을 궁에 머물게 하고 침식을 함께했다.

그후 의원은 거나라로 돌아갔지만, 문강은 진맥해야겠다면서 두 번이나 거나라에 가서는 그 의원 집에서 숙식했다. 의원은 문강의 음욕을 만족시키느라고 나날이 수척해졌다. 마침내 의원은 견딜 수 없어 문강에게 힘센 사람 하나를 천거해주고 물러섰다.

이리하여 문강은 늙을수록 더욱 음욕을 즐겼다. 그러나 문강은 모든 남성이 제양공만큼 자기를 만족시켜주지 못하는 데 대해서 항상 탄식했다.

주혜왕 4년 가을 7월이었다. 문강은 해소병으로 마침내 노나라 별궁에서 세상을 떠나게 됐다. 문강이 노장공에게 유언한다.

"나는 제나라 사람으로서 노나라에 시집왔다. 내 듣건대 제나라 선군 제양공의 딸이 이미 장성해서 나이 열여덟이라고 하는구나. 너는 지난날 언약한 바와 같이 속히 제녀齊女와 결혼하여 육궁六宮의 위位를 바로잡게 하여라. 그리고 상기喪期가 끝나야 혼인할 수 있다는 그런 제도에 구애당하지 마라. 그래야만 내가 구천九泉에 있을지언정 걱정을 놓을 것이다."

문강이 유언을 계속한다.

"또 나의 친정인 제나라가 바야흐로 패업을 도모하는 중이다. 너는 삼가 그를 섬기고 대대로 내려오는 두 나라 우호에 어긋남이 없게 하여라."

문강은 말을 마치고서 마침내 세상을 떠났다.

노장공은 예법에 따라 문강을 장사지냈다. 노장공은 즉시 문강의 유언대로 그해에 혼인하려고 모든 신하와 더불어 상의했다. 대부 조귀曹劌가 아뢴다.

"주공께서는 대상大喪을 당하사 지금 빈소를 모시고 있는 몸이니 시급히 혼인할 수 없습니다. 청컨대 삼년상이 끝난 후에 거행하십시오."

노장공이 대답한다.

"내 어머님의 유언을 지키기 위함이라. 상중에 하는 것이 너무 빠르다면 탈상하고 하기는 너무 늦다. 그 중간쯤 해서 하는 것이 좋지 않을까."

이에 모든 신하는 상의하여 소상小祥이나 마치고서 청혼키로 했다.

그 이듬해에 대부 고해가 노장공의 혼사를 정하려고 제나라 방防 땅에서 제환공과 만났던 것이다. 고해가 납폐納幣의 예를 올리자 제환공이 정중히 말한다.

"노후가 아직 상중에 있으니 혼례 기일을 늦추는 것이 어떻소?"

이리하여 주혜왕 7년에 이르러서야 혼사에 관한 쌍방 의견이 정해졌다. 그리고 그해 가을에 혼례하기로 했다. 이때 노장공은 군위에 있은 지 24년이었고 나이가 서른일곱 살이었다. 노장공은 워낙 노총각이어서 그런지 죽은 제양공의 딸을 아내로 맞이하게 된 것을 몹시 기뻐했다. 그래서 모든 것을 사치스럽게 했다. 그러면서도 그는 일변 아버지인 노환공이 지난날 제나라에서 참혹하게 맞아죽은 걸 생각하자 그 자식 된 자로서 원수의 딸을 아내로 맞이하는 것이 종시 불안했다.

이에 노장공은 아버지 노환공의 신위神位를 모셔둔 궁을 다시 중건하고 그 대들보를 아름답게 단청하고 그 서까래마다 정묘한 조각을 베풀었다. 곧, 죽은 영혼에게 아첨했던 것이다.

대부 어손御孫만은 전부터 제나라와 혼인하는 것을 반대한 사람이라 끝까지 그 불가한 점을 들어 간했다. 그러나 노장공은 듣지 않고 그해 여름에 제양공의 딸을 친영親迎하러 제나라로 갔다. 그해 가을 8월에 제녀 강씨姜氏는 노나라로 시집을 왔다. 그녀가 노장공의 부인인 바로 애강哀姜* 대부종부大夫宗婦이다.

노장공은 강씨를 노나라로 맞이할 때 자기를 낮추어 소군小君의 예로써 그녀를 존대했다. 이리하여 그들은 서로 똑같이 폐백을 교환했다. 전부터 이 혼사를 반대한 어손은 이 꼴을 보고서 남몰래 탄식했다.

"남자는 옥백玉帛을 보내는 것이 가장 큰 예물이며, 금류禽類를 보내는 것이 작은 예물이며, 동시에 글을 보낼 따름이라. 여자는 다만 개암과 밤과 대추와 건포乾脯를 예물로 보내어 경건한 태도를 고하는 데 불과한 것이다. 그런데 이제 남녀가 서로 똑같은 예물을 교환하니 별꼴을 다 보겠다. 이는 여자가 남자를 하대하는 것이 된다. 자고로 남녀가 유별하다는 것은 국가의 가장 큰 절도이다. 이제 부인이 그 절도를 어지럽혔으니 이러고야 어찌 예법을 유지하리오."

어떻든 제나라 강씨가 노나라에 출가한 후로 제 · 노 두 나라 우호는 더욱 두터워졌다.

그후 제환공은 노장공과 함께 군사를 연합해서 서徐나라를 치고 오랑캐를 쳤다. 이에 서나라와 오랑캐는 다 제나라의 신하로서 복종했다.

이때 정문공鄭文公은 제나라 세력이 날로 커짐을 보고 혹 자기 나라로 쳐들어오지나 않을까 두려워한 나머지 드디어 사자를 제나라로 보내어 동맹을 청했다.

일국一國에 삼공三公

　주혜왕周惠王 10년 때 서徐나라와 오랑캐가 다 제齊나라에게 신하로서 복종했다. 정문공은 제나라 형세가 더욱 커진 걸 보고 혹 자기 나라를 치지나 않을까 두려워한 나머지 사자를 제환공에 게 보내고 동맹을 청했다는 것은 이미 말한 바와 같다. 이에 제환 공은 다시 송·노·진陳·정 네 나라 군후와 회견하고 함께 유幽 땅에서 동맹을 맺었다. 이리하여 모든 군후는 제나라를 섬겼다.

　동맹을 마치고 제환공은 본국으로 돌아가 큰 잔치를 베풀고 모 든 신하를 위로했다. 모두 술이 반쯤 취했을 때였다. 포숙아가 잔 을 잡고 제환공 앞에 나아가 술을 따라 올리며 축하한다.

　"만수萬壽하소서."

　제환공이 흔연히 술잔을 받아 마신다.

　"즐겁구나! 오늘날이여."

　포숙아가 다시 아뢴다.

　"신이 듣건대 총명한 군주와 어진 신하는 비록 즐거울지라도 지난날의 근심하던 때를 잊지 않는다고 하더이다. 바라건대 주공께서는 지난날 망명하시던 때를 잊지 말지며, 관중은 지난날 함거檻車 속에 잡혀오던 때를 잊지 말지며, 영척寧戚은 소[牛] 치던 때를 잊지 말아야 합니다."

이 말을 듣자, 제환공은 불현듯 일어나 자리를 피하면서 분부한다.

"과인과 함께 모든 대부는 다 포숙아의 말을 잊지 마라. 이것이 우리 제나라 사직의 무궁한 복이로다."

이날 제환공과 모든 신하는 한자리에서 기쁘게 놀다 헤어졌다.

어느 날, 주혜왕의 사신 소백召伯 요廖가 제나라에 왔다. 제환공은 그를 공관公館으로 영접했다. 소백 요가 주혜왕의 왕명을 제환공에게 전한다.

"이제 제후를 방백方伯(열국列國을 대표하는 군후)으로 삼고 태공太公의 직위를 제수除授하는 동시 불의를 정벌하는 대임을 맡긴다. 지난날에 위후 삭朔이 퇴를 도와 왕위에 앉게 한 일이 있으니, 이는 역적을 돕고 천리天理를 범한 것이다. 짐은 그때의 분한 분한憤恨을 잊지 못한 채 10년이 지났건만, 아직 위를 치지 못하고 따라서 천위天威를 드날리지 못하고 있다. 수고스럽지만 백구伯舅는 짐을 위해서 이 분한을 풀어주기 바라노라."

드디어 주혜왕 11년에 제환공은 친히 군사를 거느리고 위나라로 쳐들어갔다. 이때 위혜공 삭은 이미 세상을 떠난 뒤였다. 그의 아들 적립赤立이 군위에 오른 지 3년이었으니, 그가 바로 위의공衛懿公이다. 위의공은 어째서 제군이 자기 나라에 쳐들어오는지 그 이유도 묻지 않고 즉시 군사를 거느리고 나가서 싸웠다.

두 나라 군사가 서로 싸운 지 얼마 뒤 위군은 대패하여 돌아갔다. 이에 제환공은 바로 위성衛城 아래로 쳐들어가 곧 왕명을 선양하고 위나라 죄를 일일이 들추었다. 위의공은 그제야 제군이 쳐들어온 까닭을 알았다.

"그렇다면 그것은 선군의 잘못이지 과인과는 아무 관계도 없는 일이다."

하고 곧 장자長子인 개방開方에게 금과 비단 다섯 수레를 주어 제군에게 바치고 강화講和하도록 분부했다. 이에 개방은 뇌물을 제환공에게 바치고 강화를 청하고 죄를 면했다. 뇌물을 받고 제환공이 말한다.

"자고로 선왕의 제도制度에 의하면 아비가 지은 죄는 자손에게까지 미치지 않는다 하였으니 과인은 진실로 왕명을 받잡고 온 데 불과하다. 어찌 위나라에 더 많은 것을 요구할 수 있으리오."

이에 위나라 세자 개방은 제군이 강성한 걸 보자 제나라에 가서 벼슬을 살고 싶은 생각이 났다.

"장차 제나라에 가서 군후를 모시고 싶습니다."

제환공이 대답한다.

"그대는 위후의 장자라. 그 차례로 말하면 다음날 위나라 군후에 오를 것인데 어찌 군위를 버리고 신하로서 과인을 섬기려 하느냐?"

개방이 다시 아뢴다.

"명공明公은 바로 천하의 어진 군후이십니다. 만일 말고삐를 잡고 좌우에서 모실 수 있다면 그것만으로도 영행榮幸이겠습니다. 어찌 임금 자리만 못하다 하리이까."

이에 제환공은 개방을 자기 친아들이나 진배없이 사랑하고 대부 벼슬을 주었다.

제나라 사람들간에 삼귀三貴란 말이 있다. 초貂 · 역아易牙 · 개방 세 사람을 두고 말한 것이다. 그들은 제환공의 총애를 받은 사람들이었다.

그후 개방이 다시 제환공에게 아뢴다.

"위후衛侯의 여동생이 매우 아름답습니다. 청하여 얻도록 하십시오."

지난날 위혜공은 죽기 전에 이미 그 딸을 제환공에게 잉첩騰妾●으로 준 일이 있었다. 지금 위후의 여동생이란 바로 그 잉첩의 친정 동생이었다. 이에 제환공은 사자를 위나라로 보내어 폐백을 바치고 위후의 여동생을 첩으로 삼겠다고 청했다. 위의공은 감히 거절하지 못하고 위희衛姬를 제나라로 보냈다. 이리하여 제환공은 위혜공의 두 딸을 다 첩으로 삼았다. 그 언니를 장위희長衛姬라 하며 그 동생을 소위희少衛姬라 한다.

이 두 여형제는 모두 제환공의 사랑을 받았다.

염옹이 시로써 제후가 위를 친 결과에 대해서 읊은 것이 있다.

> 위나라 죄가 산보다 무거운데
> 왕명을 받고 가서 어찌 뇌물만 받고 돌아왔느냐.
> 제환공은 왕을 높이고 대의를 편다 하고서
> 결국 마음은 공명과 이익에 있었던가.
> 衛侯罪案重如山
> 奉命如何取賂還
> 漫說尊王申大義
> 到來功利在心間

이젠 이야기를 진晉나라로 돌려야겠다.

원래 진나라는 희성姬姓(희姬는 주나라 성이다. 진후晉侯는 그 조상이 주의 왕실로서 방계傍系로 내려왔다)이며 벼슬은 후작侯爵이었다. 그 옛날 주성왕周成王은 오동잎을 따서 규珪(천자가 제후를 봉할 때 부절符節로서 하사하는 일종의 단옥瑞玉이다)로 삼아 그 동생 숙우叔虞에게 주고 진나라 땅을 하사했던 것이다.

진나라 땅을 받은 숙우로부터 9대를 내려오면 진목후晉穆侯의 대가 된다. 그 진목후에게 두 아들이 있었다. 장자의 이름은 구仇며, 차자의 이름은 성사成師였다. 진목후가 세상을 떠나자 장자 구가 군위에 올랐다. 그가 바로 진문후晉文侯이다. 다시 진문후가 세상을 떠났다. 그 아들 소후昭侯가 군위를 계승했다.

그러나 진소후晉昭侯는 아버지의 형제인 숙부 환숙桓叔(성사成師를 지칭한다)이 몹시 강하고 사나운 것을 두려워하여 진나라 전토全土에서 곡옥曲沃이란 땅을 떼어주고 삼촌인 환숙을 곡옥백曲沃伯으로 봉했다. 이리하여 환숙은 곡옥백이 되었다. 그 뒤로 진나라는 국호를 익翼이라 고쳤다. 마침내 진은 둘로 나뉘었다. 이를 이진二晉이라고 한다.

진소후가 군위에 선 지 7년 때 일이다. 대부 반보潘父는 진소후를 죽이고 곡옥백을 데려왔다. 그러나 익의 백성은 곡옥백이 군위에 오르는 것을 반대하고 마침내 난을 일으켜 반보를 죽였다. 이리하여 진소후의 동생 평平이 군위에 올랐다. 그가 바로 진효후晉孝侯이다.

진효후 8년에 환숙이 죽자 그 아들 선鱓이 곡옥 땅을 다스렸다. 그가 곡옥장백曲沃莊伯•이다.

진효후 15년에 곡옥장백은 익翼을 쳤다. 진효후는 곡옥장백을 맞이하여 크게 싸웠으나 패하고, 마침내 곡옥장백에게 죽음을 당했다. 이에 익의 백성들은 진효후의 동생 극郤을 군위에 세웠다.

그가 바로 진악후晉鄂侯이다.

진악후는 선군의 원수도 갚을 겸 다시 진을 통일하고자 군위에 오른 지 2년 되던 해에 군사를 거느리고 곡옥을 쳤으나 또한 패하고 마침내 수隨나라로 달아났다. 이에 익은 진악후의 아들 광光을 군위에 세웠다. 그가 바로 진애후晉哀侯이다.

진애후 2년에 곡옥장백은 세상을 떠났다. 이에 곡옥장백의 아들 칭稱이 섰다. 그가 곡옥의 무공武公이다. 진애후 9년에 곡옥무공은 장수 한만韓萬과 양굉梁宏(『춘추좌씨전春秋左氏傳』에는 양홍梁弘이라 되어 있다. 원저자의 착오인 듯하다. ── 편집자 주)을 거느리고 익을 쳤다. 진애후는 그들을 맞이하여 크게 싸웠으나 마침내 패하고 곡옥무공에게 죽음을 당했다.

이리하여 진나라는 익과 곡옥으로 분열되어 대대로 싸움이 그치지 않았다. 이에 주환왕은 경사卿士인 괵공虢公 임보林父에게 명하여 죽은 진애후의 동생 민緡으로 하여금 익의 군위를 계승하게 했다. 그가 바로 진소자후晉小子侯이다.

진소자후 4년 때 일이다. 곡옥의 무공은 진소자후를 유인해서 죽였다. 그리고 익에서 다시 군후를 세울 틈도 없이 쳐들어가 마침내 진나라를 통일했다. 이리하여 익이 곡옥을 합병 못하고 곡옥이 익을 통합하고 말았다. 곡옥의 무공은 나라를 통일하자 강絳 땅에다 도읍을 정하고 국호를 다시 진晉이라고 고쳤다.

무공은 진나라 부고에 있는 보물과 그릇을 모조리 수레에 싣고 주나라에 가서 주이왕에게 바쳤다. 주이왕은 진무공晉武公•의 뇌물을 탐하여 마침내 일군一軍(1만 2,500명의 병사를 일군이라고 한다)만 둘 수 있다는 조건부로 진나라를 승인했다.

이리하여 진나라를 통합한 진무공은 군위에 오른 지 39년 만에 세상을 떠났다. 진무공의 뒤를 이어 그 아들 궤제詭諸가 군위를 계승했다. 그가 바로 진헌공晉獻公*이다. 진헌공은 자기 역시 곡옥의 계통이건만 환숙, 장백의 자손들이 혹 반란을 일으키지나 않을까 하여 그들을 미워했다. 이제 진헌공은 대부 사위士蔿의 계책을 써서 환숙, 장백의 자손들을 유인해서 모조리 죽여버렸다. 진헌공은 그 공로를 표창하기 위해 사위를 대사공大司空으로 삼았다. 그리고 도읍지인 대성大城 강읍絳邑의 규모를 크게 넓히고 모든 것을 장려하게 꾸미고 다른 큰 나라 도읍과 조금도 손색 없게 만들었다.

이야기는 지난날로 되돌아간다.

진헌공이 세자로 있었을 때 일이다. 그는 가賈나라(강주絳州 가까이 있었다) 여자를 아내로 맞이하고 그 뒤 그녀를 비妃로 삼았다. 그러나 가희賈姬는 아들도 딸도 낳지 못했다. 그래서 진헌공은 견융주犬戎主의 질녀를 얻었다. 그녀의 이름은 호희狐姬라 하는데 호희는 아들을 낳았다. 그 이름을 중이重耳라 한다. 그리고 진헌공이 사랑하는 소융小戎의 여식도 아들을 낳았다. 그 이름을 이오夷吾라고 했다.

진무공도 그 아들 헌공 못지않게 여색을 좋아했다. 그래서 진무공은 만년에 늙은 나이로서 제나라에 사람을 보내어 제후의 여식에게까지 청혼했다. 이에 제환공은 자기 장녀를 진나라로 출가시켰다. 그녀가 바로 제강齊姜이다. 늙은 진무공은 젊은 제강을 얻었으나 생각만 간절할 뿐 남편 구실을 못했다.

제강은 나이 어리고 몹시 아름다웠다. 바야흐로 사춘기였지만, 늙은 진무공한테 만족을 얻지 못했다. 이 낌새를 눈치챈 진무공의 아들 진헌공은 그 서모뻘 되는 제강에게 눈독을 올렸다. 마침내 아들뻘 되는 진헌공은 서모인 제강과 비밀히 정을 통하고 아들까지 낳았다. 진헌공은 제강이 낳은 자기 아들을 비밀히 궁문 밖으로 내보내어 신씨申氏라는 백성 집에 주어 기르게 했다. 이름까지도 신생申生이라고 지어줬다. 진무공이 세상을 떠나고 진헌공이 즉위했을 때엔 진헌공의 정실인 가희도 이미 세상을 떠난 뒤였다. 이에 진헌공은 아버지의 후취인 제강을 자기 부인으로 세웠다.

이때, 호희의 몸에서 난 중이는 나이 스물한 살이었다. 소융의 여식 몸에서 난 이오도 신생보다 나이가 많았다. 그러나 신생이 제강의 소생이라 해서, 진헌공은 적서嫡庶 장유長幼니 하는 것을 따지지 않고 신생을 세자로 책봉했다.

이리하여 대부 두원관杜原款이 태부太傅(세자를 지도하는 벼슬)가 되고, 대부 이극里克이 소부少傅가 되어 서로 세자 신생을 보좌했다. 그러나 기구한 운명의 여인 제강은 그 뒤 오래 살지 못했다. 다만 딸 하나를 더 낳고 세상을 떠났다. 이에 진헌공은 죽은 가희의 친정 여동생 가군賈君을 얻어 부인으로 삼았다. 그런데 가군도 자식을 낳지 못했다.

"그대의 언니 가희도 소생이 없었다. 그대는 이 딸아이를 잘 보육하여라."

하고 제강이 남긴 여아(이 아이가 다음날 진목공秦穆公의 부인이 되는 목희穆姬다)를 기르게 했다.

군위에 오른 지 15년 만에 진헌공은 군사를 일으켜 여융驪戎(벼슬이 남작男爵이었다. 오늘날 중국 서안부西安府에 자리잡고 있던 조그만 나라)을 쳤다. 여융은 물밀듯 쳐들어오는 진군晉軍을 막을 도리가 없어 강화를 청하고 두 딸을 진헌공에게 바쳤다. 두 딸 중에서 장녀는 이름이 여희驪姬며, 차녀는 이름이 소희少姬였다.

그중 여희는 나면서부터 절세미인이었다. 그 아름답기로 말하면 초문왕이 뺏은 식나라 식부인息夫人 규씨와 같고, 그 요사하기로 말하면 달기妲己(은殷나라 폭군 주紂의 비妃로서 유명한 요녀)와 같고, 꾀는 비상하기가 천 가닥이나 되고, 수단과 거짓은 한입에서 백 가지 말도 쏟아져나올 수 있는 여자였다. 여희는 그 아름다운 용모로 갖은 아양을 떨며 진헌공 앞에서 가장 신용 있는 체했다. 그뿐 아니라 나중에 여희는 정사政事까지 참견했다. 그녀가 열 마디를 하면 아홉 마디까지는 진헌공이 채택했다. 이리하여 진헌공은 여희를 비할 바 없이 사랑했다. 한 번 마시고 한 번 먹는 것까지도 반드시 함께했다.

그 이듬해에 여희는 아들을 낳았다. 이름을 해제奚齊라 하였다. 그 이듬해에 소희 또한 아들을 낳았다. 이름을 탁자卓子라 하였다.

진헌공은 이미 여희에게 홀딱 반해 있었다. 더구나 아들까지 두었겠다, 마침내 지난날의 제강 따위는 깨끗이 잊어버렸다. 그는 여희를 부인으로 세우고자 하루는 태복太卜(주나라 때 관명으로서 복무관卜筮官의 장長) 곽언郭偃을 불러 점을 쳐보게 했다. 이에 곽언이 귀갑龜甲을 태워 열문裂文을 보고서 그 징조에 관한 글을 바친다. 그 글에 하였으되,

맘대로 하면 변이 생기니
그대의 아름다움을 뺏으리로다.
향기와 고약한 냄새를 비교해보라
10년이 지나도 오히려 흉한 냄새 사라지지 않으리라.
專之渝
攘公之羭

一薰一蕕

十年尚猶有臭

진헌공이 그 글을 보고 묻는다.

"이게 무슨 뜻이냐?"

곽언이 낱낱이 새겨서 아뢴다.

"투渝란 것은 변變이란 뜻입니다. 오로지 생각대로 하려 들면 마음에 또한 변란이 생기기 때문에 전지투專之渝라고 한 것입니다. 또 둘째 구절에 가서 양攘이란 것은 뺏는다는 뜻이며 유羭는 아름답다는 뜻입니다. 마음이 변하면 좋고 나쁜 것을 분별할 수 없기 때문에 양공지유攘公之羭라고 한 것입니다. 향기 있는 풀[草]을 훈薰이라 하며, 썩은 나무에서 나는 흉한 냄새를 유蕕라고 합니다. 제아무리 좋은 향기도 흉한 냄새를 이길 수 없습니다. 더러운 기운은 오래가도 없어지지 않기 때문에 십년상유유취十年尚猶有臭라 한 것입니다."

그러나 진헌공은 오로지 여희를 사랑했기 때문에 그 말을 믿지 않았다. 그래서 다시 사소史蘇를 불러 시초蓍草로 점[筮]을 치게 했다. 사소는 점占을 쳐서 괘卦의 육이효六二爻를 얻었다. 그 사詞에 하였으되,

엿보는 것은 여자의 정情에 좋다.

闚觀利女貞

진헌공이 희색이 만면해서 말한다.

"여자가 안에 거처하며 바깥을 내다보는 것은 여자로서 가장

바른 태도다. 이보다 길한 괘는 없는 것이다."

곁에서 곽언이 간한다.

"천지개벽 이래로 먼저 모양〔象〕이 있은 뒤에 수數가 생겼습니다. 그러므로 불에 태운 귀갑에 나타난 모양이 앞서는 것입니다. 복서卜筮의 수는 그 뒤를 따르는 것입니다. 복서의 수보다 귀갑의 상을 따르십시오."

사소도 정색하고 간한다.

"예법에 보면 적출嫡出로서 두 장자가 있을 수 없은즉, 제후諸侯는 정실 부인을 두 번 두지 않는다고 했습니다. 곧 이 사詞에 나타난 엿본다〔闚觀〕는 뜻은 다시 부인을 둔다는 뜻입니다. 어찌 바르고 좋은 일이라 하겠습니까. 이미 바르지 못한 일이고 보면 무슨 이익이 있겠습니까. 이는 역리易理로써 볼지라도 결코 길한 징조라 할 수 없습니다."

진헌공은 두 신하를 싸느랗게 비웃었다.

"만일 복서가 맞다면 그건 다 귀신 잡것들의 수작일 것이다."

마침내 진헌공은 사소, 곽언의 말을 듣지 않고 택일하여 종묘에 고하고 여희를 부인으로 삼고 소희를 차비次妃로 봉했다. 사소가 대부 이극을 보고 탄식한다.

"장차 진나라가 망하겠구려. 이 일을 어찌하면 좋겠소?"

이극이 묻는다.

"진나라를 망칠 자 그 누구일까요?"

사소가 대답한다.

"저 여융驪戎일 것이오."

"……"

그러나 이극은 그 말을 알아듣지 못하고 사소의 얼굴만 쳐다봤다. 사소가 설명한다.

"옛날 하나라 걸왕桀王이 유시有施를 정벌했을 때 유시 사람이 말희妺喜라는 여자를 바쳤소. 그후 걸은 말희를 총애하다가 마침내 나라를 망쳤지요. 은나라 주왕紂王은 유소有蘇를 정벌했을 때 유소는 그 여식 달기妲己를 바쳤소. 주왕은 달기를 사랑하다가 마침내 은나라를 망쳤소. 주유왕周幽王은 포인褒人이 바친 포사褒姒를 총애하다가 마침내 서주西周를 망쳤습니다. 이제 우리 진晉나라는 여융을 정벌해서 여희를 얻었소. 주공이 지나치게 사랑하니 아니 망하고 어쩌겠소."

말을 마치자 사소는 표연히 가버렸다. 이때 마침 태복 곽언이 이극 곁으로 왔다. 이극은 방금 들은 사소의 말을 곽언에게 대충 말하고 의견을 물었다. 그러나 곽언의 의견은 사소와 달랐다.

"우리 나라는 장차 어지럽겠지만 망하진 않을 것이오. 옛날 당숙唐叔이 주성왕周成王으로부터 우리 나라 땅을 받았을 때, 그때 누가 점을 치니까 진실로 천하를 바로잡아 다시 왕국을 세운다는 괘가 나왔다 하오. 앞으로 진나라 업적이 바야흐로 클 것인데 어찌 망할 리야 있겠소."

이극이 다시 묻는다.

"만일 난이 일어난다면 어느 때에 일어날까요?"

곽언이 대답한다.

"대저 선악善惡의 보답이란 10년을 벗어나지 않습니다. 왜냐하면 십十이란 가득 찬〔盈〕 수이기 때문입니다."

이극은 곽언의 말이 간략하고도 조리가 있어 연방 머리를 끄덕였다.

그 뒤 진헌공은 여희를 사랑한 나머지, 그녀의 소생인 해제를 세자로 세우려고 하루는 여희에게 그 뜻을 물었다. 이 말을 듣자 여희는 기뻐 어쩔 줄을 몰라 했다.

그러나 신생이 이미 세자로 있으니 까닭 없이 변경하면 모든 신하가 반드시 복종하지 않고 간할 것이며, 또 중이와 이오와 신생은 서로 우애가 지극한 사이라. 만일 이 일을 발설했다가 성공 못하면 도리어 방해만 생길 것인즉 어찌 대사를 그르치지 않으리오. 여희는 이러한 모든 점을 신중히 생각한 뒤에 무릎을 꿇고 대답한다.

"지금 세자가 누구란 것을 모든 제후도 모르는 사람 없이 다 알며, 더구나 신생은 어질고 아무 허물이 없습니다. 지금 상감께선 첩의 모자를 불쌍히 생각하사 세자를 폐廢하고 새로 세자를 세우려 하시지만, 정 그러신다면 첩은 차라리 자살하겠습니다."

가위 미치다시피 혹하여버린 진헌공은 여우 같은 여희의 말을 진담으로 곧이듣고 마침내 세자 문제에 대해 다시 말을 내지 않았다.

원래 진헌공에게 아첨해서 총애를 받는 두 대부가 있었다. 하나는 이름을 양오梁五라 하고, 또 하나는 이름을 동관오東關五라 하였다. 그들은 바깥일을 진헌공에게 고해바치고 총애를 받으면서 갖은 권세를 다 부렸다. 그래서 진나라 사람은 그 두 사람을 이오二五라고 불렀다.

또 시施라는 배우俳優가 있었다. 그는 자색이 매우 아름다운 미소년이었다. 뿐만 아니라 영리하고 꾀도 많으면서 구변이 대단했다. 진헌공은 미소년 시를 매우 사랑하고 드디어 잠자리까지 함께 했다. 그래서 시는 제 맘대로 궁성 출입을 했고 마침내 여희와도 간통했다. 그들의 정은 비밀리에 나날이 깊어갔다.

어느 날, 그날도 여희는 시와 정을 나누고 나서 자기 심중을 말했다. 곧 어떻게 하면 세 공자를 각기 이간시키고 자기 아들을 세

자로 세울 수 있느냐는 것이었다. 배우 시는 여희를 위해 계책을
세웠다.

"이 일을 꾸미려면 지방을 다스려야 한다는 구실을 만들고 공
자를 먼 곳으로 떠나보낸 뒤라야 가히 일을 추진할 수 있습니다.
또한 반드시 우리 일을 위해서 힘써줄 외신外臣이 있어야 합니다.
곧 이오二五와 손을 잡아야 합니다. 그러니 부인은 금은을 아끼지
말고 그들과 손을 잡으십시오. 그들이 주공께 진언하면 주공이 듣
지 않을 리 없습니다."

여희가 많은 금과 비단을 시에게 내주며 부탁한다.

"만일 일만 뜻대로 된다면 내 뭣을 아끼리오. 그러니 이것을 양
오와 동관오에게 적당히 나눠주게."

배우 시는 먼저 양오를 찾아갔다.

"우리 군부인君夫人께서 대부와 친숙코자 하사, 약간의 물건을
보내셨습니다. 이건 우선 경의를 표하심이오."

양오가 크게 놀라 묻는다.

"군부인께선 무엇을 내게 요구하시는가? 반드시 내게 부탁이
있으실 것이다.. 그대가 그 까닭을 말하지 않으면 나는 결코 받지
않겠노라."

이 말을 듣자 시는 여희의 계책과 소원을 죄 고했다. 그제야 양
오가 빙그레 웃으며 말한다.

"이 일을 성취하려면 반드시 동관오와 손을 잡아야만 하네."

"그렇지 않아도 부인께서 또한 대부에게 보낸 만큼 동관오에게
도 경의를 표하기로 작정하셨습니다."

얼마 뒤, 양오와 시는 함께 동관오의 집으로 갔다. 그날 세 사람
은 깊숙한 방 안에 모여앉아 밤늦도록 앞일을 상의했다.

이튿날이었다. 궁중에서 양오가 진헌공 앞에 나아가 아뢴다.

"곡옥曲沃은 우리 나라에서 처음으로 수령守令을 보낸 곳입니다. 뿐만 아니라 선군 종묘가 그곳에 있습니다. 또 포浦와 굴屈은 오랑캐[戎狄] 땅과 가까운 변경입니다. 다 중요한 지방인가 합니다. 이 세 고을은 반드시 다스릴 주인이 따로 있어야 할 줄 압니다. 만일 종묘를 모신 중요한 고을에 주인이 없으면 백성들도 주공의 위엄을 두려워하지 않을 것이며, 변방에 주인이 없으면 오랑캐가 항상 우리 나라를 엿볼 것입니다. 그러니 세자를 보내사 곡옥의 주인이 되게 하고, 중이와 이오 두 공자를 각각 포와 굴 땅에 보내어 그곳을 다스리게 하십시오. 그렇게 하신 연후에 주공께서는 중앙에 좌정하사 나라를 통어統御하시면 이야말로 우리 진나라는 튼튼하기 반석과 같습니다."

진헌공이 대답한다.

"소위 세자가 먼 지방에 나가 있어도 괜찮을까?"

이번엔 동관오가 대신 대답한다.

"원래 세자는 군후 다음가는 지위입니다. 또 곡옥으로 말할 것 같으면 우리 나라 도읍에서 둘째가는 지방입니다. 그러니 세자가 가시지 않으면 그 누가 가서 다스릴 수 있습니까."

진헌공이 머리를 끄덕이며 또 묻는다.

"곡옥은 그렇다 하고 포와 굴 땅은 황야라, 어찌 공자가 가서 지킬 수 있을꼬?"

동관오가 그럴듯하게 아뢴다.

"성을 쌓지 않고 내버려두면 다만 황야로되 그곳에 성을 쌓으면 고을이 된다는 걸 어찌 모르시나이까."

동관오의 말이 떨어지자 양오가 맞장구를 친다.

"하루아침에 두 고을이 늘었으니 안으론 버려두었던 곳을 포섭한 것이 되고 밖으론 변경을 개척한 것이 되니, 어찌 기쁘지 않습니까. 이제부터 우리 진나라는 더욱 크게 발전할 것입니다."

마침내 진헌공은 두 사람의 말을 곧이듣고 명을 내렸다. 이리하여 세자 신생은 곡옥을 다스리게 되었다. 태부太傅 두원관杜原款이 세자 신생을 따라 곡옥으로 갔다. 또 중이重耳는 포 땅으로, 이오夷吾는 굴 땅으로 각기 변경을 다스리러 떠나갔다. 호모狐毛는 중이를 따라 포로 가고, 여이생呂飴甥은 이오를 따라 굴로 갔다.

또 진헌공은 조숙趙夙을 곡옥으로 보내어 세자를 위해 성을 쌓게 했다. 마침내 곡옥은 지난날보다 높고 넓은 곳이 되었다. 그리고 그 성을 신성新城이라 했다.

진헌공은 또 사위士蒍를 포와 굴로 보내어 두 곳에 성 쌓는 것을 감독하도록 했다. 사위는 두 지방에 가서 목재를 모아 흙으로 성을 쌓았다. 그래서 일이 아주 쉽게 끝났다. 아랫사람이 사위에게 걱정한다.

"일을 날림으로 한 때문에 성이 견고하지 못할까 염려됩니다."

그러나 사위는 웃으면서,

"뭐 걱정할 것 없네. 수년 뒤면 두 성이 서로 원수간이 될 테니까. 그러니 굳게 쌓을 필요가 없네."

하고 의미심장한 말을 했다. 그리고 사위는 시 한 수를 지어 읊었다.

> 귀인貴人이 많기도 해서
> 한 나라에 세 공자가 있으니
> 내 누구를 섬겨야 할지.
> 狐裘尨茸

一國三公
吾誰適從

호구狐裘는 귀인의 의복이며 방용尨茸은 어지러운 상태다. 곧 귀인이 많다는 뜻이다. 동시에 이는 적자와 서자의 장유長幼마저 분별할 수 없다는 뜻이기도 하다.

이미 사위는 여희가 적자 자리를 뺏으려고 일을 꾸미고 있다는 걸 짐작하고 있었다. 그래서 이런 시를 지었던 것이다.

어떻든 신생과 두 공자는 다 도성에서 몰려나 먼 시골로 갔던 것이다. 결국 있으나마나 한 것들이 진헌공 좌우에 남았을 뿐이었다. 여희는 더욱 아양을 떨며 진헌공을 녹이고 총애를 받아들이기에 급급했다.

염옹이 시로써 이 일을 탄식한 것이 있다.

여색이란 원래 재앙의 근본이니
여희를 총애한 진헌공이야말로 혼암한 임금이다.
헛되이 먼 시골에 성을 쌓았을 뿐
창과 칼이 궁문宮門에 숨은 걸 어찌 알리오.
女色從來是禍根
驪姬寵愛獻公昏
空勞畚築疆場遠
不道干戈伏禁門

그 뒤 진헌공은 새로이 이군二軍을 편성했다. 그는 친히 상군上軍 장수가 되고 세자 신생을 하군下軍 장수로 삼았다. 마침내 그는 대부 조숙과 필만畢萬 등을 거느리고 적狄·곽藿·위魏를 쳐서 세 나라를 아주 없애버렸다. 이에 진헌공은 적 땅을 조숙에게 하사하고 위 땅을 필만에게 하사하여 각기 가서 그곳을 다스리도록 했다.

하군 장수로 싸움에 나아가 공을 세운 세자 신생은 백성들간에 더욱 그 이름을 날렸다. 반면 여희는 세자 신생을 더욱 시기하고 미워했다. 그만큼 세자에 대한 모략도 점점 흉측해졌다.

한편 초나라는 그 뒤 어떠했던가.

초나라 웅간熊囏, 웅운熊惲 두 형제는 다 문부인文夫人(식부인 규씨를 말한다) 소생이었으나, 동생 웅운이 그 형보다 재주로나 지혜로나 월등 뛰어났다. 그러므로 그 어머니 문부인도 큰아들보다 둘째아들 웅운을 더 사랑했고, 백성도 그를 더 존경했다.

그 형 웅간은 이미 군위를 계승했으나, 자기보다 모든 점에서 뛰어난 동생 웅운을 항상 미워했다. 그는 기회만 있으면 동생을 죽일 작정이었다. 그러는 것만이 후환을 없애는 길이라고 믿었다. 그러나 모든 신하가 웅운을 존경하기 때문에 넌쯤 결정을 짓지 못했다.

그렇다면 웅간은 얼마나 백성을 잘 다스렸던가. 그는 원래 놀기 좋아하는 성미여서 정사엔 등한했다. 오로지 사냥질만 했다. 웅간은 군위에 오른 지 3년이 지났으나 한 가지도 새로이 시설한 것이 없었다. 백성은 그를 존경하지 않았다. 이러한 정세를 누구보다도 세밀히 관찰한 것은 웅운이었다. 웅운은 어느덧 많은 무사를 비밀히 양성했다.

어느 날, 그의 형 웅간이 사냥을 나갔다. 웅운은 미리 많은 무사를 도중에다 매복시켰다. 드디어 웅운의 지휘 아래 무사들은 사냥 가는 웅간의 수레를 습격했다. 마침내 웅간은 동생 손에 살해되었다. 형을 죽인 웅운은 그 어머니 문부인에게 가서,

"형님은 갑자기 병환으로 세상을 떠났습니다."

하고 거짓말을 했다. 문부인은 이 보고를 듣자 맘속으로 의심했다. 그러나 그 사실을 꼬치꼬치 캐진 않았다. 문부인은 마침내 모든 대부에게,

"웅운을 군위에 모시도록 하여라."

하고 분부했다. 이리하여 마침내 웅운은 군위에 올랐다. 그가 바로 초성왕楚成王이다.

초성왕은 자기가 죽인 웅간을 선왕先王으로서 대우하지 않았다. 나라를 조금도 잘 다스린 점이 없다는 것이었다. 그래서 도오堵敖라는 호號만 내리고 왕례王禮로써 장사를 지내지 않았다.

초성왕은 숙부뻘인 자원子元에게 영윤令尹(초나라 정승) 벼슬을 주었다. 그런데 이 자원은 실로 맹랑한 사람이었다. 그는 그의 형 초문왕이 죽은 뒤부터 항상 왕위를 노린 사람이었다. 그는 겸하여 형수인 문부인을 남몰래 사모하였다. 문부인은 원래 식부인 규씨니 누구나가 다 천하절색으로 인정하지 않았는가. 그런 만큼 자원은 항상 문부인과 잠자리를 함께하고 싶었다.

그때만 해도 웅간과 웅운은 아직 어렸다. 자원은 자기 이외엔 사람이 없는 듯이 오만했다. 그러나 자원도 두려운 사람이 있었다. 다름아니라 투백비鬪伯比였다. 투백비는 정직무사正直無私하고 재주와 지혜를 겸비한 사람이었다. 그래서 자원은 감히 방종스레 날뛰질 못했다.

그러던 것이 주혜왕 11년에 이르러 투백비가 병으로 죽었다. 이

제야 자원은 두려울 것이 없었다. 그는 마침내 왕궁 곁에다 큰 관사를 지었다. 그 관사에선 날마다 노래와 춤과 음악이 그치지 않았다. 그것은 문부인 규씨를 유혹하기 위한 수단이었다.

문부인은 날마다 들려오는 노래와 음악 소리를 듣고 시자侍者에게 물었다.

"궁 밖에서 음악과 춤과 노랫소리가 연일 들려오니 웬일이냐?"

시자가 아뢴다.

"영윤 자원이 신관新館을 짓고 즐기는 풍악입니다."

문부인은 말한다.

"선군은 창〔矛〕을 들고 춤을 추사 무예를 습득한 뒤 제후諸侯를 정복하셨다. 그러므로 우리 왕궁엔 제후들의 조공이 그치질 않는다. 이제 우리 초군이 중국에 이르지 못한 지 이미 10년이 지났구나. 영윤은 이를 설치雪恥하려 아니 하고 미망인 곁에서 음악과 춤과 노래만 즐긴다더냐."

그 시자가 문부인의 말을 그대로 자원에게 전했다. 이 말을 듣자 자원이 연방 머리를 끄덕인다.

"부인이 아직도 중원中原(중국)을 잊지 않고 있는데 나는 도리어 그걸 잊고 있었으니, 만일 정나라를 치지 않으면 어찌 대장부라 할 수 있으리오."

마침내 자원은 병거 600승을 거느리고 스스로 중군中軍이 되고, 투어강鬪御疆·투오鬪梧에게 대패大斾를 세우게 하여 그들로 전대前隊를 삼고, 왕손王孫 유유游와 왕손 가嘉로 후대後隊를 삼았다. 이리하여 초군은 호호탕탕 정나라로 쳐들어갔다.

한편 정문공鄭文公은 초군이 크게 쳐들어온다는 급보를 받자 즉시 모든 백관을 소집하고 상의했다. 도숙堵叔이 앞으로 나아가 아뢴다.

"초군의 형세가 자못 성盛하니 가히 대적할 수 없습니다. 사세가 이러한즉 화평을 청하십시오."

그러나 사숙師叔이 조용히 말한다.

"우리 정나라는 새로 제나라와 동맹한 처지입니다. 반드시 제군齊軍이 우리 나라로 구원 올 것입니다. 그러니 우리는 성벽이나 굳게 지키고 때를 기다리기로 합시다."

이때 세자인 화華는 혈기왕성한 젊은 나이였다.

"성을 등지고라도 싸워야 합니다."

세 사람은 각기 자기 의견을 주장하며 다투었다. 종시 잠자코 있던 숙첨叔詹이 비로소 말한다.

"세 분 말씀이 다 일리가 있으나 신은 사숙의 의견을 취하려 합니다. 그러나 신의 어리석은 소견으로 볼진대 머지않아 초군은 스스로 물러갈 것입니다."

정문공이 묻는다.

"영윤인 자원이 스스로 장수가 되어 우리 나라를 쳐들어오는데 어찌 물러갈 리 있으리오."

숙첨이 대답한다.

"초나라가 비록 우리 나라로 쳐들어오지만 병거 600승을 맘대로 쓰지는 못할 것입니다. 그 이유는 차차 아시겠지만 우선 공자 원元은 꼭 이겨야 한다는 초조감에 붙들려 있습니다. 그는 오직 식부인 규씨의 환심을 사려는 것뿐입니다. 대저 누구나 승리를 탐하면 탐할수록 그 반면 혹 패전하지나 않을까 하고 두려워하는 법입니다. 만일 초군이 오면 신에게 그들을 물리칠 계책이 이미 서 있으니 안심하십시오."

한참 이러고 상의하는데 첩자가 돌아와 아뢴다.

"초군은 이미 길질관桔柣關을 무찌르고 들어와 다시 외곽外郭을 부수고 순문純門(정나라 수도 외성外城의 문 이름)에 들어섰습니다. 머지않아 규시逵市(성안의 큰길)에 당도할 것입니다."

이 말을 듣자 도숙은 안색이 창백해졌다.

"초군이 눈앞까지 왔구려. 이젠 청화請和할 여가도 없습니다. 우선 상감은 동구桐邱로 피신하십시오."

숙첨이 도숙을 꾸짖는다.

"두려워 마오."

이에 숙첨은 곧 갑사甲士(무장병)들을 성내에 매복시켰다. 그리고 대담무쌍하게 성문을 활짝 열어놨다. 백성은 전과 다름없이 거리를 왕래하며 조금도 두려워하는 기색이 없었다.

군사를 거느리고 누구보다 먼저 정성鄭城에 당도한 초군의 전대前隊인 투어강은 이 의외의 광경에 놀랐다. 아무리 성 위를 바라봐도 전혀 정군鄭軍의 동정이 없었다. 투어강은 점점 맘속에 별별 의혹이 다 일어났다.

"이건 반드시 까닭이 있구나. 틀림없이 속임수를 쓰는 모양이다. 우리를 성안으로 끌어들이려는 수단임이 분명하다. 경솔히 나아가선 안 된다."

그는 혼자 이렇게 중얼거리고 영윤 자원이 오면 일단 상의하기로 작정했다. 이에 그는 다시 정성을 떠나 5리 밖에 영채를 세웠다. 얼마 후 자원이 대군을 거느리고 당도했다.

투어강은 정나라 성중의 안정된 광경을 자세히 보고했다. 자원은 급히 높은 언덕에 올라가서 정성을 바라봤다. 그러나 투어강의 보고와는 좀 달랐다. 정나라 성 위엔 정기旌旗가 정숙整肅하고 무장한 군사가 숲처럼 늘어서 있었다. 자원이 이를 보고 거듭 차탄嗟嘆한다.

"정나라엔 훌륭한 신하가 세 사람 있다더니 그들의 계책이란 참으로 측량할 수 없구나. 만일 이번 거사에 내가 실수하면 무슨 면목으로 돌아가 문부인을 대하리오. 우선 정나라 허실부터 탐지한 연후에 바야흐로 성을 공격하리라."

이튿날이었다.

초군 후대後隊인 왕손 유로부터 급한 소식이 왔다. 그 사자가 알리는 소식이야말로 자원에겐 청천벽력이었다.

"정탐꾼들의 보고에 의하면 지금 제후齊侯가 송·노 두 나라 군후와 함께 친히 대군을 거느리고서 정나라를 구원하러 오는 중이라고 합니다."

이 보고를 받고 투어강 등 모든 장수는 감히 정나라의 성으로 전진하질 못했다. 초군은 자원의 군령만을 기다렸다. 그리고 대적을 맞이할 준비만 했다. 자원은 땅이 꺼질 듯 크게 한숨을 쉬었다.

"제후가 우리의 돌아갈 길을 끊으면 우리는 앞뒤로 적군 속에 들고 만다. 내 이번에 정나라를 쳐서 정성鄭城 대로까지 이르렀은즉, 승리한 거나 다름없다."

그는 비밀히 명을 내린다.

"모든 군사는 함매銜枚(말을 못하도록 병사들의 입을 틀어막는 도구)하고 모든 말방울을 떼어버려라."

그날 밤, 초군은 쥐새끼처럼 소리 없이 정성을 떠났다. 그들은 정군의 추격을 당할까 두려워서 군막軍幕도 걷지 않고 많은 기를 꽂아두고 달아났다.

초군은 겨우 정나라 경계를 벗어났다. 그리고 그제야 일제히 종과 북을 울리고 높이 개가를 부르며 본국으로 돌아갔다. 뿐만 아니라 자원은 먼저 사람을 보내어 문부인 규씨에게 보고했다.

사자가 초나라 도읍에 돌아가 문부인에게 보고한다.

"우리 영윤이 쾌히 이기사 회군하는 중입니다."

문부인이 냉정히 대답한다.

"영윤이 만일 적을 쳐서 성공했으면 마땅히 백성에게 선시宣示하고 상벌을 밝히고, 태묘에 고하고 선왕의 영혼을 위안할지라. 이런 미망인이 무엇을 관섭關涉할 것 있으리오."

자원은 돌아와 문부인의 말을 전하여 듣고 너무 부끄러워서 밤에 잠을 이루지 못했다.

그러나 거짓말이 어찌 오래갈 수 있으리오. 초성왕 웅운은 자원이 싸우지도 않고 돌아왔다는 소문을 듣고서부터 그를 좋아하지 않았다.

한편 정나라 숙첨은 친히 군사를 동독董督하며 성안을 순시했다. 그가 잠 한숨 자지 못한 사이에 새벽이 되었다. 그는 아득히 초군 병막을 가리키며 말한다.

"저건 빈 군막이다. 초군은 이미 다 달아났다."

모든 군사가 숙첨의 말을 믿지 않고 서로 쳐다보다가 묻는다.

"빈 군막이란 걸 뭘로 아십니까?"

숙첨이 설명한다.

"대저 군막이란 대장이 거처하는 곳이라. 징을 울려 공격할새 군사들의 소리가 진동하는 법이다. 그런데 자세히 바라보아라. 지금 어떠하냐. 뭇 새들이 그 위에서 놀며 우짖고 있지 않은가. 그러므로 빈 막이란 걸 알 수 있다. 내 생각으로 말하면 이는 제후齊

侯가 우리를 도우려고 오는 중인 것 같다. 그러기에 초군은 이 소문을 먼저 듣고 달아났을 것이다."

그런 지 얼마 뒤 첩자가 와서 보고한다.

"제후가 과연 우리 나라를 도우러 오는 중이라고 합니다. 그들은 머지않아 우리 정나라 경계에 당도할 것이라 합니다. 그리고 초군은 이미 소문을 듣고 다 본국으로 돌아갔습니다."

이 말을 듣자 정나라 모든 군사는 비로소 숙첨의 밝은 식견에 탄복했다. 정나라는 즉시 구원 오는 제환공에게 신하를 보내어 영접하는 동시 멀리 구원 온 제환공의 일행인 송후宋侯와 노후魯侯에게도 극진한 대접을 했다. 이로부터 정나라는 제나라에 감복하고 다시 두 맘을 품지 않았다.

한편 그 뒤 초나라는 어떠했던가.

자원은 정나라를 쳤으나 아무 공을 세우지 못했으므로 불안했다. 그러면 그럴수록 그는 왕위를 뺏어야겠다고 더욱 초조해졌다. 그는 먼저 문부인의 몸부터 정복한 연후에 이 일을 추진하기로 했다.

이때 마침 문부인은 몸이 약간 편치 못해서 자리에 누워 있었다. 자원은 기회를 놓치지 않고 문병한다는 핑계로 내궁에 들어갔다. 마침내 그는 침구를 내궁 안으로 옮겨오게 하고 거처했다.

그가 궁에서 나오지 아니한 지 사흘이 지났다. 뿐만 아니라 자원의 부하 수백 명이 무장하고 궁 밖을 경비했다. 대부 투렴鬪廉은 이 사실을 알자 즉시 궁내로 들어갔다. 투렴이 자원의 침상에 가서 보니 자원은 마침 거울을 앞에 놓고 수염을 다듬고 있었다. 투렴은 자원이 보는 거울을 옆으로 밀어놓으며 꾸짖는다.

"어찌 이곳이 사람의 신하 된 자가 머리에 빗질하고 목욕할 곳이리오. 영윤은 속히 궁 밖으로 나가라."

자원이 눈을 부릅뜬다.

"이곳은 내 집이며 궁실이라. 사사射師에게 무슨 상관 있느냐?"

투렴은 기가 막혔다.

"왕후의 귀貴는 아무리 동생과 형 사이라도 서로 터놓고 지내지 못하는 법이다. 영윤이 비록 선왕의 동생이지만 동생이면 이는 또한 신하라. 신하는 궁궐을 지날 때면 말에서 내리며 종묘를 지날 때면 급히 달리는 법이다. 그곳에서 기침한다든가 침만 뱉어도 오히려 불경죄라 하거늘 더구나 침소寢所야 더 말할 것 있으리오. 또 이곳은 과부인寡夫人이 계시는 곳과 가까운즉, 자고로 남녀는 서로 조심스러운 자리라. 그래 영윤은 이런 법도 모르느냐."

자원이 치를 떨며 부르짖는다.

"초나라 정사가 내 주먹 안에 있는데 어찌 잔말이 이다지 심하냐!"

그는 좌우 사람에게 명하여 투렴의 두 팔에 쇠고랑을 채우도록 했다. 그리고 투렴을 궁중 행랑[廡]에다 감금했다. 일이 이 지경까지 이르렀으니 어찌 문부인이 모를 리 있으리오.

문부인은 곧 투백비의 아들 투곡오도鬪穀於菟*에게 사람을 보내어,

"곧 궁으로 들어와 어려운 사태를 바로잡아라."

하고 전지를 내렸다. 문부인의 명을 받고 투곡오도는 이 사실을 초성왕께 아뢰고 투오, 투어강 및 그 아들 투반鬪班과 함께 상의했다.

그날 밤 투곡오도와 투씨네들은 한밤중에 무사를 거느리고 왕궁을 에워싸고 있는 자원의 부하들을 잡아 죽이러 갔다. 이에 궁을 경비하고 있던 자원의 부하들은 매우 놀라 싸울 생각도 안 하

고 일시에 달아났다.

이때 자원은 바깥 형세가 어떻게 된 줄도 모르고 한 궁녀를 끌어안고서 취한 채 자고 있었다. 그는 감미로운 꿈속에서 소란한 바깥 소리에 놀라 깼다. 그리고 성큼 칼을 잡고 일어나서 문을 열었다. 누가 문을 향하여 마루를 건너온다. 투반이 칼을 잡고 자기를 노려보면서 오지 않는가.

자원이 크게 꾸짖는다.

"네놈이 난을 일으켰느냐?"

투반이 가까이 오면서 대답한다.

"나는 난을 일으킨 자가 아니다. 난을 일으킨 자를 죽이러 왔을 뿐이다."

이에 자원과 투반은 서로 어우러져 싸웠다. 그들이 불과 수합을 싸웠을 때 투어강과 투오가 일제히 달려왔다. 자원은 도저히 감당할 수 없음을 알고 휙 돌아서서 문을 박차고 달아나려 했다. 순간 투반의 칼이 번쩍하는 빛을 그었다. 동시에 자원의 목이 떨어져 굴렀다.

한편 투곡오도는 갇혀 있는 투렴의 쇠고랑을 풀어주고 함께 밖으로 뛰어나갔다. 그들은 문부인 침실 밖에 이르러 머리를 조아리고 문안한 뒤 물러나갔다.

이튿날 이른 아침에 초성왕 웅운은 어전에서 백관의 조례를 받은 뒤,

"자원의 집을 도륙하고, 그 죄상을 써서 거리에 내걸어라."

하고 지엄한 분부를 내렸다.

염옹이 시로써 죽은 자원을 읊은 것이 있다.

슬프다 호색하는 마음이 그 몸보다 커서

존위尊位인 것도 생각지 않았으며 형수란 것도 생각지 않았

도다.

미친 듯 날뛴 그 마음을 이상하다 마라

문부인은 원래 천하절색 식부인이 아닌가.

堪嗟色膽大於身

不論尊兮不論親

莫怪狂且輕動念

楚夫人是息夫人

여기서 잠시 투곡오도의 가계家系를 살펴보기로 한다.

투곡오도의 조부는 투약오鬪若敖이니, 그는 운鄖나라 여자를

아내로 맞이해서 투백비를 낳았다. 투약오가 세상을 떠났을 때,

투백비는 아직 나이 어리었다. 백비는 그 어머니를 따라 운나라에

가서 살며 그곳 궁중을 드나들었다.

궁중의 운부인은 투백비를 자기 소생이나 진배없이 사랑했다.

이때 운부인에게도 딸이 하나 있었다. 그러니 투백비에겐 그 소녀

가 외갓집으로 누이동생뻘이었다. 그들은 어릴 때부터 어깨동무

로 궁중에서 짝지어 놀았다. 어른들은 그들이 장성한 뒤에도 함께

노는 것을 내버려뒀다. 어느덧 젊은 남녀는 넘지 못할 관계를 맺

었다. 곧 운녀鄖女는 아이를 배었던 것이다.

그제야 운부인은 그들 사이를 알았으나 이미 때는 늦었다. 소

잃고 외양간 고친다는 격으로 그때야 운부인은 투백비의 궁중 출

입을 엄금했다. 그리고 운부인은 자기 딸이 병든 걸로 소문을 내

고, 한 궁실 속에 감금하다시피 감춰두었다.

어느덧 10삭十朔이 지나 운녀는 아들을 낳았다. 그런데 운부인은 비밀히 시녀 한 사람을 시켜 그 갓난아기를 의복에 싸서 몽택夢澤이란 못에 버렸다.

운부인은 남편인 운후鄖侯를 감쪽같이 속이고 그 딸의 부정을 숨겼다. 투백비는 모든 원인이 자기 책임인지라 무척 괴로워했다. 결국 그는 어머니를 모시고 초나라로 돌아갔다.

어느 날이었다. 운후는 몽택으로 사냥을 갔다. 그는 몽택 물가에 맹호 한 마리가 쭈그리고 앉아 있는 걸 봤다.

운후가 좌우 부하에게 명한다.

"일제히 활을 쏘아 저 범을 잡도록 하여라."

화살은 빗발치듯 범에게로 날아갔다. 그러나 한 대도 범에게 맞지 않았다. 뿐만 아니라 범은 조금도 두려워 않고 꼼짝하지 않았다. 운후는 하도 괴이해서,

"못 가까이 가서 범의 동정을 한번 보고 오너라."

하고 분부했다. 분부를 받고 갔던 자가 다시 돌아와 아뢴다.

"범이 갓난아기를 안고 젖을 빨립디다. 그래 그런지 사람을 봐도 두려워하지 않습니다."

이 말을 들은 운후는,

"그 갓난아기는 보통 어린것이 아닐 것이다. 아마 신神의 것일게다. 갓난아기와 범을 놀라게 하지 말아라."

차탄하고 그곳을 떠나 다른 곳으로 갔다. 운후는 다른 곳에서 사냥을 마치고 그날 황혼에야 궁으로 돌아갔다. 궁으로 돌아간 운후가 부인에게 말한다.

"오늘 몽택에 갔다가 참 기이한 걸 봤소."

부인은 몽택이란 말을 듣자 급히 묻는다.

"무슨 일이라도 있었습니까?"

이에 운후는 범이 갓난아이에게 젖을 빨리던 일을 말했다. 이 말을 듣자 부인은 머리를 숙이고 힘없이 말한다.

"부군夫君은 모르겠지만 그건 첩이 버린 아깁니다."

이번엔 운후가 크게 놀랐다.

"부인은 그 갓난아기를 어디서 얻어다 버렸소?"

그제야 부인이 차근차근 말한다.

"부군은 과도히 첩을 허물 마십시오. 그 갓난아기는 사실 우리 여아女兒가 투백비와 관계해서 낳은 것입니다. 첩은 여아의 이름을 더럽힐까 두려워서 시자에게 명하여 비밀히 그 갓난아기를 몽택에 버리게 했습니다. 첩이 듣건대, 옛날에 강원姜嫄(강원姜原이라고도 하는데, 도당씨陶唐氏 시대 태씨邰氏의 딸이며 제곡帝嚳의 원비元妃다. 그녀는 일찍이 거인의 족적足跡을 밟고서 돌아온 후 잉태하여 기棄를 낳았다)은 거인의 발자국을 밟고 잉태하여 아들을 낳자 물에 버렸다 하더이다. 그러나 날짐승들이 모여들어 그 갓난아기를 끌어내어 날개로 보호했기 때문에 강원은 자기 소생이 신물神物인 줄을 알고 다시 데려와 길렀고 이름을 기棄라 하였습니다. 기는 장성하여 벼슬이 후직后稷(농관農官이다)에 이르렀고, 드디어 주나라 시조始祖가 되셨습니다. 이제 우리 여아가 낳은 아기를 범이 젖을 빨리며 보호한다니 그 아기도 반드시 후일에 큰 인물이 될 것입니다. 그러니 다시 데려와 기르면 어떻겠습니까?"

운후는 부인의 뜻을 응낙하고, 즉시 사람을 몽택에 보내어 외손자를 데려왔다. 그리고 딸에게 내주어 기르게 했다.

그 이듬해에 운후는 딸을 초나라로 보내어 투백비와 결혼을 시켰다.

초나라 사람은 젖을 곡穀이라고 하며 범을 오도於菟라고 한다. 그래서 투백비는 범이 젖을 먹였다는 뜻에서 그 아들 이름을 곡오도穀於菟라고 지었다. 그리고 자를 자문子文이라고 했다.

지금도 운몽현雲夢縣에 오도향於菟鄕이란 곳이 있다. 곧 자문이 출생한 곳이다.

투곡오도는 점점 자라면서 백성을 편안하게 하고 나라를 다스릴 만한 재질과 종縱으로 문文과 횡橫으로 무武를 겸전했다. 그의 아버지 투백비가 초나라 대부로 있다가 죽자, 투곡오도는 그 뒤를 이어 역시 대부가 되었다.

그런데 자원이 죽자 영윤 자리가 비었다. 초성왕은 투렴을 영윤으로 삼으려 했다. 투렴이 사양한다.

"지금 우리 초나라와 대적하게 된 것은 바로 제나라입니다. 제나라는 관중과 영척을 등용해서 국부병강國富兵强합니다. 신으로 말하면 도저히 관중의 재주를 따를 수 없습니다. 왕께서 우리 초나라 정사를 바로잡고 기강을 세우신 뒤 중원과 겨루시려면, 반드시 투곡오도를 영윤 자리에 앉혀야 할 줄로 아룁니다."

곁에 있던 모든 백관도 일제히,

"반드시 투곡오도를 등용해야만 바야흐로 영윤의 직책을 완수하리이다."

하고 아뢰었다. 초성왕은 그들의 뜻을 윤허允許하고 마침내 투곡오도로 영윤을 삼았다.

초성왕이 모든 신하에게 하명한다.

"제나라에선 관중을 중부라 부르듯이 투곡오도는 우리 초나라의 주석지신柱石之臣인즉, 앞으로 이름을 부르지 말고 자字로써 불러라."

그런 뒤로 초나라 사람은 투곡오도를 자문子文이라고 불렀다. 이때가 주혜왕 13년이었다.

자문은 영윤이 되자 모든 문무백관에게 선포했다.

"자고로 국가의 재앙은 임금이 약하고 신하가 강한 데서 시작하였다. 그러니 모든 문무백관은 녹으로 받은 토지의 반을 국가에 환납還納하도록 하여라."

이렇게 선포한 뒤, 자문은 누구보다도 먼저 투씨들로 하여금 이를 실행하게 했다. 그러니 다른 문무백관들이 좇지 않을 수 없었다. 또 자문은 남으론 상담湘潭까지 뻗고 북으론 한강漢江을 끼고 있는 형승지지形勝之地인 영성郢城을 두루 시찰했다. 드디어 그는 단양丹陽 땅에서 영성으로 도읍을 옮겼다. 그리고 영성의 명칭을 영도郢都로 고쳤다.

다시 자문은 군대를 다스리고 병사를 훈련시키는 동시 어진 사람을 추천하고 유능한 사람에겐 직책을 맡겼다. 이리하여 공족公族이요, 어질기로 유명한 굴완屈完에겐 대부의 위를 주고, 그와 동족이며 재주와 지혜를 겸전한 투장鬪章에겐 다른 투씨들과 함께 군사를 다스리도록 했다. 그리고 그의 아들 투반으로 신공申公을 삼았다. 이에 초나라는 크게 다스려졌다.

한편, 제환공은 초나라 성왕이 어진 사람을 등용해서 나라를 잘 다스린다는 소문을 듣고, 혹 후일에 중원 땅을 두고서 다투게 되지나 않을까 하고 매우 걱정했다. 그래서 제환공은 모든 제후를 일으켜 초나라를 치기로 하고 우선 관중과 상의했다. 그러나 관중의 생각은 달랐다.

"초나라는 지금 남해南海에서 왕이라 자칭하고 있습니다. 지역은 크고 군사는 강합니다. 그러기에 주 천자도 능히 그들을 탄압하지 못했습니다. 더구나 그들은 자문子文에게 정사를 맡긴 이후로 사방이 안정되었습니다. 이제 병력과 위세만으로써 초의 뜻을 뺏을 순 없습니다. 주공께선 겨우 모든 제후의 맘을 얻었으므로 주공의 덕이 모든 제후의 마음에 깊이 사무쳐 있지 않습니다. 만일 모든 제후가 주공을 위해서 그 군사를 아낌없이 바치지 않는다면 어찌하겠습니까. 그러니 지금은 마땅히 위덕威德을 넓히며 시기를 기다려, 앞날을 위해서 천천히 계책을 세워야 합니다."

제환공은 한동안 입맛만 다시다가 다시 묻는다.

"우리 선군은 9대째의 원수인 기杞나라를 쳐 없애고 그 땅을 거두었소. 그런데 장鄣은 기나라의 속지屬地였건만 아직도 과인에게 복종하지 않으니, 우선 그들을 쳐 없애버리면 어떻겠소?"

관중이 역시 머리를 흔든다.

"장이 비록 소국小國이나 그 조상을 따져보면 역시 강태공姜太公의 후손입니다. 그러면 주공과 동성同姓이 아닙니까. 동성을 쳐 없애는 것은 의리라 할 수 없습니다. 그러나 정 마음이 쓰이신다면 주공께서 왕자 성보에게 명하사 대군을 거느리고 가서 기성杞城을 순시하되 마치 장을 정벌할 뜻이 있는 것처럼 보이고 돌아오라 하십시오. 그러면 장은 반드시 겁이 나서 곧 주공께 와서 항복을 할 것입니다. 그러면 동성을 멸망시켰다는 말을 듣지 않고도 그 땅을 얻을 수 있습니다."

제환공은 관중이 시키는 대로 했다. 아니나 다를까, 과연 장의 임금은 겁이 나서 항복해왔다.

제환공이 관중을 찬탄한다.

"중부의 계책은 백의 하나도 실수가 없도다."

다시 군신이 국사를 의논하던 참이었다. 이때 한 신하가 들어와 아뢴다.

"연燕나라가 지금 산융山戎*에게 침벌侵伐을 당하고 있다 합니다. 그래서 연후燕侯의 사자가 주공께 구원을 청하러 왔습니다."

관중이 제환공에게 말한다.

"주공께서는 앞으로 초나라를 치려면 반드시 먼저 산융부터 평정하십시오. 산융에 대한 걱정이 없어야만 오로지 남방 초나라를 도모할 수 있습니다."

유아兪兒를 알아보는 관중

그럼 산융山戎이란 무엇인가.

그들은 북쪽 오랑캐의 일종이었다. 그들은 영지令支(오늘날 영평부永平府 천안현遷安縣 북쪽)에다 나라를 세웠다. 그 서쪽은 연燕나라이고, 그 동쪽과 남쪽에 각기 제齊나라와 노魯나라가 있었다. 그래서 영지는 연·제·노 삼국 사이에 있었다.

이렇듯 언뜻 보기엔 매우 불리한 위치에 있지만, 그들은 그 지대가 몹시 험준한 걸 믿고 또 스스로 강한 군력이 있어서 주 천자에게 조공도 바치지 않았거니와 일찍이 신하라고 자칭한 일도 없었다. 뿐만 아니라 그들은 여러 번 중국을 침범했다.

전날 그들이 제나라 경계를 침범했다가 정나라 공자 홀忽에게 패한 일이 있었다는 걸 독자는 기억할 것이다.

이제 그들은 제환공이 천하의 패권을 도모한다는 소문을 듣고 마침내 융병 1만 기를 일으켜 우선 연나라로 쳐들어갔다. 그들의 이번 거사엔 이유가 있었다. 곧, 그들은 제나라와 연나라 통로부터 끊어야 한다고 생각했던 것이다.

연장공燕莊公은 싸웠으나 물밀듯 쳐들어오는 융병을 막을 도리가 없었다. 그래서 연장공은 사잇길로 사자를 보내어 제환공에게 원조를 청했던 것이다. 이에 제환공이 관중에게 묻는다.

"이 일에 대해서 우리는 어떤 태도를 취해야겠소?"

관중이 의연히 아뢴다.

"남쪽엔 초나라가 있고, 북쪽엔 산융이 있고, 서쪽엔 적狄이 있으니 이는 다 우리 중국의 우환입니다. 그러면 이 우환을 누가 맡아야겠습니까. 이야말로 모든 제후의 맹주이신 주공께서 맡으셔야 합니다. 이번에 산융이 연나라를 침범하지 않았을지라도 오히려 그들을 응징해야 할 것이거늘, 더구나 연나라가 그들에게 침범을 당하고 있는 판이며 구원을 청하는데 어찌 그냥 구경만 하고 있을 수 있습니까?"

이에 제환공은 크게 군사를 일으켰다. 제환공은 친히 연나라를 도우려고 군사를 거느리고 제수濟水를 건넜다. 제수 건너편 언덕엔 노장공이 이미 영접차 나와 있었다. 제환공은 노장공에게 산융을 치러 가는 길이라고 말했다.

노장공이 청한다.

"군후께선 앞으로 시랑豺狼 같은 오랑캐를 무찌르고 북방을 평정할 것인즉, 우리 나라도 연나라처럼 군후의 은혜를 받아야겠습니다. 그러니 과인도 이번에 국력을 기울여 군후를 따라 종군하겠습니다."

제환공이 대답한다.

"북방은 멀고도 험한 곳이오. 과인은 군후께 이 어려운 고생을 시킬 순 없구려. 만일 이번 거사가 성공하면 이는 멀리 염려해주신 군후의 덕택으로 알겠습니다. 그러나 만일 뜻대로 일이 되지 않으면 다시 군후께 군사를 청하겠으니 그때 과인을 도와줘도 늦지 않으리이다."

노장공은 허리를 굽히며 만일 기별만 하면 언제든지 가서 도와주겠다고 쾌락했다. 이에 제환공은 노장공과 작별하고 서북쪽을 향해 떠나갔다.

한편 영지의 두목은 그 이름이 밀로密盧였다. 그가 연나라 경계를 유린한 지도 이미 두 달이 지났다. 그가 연나라 사람과 여자를 약탈한 것만 해도 일일이 그 수효를 헤아릴 수 없을 정도였다. 그런데 산융은 제나라 군사가 구원 왔다는 걸 알자 연나라에 대한 포위를 풀고 달아났다. 제환공이 계문관薊門關에 이르렀을 때다. 연장공이 영접을 나왔다.

"먼 이곳까지 구원 와주셔서 은혜가 망극합니다."

곁에서 관중이 제환공에게 아뢴다.

"산융이 지금까지 득의하고 달아났으니 아직 그들의 병력에 손상이 없을 것인즉, 우리가 물러가면 그들은 반드시 또 연나라를 칠 것입니다. 그러니 이 기회에 그들을 무찔러 북쪽 우환을 아주 덜어버리는 것이 좋을까 합니다."

제환공은 즉시 쾌락하고 산융을 치기로 작정했다.

이에 연장공이 청한다.

"원컨대 본국 군이 전대前隊가 되어 군후를 돕겠습니다."

제환공이 은근히 대답한다.

"귀국은 지금까지 오랑캐와 싸우기에 피곤했을 터인즉, 어찌 또 앞장을 설 수 있으리오. 군후는 후군이 되시오. 과인의 군사만으로도 족할 줄 아오."

연장공이 천거한다.

"이곳에서 동쪽으로 80리를 가면 나라가 하나 있습니다. 그 나라 이름은 무종無終입니다. 비록 오랑캐 종족이지만 그들은 산융과 항상 뜻이 맞지 않았습니다. 가히 그들을 초청해서 향도嚮導(길을 안내하는 것)를 삼을 수 있습니다."

이에 제환공은 많은 황금과 비단을 공손습붕公孫隰朋에게 내주며,

"이걸 가지고 가서 그들을 초청해오라."

하고 보냈다.

이리하여 무종국에서 대장 호아반虎兒班이 기병 2,000을 거느리고 싸움을 도우러 왔다. 제환공은 다시 호아반에게 많은 물품을 하사하고 그들을 전대로 삼았다. 다시 대군은 열을 짓고 전진했다. 대군이 200리쯤 갔을 때다. 갑자기 길은 좁아지고 양편으로 험한 산이 첩첩으로 치솟기 시작했다.

제환공이 연후燕侯에게 묻는다.

"이곳은 어디오니까?"

"이 땅은 규자葵玆란 곳입니다. 바로 북융北戎들이 드나드는 요로입니다."

제환공은 관중과 상의하고 치중과 군량 반을 규자에 두기로 했다. 군사들은 나무를 베고 흙을 쌓아 관關을 만들었다. 포숙아가 이 관을 파수하는 동시에 필요에 따라 치중과 군량을 뒤대기로 했다. 제환공은 사흘 동안 군사들을 쉬게 하고 약하고 병든 병사들만 그곳에 남아 있게 했다. 사흘 후, 제환공은 병 없고 씩씩한 군사만을 거느리고 다시 전진했다.

한편 영지의 밀로는 제군이 쳐들어온다는 보고를 받고 장수 속매速買를 불러 상의했다.

속매가 밀로에게 아뢴다.

"제군은 멀리 오느라고 지칠 대로 지쳤을 것입니다. 그러니 그들이 병영을 세우고 안정하기 전에 급히 무찌르면 단번에 승리를 거둘 수 있습니다."

밀로는 연방 머리를 끄떡이고 속매에게 3,000기를 주어 보냈다. 속매는 즉시 3,000기를 사방에 흩어 산골짜기에 매복시켰다. 그리고 그들은 다만 제군이 당도하기를 기다렸다.

한편 제군 전대 호아반은 길을 안내하며 앞서서 갔다. 속매는 즉시 100여 기를 거느리고 전대로 오는 호아반에게 달려들었다. 호아반은 적을 보자 용기를 분발하고 자루가 긴 철조추鐵爪鎚를 높이 들어 속매의 머리를 쳤다. 속매는 말고삐를 젖히며 나는 듯이 몸을 피한 후 크게 부르짖으면서 대간도大桿刀를 뽑아들고 달려들었다.

그들이 서로 어우러져 수합을 싸웠을 때다. 속매가 거짓 패한 체 달아나면서 호아반을 숲 속으로 끌어들였다. 속매가 한번 큰소리로 부르짖자 모든 산과 골짜기에서 산융 군사가 쏟아져나와 호아반의 군사를 중도에서 끊었다.

이에 호아반은 죽을 힘을 다해 싸웠으나 말이 화살을 맞아서 잘 뛰질 못했다. 그는 도리 없이 산융에게 사로잡힐 것을 각오했다. 그러나 천행으로 마침 제환공의 대군이 당도했다. 이에 왕자 성보는 크게 신용神勇을 발휘하여 속매의 군사를 무찌르고 호아반을 구출했다. 속매는 크게 패하여 달아났다. 많은 군사를 잃은 호아반은 제환공 앞에 와서 감히 얼굴을 들지 못했다. 그러나 제환공은 부드러이 웃으며,

"싸움에 이기고 지는 것은 늘 있는 일이라. 장군은 너무 개의하

지 마라."

하고 도리어 그에게 준마駿馬까지 하사했다. 이에 호아반은 눈물을 흘리며 감격했다.

다시 제나라 대군은 동으로 30리를 갔다. 그곳 지명은 복룡산伏龍山이었다. 제환공은 연장공燕莊公에게 청하여 함께 산 위에 영채를 세웠다. 왕자 성보와 빈수무만 산밑에 하채했다.

그리고 큰 수레를 서로 연결시켜 성 모양으로 주위에 둘러놓았다. 군사들은 순시하면서 경비를 게을리 하지 않았다. 그 이튿날이었다. 영지의 밀로는 친히 속매를 대동하고 기병 1만여 명을 거느리고 와서 싸움을 걸었다.

그들은 거듭거듭 제영齊營을 쳤다. 그러나 서로 연결되어 있는 수레를 뚫고 쳐들어가진 못했다. 이러는 동안에 어느덧 오후가 됐다. 관중은 산 위로 올라가 사방을 굽어봤다. 웬일인지 산융군은 점점 그 수가 줄었다. 그들은 말에서 내려 땅바닥에 드러누워 제영을 향하고 갖은 욕설을 퍼부었다.

관중이 호아반의 등을 쓰다듬으며 말한다.

"오늘이야말로 장군이 설치雪恥할 때요."

호아반은 즉시 응낙하고 수레를 둘러놓은 성을 열고 군사를 거느리고서 나는 듯이 나갔다. 이를 보자 습붕이 크게 놀라 관중에게 묻는다.

"적의 계책에 떨어지는 것이나 아닙니까?"

관중이 웃으며,

"나에게 이미 요량하는 바가 있소."

하고 곧 왕자 성보를 불러 일지군一枝軍을 거느리고 왼편으로 나아가라 명하고, 또 빈수무를 불러 역시 일지군을 거느리고 오른편

으로 나아가 서로 접응하도록 하는 동시,

"혹 적의 복병이 있거든 닥치는 대로 죽이고 오라."

하고 영을 내렸다.

원래 산융이 전문으로 하는 계책은 군사를 매복시키는 것이었다. 그러므로 산융은 제군이 굳게 지킬 뿐 움직이지 않는 걸 보고, 산골짜기에다 군사를 매복시키고 나머지 몇몇 군사만 말에서 내려 갖은 욕설을 퍼부어 제군을 끌어내리려고 한 것이었다.

그들은 호아반이 군사를 거느리고 선두로 달려나오는 걸 보자 이젠 됐다 생각하고 모두 말을 버리고 일제히 달아나기 시작했다. 호아반은 즉시 달아나는 산융의 뒤를 쫓아가 무찌르려는데 이때 문득 대채大寨에서 회군하라는 금金소리가 일어났다.

호아반은 하는 수 없이 말고삐를 돌려 본채로 돌아갔다.

밀로는 적이 더 뒤쫓아오지 않고 돌아가는 걸 보고서 곧 기旗를 휘둘러 산골짜기에 매복시켜둔 복병에게 공격하라는 신호를 했다.

그러나 좌우 산골짜기에 매복한 복병들은 공격하기도 전에 왕자 성보와 빈수무의 습격을 받고 거미새끼처럼 흩어져 달아났다. 결국 산융군은 허다한 군마를 잃고 대패했다.

속매가 밀로에게 계책을 아뢴다.

"장차 제군이 전진하려면 반드시 황대산黃臺山 골짜기로 들어와야 할 것입니다. 우리는 즉시 나무와 돌로 길을 막고, 땅을 파서 많은 함정을 마련하고서 중병重兵들이 지키면 비록 100만 병일지라도 날아서 넘진 못할 것입니다. 더구나 복룡산 20여 리엔 물이 없기 때문에 적은 반드시 유수濡水를 길어 마셔야 합니다. 만일 그 유수를 흐르지 못하도록 막아버리면 적군은 물이 없어 또한 혼란을 일으킬 것입니다. 군사가 어지러우면 반드시 무너지나니, 그들이 무너지는 기회를 놓치지 않고 무찌르면 이기지 못할 리 없습니다. 이러는 동시에 다시 사람을 고죽국孤竹國에 보내어 구원을 청하고, 그들의 병력을 빌려 싸움을 돕게 하면 됩니다. 이것을 만전지책이라 하리이다."

밀로는 이 말을 듣자 매우 기뻐하며 곧 그 계책대로 실천했다.

한편 관중은 산융군이 물러간 후 연 사흘 동안 아무 동정이 없어 의심이 났다. 그는 세작細作을 보내어 적정을 살피게 했다.

이튿날 세작이 돌아와서 보고한다.

"황대산 큰길이 막혔습니다."

관중이 호아반을 불러 묻는다.

"혹 적국으로 들어갈 수 있는 다른 길은 없느냐?"

"이 길로 가면 황대산이 불과 시오리니 그곳만 지나면 바로 적국에 당도할 수 있습니다. 만일 꼭 다른 길로 가야 한다면 서남쪽으로 돌아들어 지마령芝蔴嶺을 경유하고, 청산靑山 입구로 빠져 다시 동쪽으로 몇 리를 돌아가야 비로소 영지 소굴에 당도합니다. 그쪽은 산이 높고 길이 험할 뿐 아니라, 병거와 군마가 가기에 매우 불편한 곳입니다."

한참 이러고 상의하는 참인데, 아장牙將 연지름連摯稟이 황급히 들어와 아뢴다.

"융주戎主가 수원水源을 막아서 지금 군중에 물이 부족하니 어찌하리까?"

이 말을 듣자 호아반이 머리를 흔들며 말한다.

"지마령 일대는 모두 산길이어서 하루 이틀에 갈 수 없습니다. 곧, 물을 싣고 가야 합니다."

제환공이 즉시 군중에 전령한다.

"산을 파서 물을 구하되, 먼저 물을 얻는 자에겐 중상을 주리라."

공손습붕이 앞으로 나아가 아뢴다.

"신이 듣건대 개미구멍이 있으면 물이 있다 하더이다. 그러니 개미구멍 있는 곳을 파게 하십시오."

이에 군사들은 개미구멍을 찾아 돌아다녔으나 헛수고만 했다. 습붕이 다시 군사에게 명한다.

"원래 개미는 겨울이면 따뜻한 곳을 좋아하기 때문에 볕 잘 드는 곳에 살고, 여름이면 시원한 곳을 좋아하기 때문에 산그늘에서 산다. 이런 겨울엔 반드시 양지쪽에 있을 것인즉, 함부로 땅을 파지 말고 주의해서 살펴보아라."

군사들은 다시 양지쪽만 더듬었다. 아니나 다를까 여기저기에서 환호성이 일어났다. 과연 그들이 양지바른 땅을 파자 샘물이 솟았다. 더구나 그 물맛은 맑고 달았다.

제환공이 찬탄한다.

"습붕은 가위 성인이로다."

그리하여 그 샘을 성천聖泉이라고 명명했다. 또한 복룡산을 용천산龍泉山이라고 개명했다. 군사는 물을 마시며 서로 경축했다.

한편 밀로는 제군이 조금도 식수에 곤란을 받지 않는다는 소식을 듣고 크게 탄식하였다.

"천지신명이 중국 사람을 돕는가?"

곁에서 속매가 아뢴다.

"제군에게 비록 물은 있을지라도, 멀리 오느라고 군량만은 넉넉지 못할 것입니다. 그러니 우리는 굳게 지키기만 하면 됩니다. 적은 군량이 없어지면 물러가지 않을 수 없습니다."

밀로는 머리를 끄덕이었다.

한편 관중은 빈수무에게 비밀리에 계책을 일러주고 나서 큰소리로,

"장군은 규자로 돌아가서 군량을 운반해오라."

하고 명령했다.

빈수무는 군량을 가지러 규자로 가는 척하면서 호아반과 함께 군사를 거느리고 어디론지 떠나갔다. 그러나 그들은 군량을 가지러 규자로 간 것이 아니었다. 호아반은 길을 안내하고 빈수무와 군사는 그 뒤를 따라 지마령으로 향했다.

빈수무가 말한다.

"중부께서 오늘부터 엿새째 되는 날에 적을 공격한다고 하였소. 우리는 이 길로 돌아가서 우군과 호응하도록 그 안에 영지 근처까지 가야 하오."

호아반이 대답한다.

"비록 지마령을 지나고 청산 입구를 빠져나가 빙 돌아서 가지만 기일 안에 영지에 당도할 것이니 염려 마십시오."

한편 관중은 밀로의 군사에게 이런 계책을 쓰고 있다는 걸 눈치채이지 않기 위해 아장 연지름으로 하여금 날마다 황대산에 가서 싸움을 걸게 했다. 아장 연지름은 날마다 황대산에 가서 싸움을 걸었다. 그러나 엿새째가 되도록 산융군은 싸움에 응하질 않았다.

관중이 말한다.

"이제 엿새가 지났으니 빈수무는 서로西路로 돌아서 적국 가까이까지 갔을 것이다. 이젠 적이 싸움에 응하지 않는다 하여 우리가 가만히 있을 때는 아니다."

마침내 관중은 지시를 내렸다. 군사들은 흙이 가득 든 가마니를 각기 등에 지고서 일제히 출발했다. 그리고 군사 앞엔 빈 수레

200승이 갔다. 빈 수레가 가다가 적이 파놓은 함정에 빠지기만 하면 군사들은 즉각 흙이 든 가마니로 함정을 메웠다.

이리하여 제나라 대군은 갖은 고난을 겪으며 산골짜기 입구에 당도하자 일제히 함성을 질렀다. 제나라 모든 장수는 길을 가로막아놓은 수목과 돌을 치우면서 군사와 함께 쳐들어갔다.

한편 영지의 밀로는 태평이었다. 그는 날마다 속매와 함께 술을 마시며 제군의 군량이 없어지기만을 기다렸다. 그는 제군이 물밀듯 쳐들어온다는 보고를 받고 황망히 말에 올랐다. 그러나 제군을 맞이해서 싸우기도 전에 또 급한 소식이 왔다. 곧, 서로西路에서도 제군이 동시에 쳐들어온다는 것이었다. 속매는 소로小路마저 빼앗긴 걸 알자 그만 싸울 생각을 잃었다. 그는 밀로를 보호하며 동남쪽을 향해 달아났다.

빈수무는 밀로와 속매가 달아나는 걸 보고서 그 뒤를 쫓았다.

몇 리쯤 갔을 때다. 산길은 매우 험준했다. 그런데도 밀로와 속매가 나는 듯이 말을 달려갔기 때문에 빈수무는 하는 수 없이 되돌아왔다.

산용이 버리고 간 말과 병기와 우양장막牛羊帳幕 등속은 이루 헤아릴 수 없을 정도였다. 제군은 이 모든 것을 거두었다. 그리고 지난날 납치되어갔던 연나라 여자와 남자를 도로 찾은 것만 해도 부지기수였다.

영지국令支國 백성이 이렇듯 강한 군사를 본 것은 난생처음이었다. 그래서 그들은 여러 가지 음식을 가지고 나와 제군을 환영했다. 제환공은 일일이 영지 백성을 위로하고,

"항복한 산용인을 한 사람이라도 살해하는 자 있으면 극형에 처하리라."

하고 삼군에 전령했다. 이 전령을 듣고 산융 백성은 제환공을 높이 칭송하고 기뻐했다.

제환공이 항복한 융인을 불러 묻는다.

"네 주인은 어느 나라로 갔느냐?"

융인이 아뢴다.

"우리 나라는 고죽국과 이웃이어서 원래부터 서로 친한 사입니다. 얼마 전에 사람을 보내어 구원병을 청했건만 아직 그들이 오지 않았은즉, 반드시 고죽국으로 갔을 것입니다."

"그렇다면 고죽국은 어느 정도로 강하며, 이곳에서 거리는 얼마며, 길은 어떠하냐?"

"고죽은 동남쪽에 있는 큰 나라입니다. 상商나라 때부터 성곽이 있던 곳으로, 거리는 이곳으로부터 100여 리 됩니다. 도중에 비이계鼻耳溪라는 시내가 있습니다. 그 시내를 건너면 바로 고죽국입니다. 그러나 산길이 몹시 험해서 가시기 어려울까 합니다."

제환공이 삼군에게 호령한다.

"고죽이 작당하고 산융은 난폭하니 이곳까지 왔은즉 마땅히 그들을 칠지라."

이때 포숙아가 보낸 아장 고흑高黑이 건량乾糧 50수레를 거느리고 왔다.

제환공은 고흑을 돌려보내지 않고 군무를 보게 하고, 항복한 산융군 중에서 씩씩한 자 1,000명을 뽑아 호아반 장하帳下에 편입시켜 이번 싸움에서 손상당한 군사 수효를 충당하게 했다.

제군은 사흘 간 휴식하고 사흘이 지나자 제환공이 대군을 거느리고 다시 진군했다.

한편 도망친 밀로 일행은 고죽국에 당도했다. 그들은 고죽의 주장主長인 답리가笭里哬 앞에 나가서 통곡했다.

"제후가 힘만 믿고 우리 나라를 무찔러 빼앗았소이다. 바라건 대 우리 원수를 갚아주오."

답리가가 대답한다.

"내 일찍이 군사를 일으켜 그대를 돕고자 했으나 몸에 약간 병 이 있어 수일 늦어졌는데, 그 사이에 이렇듯 대패해 올 줄은 몰랐 소이다. 그러나 비이계가 있은즉 적은 쉽게 건너지 못할 것이오. 내 부하들을 시켜 계변溪邊의 모든 뗏목을 모아 산골짜기에 들여 놓도록 하겠소. 그러고 나면 비록 제군이 날개가 있을지라도 날아 넘진 못하리이다. 그러니 다만 적군이 물러가기를 기다려 나와 그 대는 군사를 거느리고 물러가는 적의 뒤를 시살廝殺하면 즉시 그 대 나라를 회복할 것인즉, 어찌 조급히 서둘 것 있으리오."

곁에서 대장大將 황화黃花 원수元師가 아뢴다.

"혹 적이 뗏목을 만들어 타고서 건널지 모릅니다. 마땅히 군사 를 보내어 계구溪口를 지키게 하고 주야로 계변을 순행케 하는 것 이 만전지책일까 합니다."

답리가는 비웃듯이,

"적이 만일 뗏목을 만든다면 내 어찌 그걸 모를 리 있으리오." 하고 황화의 말을 듣지 않았다.

한편 제환공이 군사를 거느리고 행진하여 한 10리쯤 갔을 무렵 이었다. 앞을 바라보니 험악한 산이 높이 솟아 있었다. 갈수록 괴 석怪石이 앞을 가로막았다. 수목과 잡초와 대나무가 무성해서 도 무지 길을 분별하기 어려웠다.

옛사람이 시로써 이 험난한 도정을 증명한 것이 있다.

산은 이리 틀고 저리 굽어 푸른 하늘에 닿았는데
괴석은 솟고 솟아 길마저 모르겠네.
되사람[胡兒]이 안내하는 대로 말에서 내렸으나
석굴에 범 있을까 도리어 근심일세.

盤盤曲曲接靑雲

怪石嵯峨路不分

任是胡兒須下馬

還愁石窟有山君

관중은 군사에게 유황硫黃과 염초焰硝를 초목 사이에 뿌리도록
했다. 그러고 나서 일제히 불을 질렀다. 맹렬한 불길은 온 산을 샅
샅이 핥으며 퍼졌다. 요란스레 타오르는 불은 천지를 삼키는 듯했
다. 초목은 뿌리도 없이 타고 여우와 토끼는 자취를 끊었다. 그러
나 화광火光은 닷새 동안을 꺼지지 않았다.

불이 아주 꺼진 연후에야 군사들은 관중의 지휘를 받아 산을 깎
고 길을 내어 병거를 나아가게 했다.

모든 장수가 불평한다.

"산은 높고 몹시 험한데 병거까지 가게 한다는 것은 쓸데없이
힘만 소비하는 것 같습니다."

관중이 대답한다.

"오랑캐의 말은 달리기를 잘하니 오직 수레라야만 가히 그들을
누를 수 있다."

이에 관중은 「상산가上山歌」와 「하산가下山歌」를 지었다.

관중이 지은 「상산가」는 다음과 같다.

산은 높고 높구나. 길은 빙빙 휘감겨 치솟았도다.

수목은 살찌고 빛나는구나. 빽빽한 돌은 난간처럼 앞을 가로
막는도다.

구름도 희미하구나. 날씨마저 쌀쌀하도다.

내 수레를 달림이여. 험하고 높은 곳을 오르는도다.

바람의 신이 밀어줌이여. 유아兪兒가 돕는도다.

나는 새 같음이여. 날개가 돋친 듯하도다.

저 산 위로 오름이여. 어렵지 않도다.

山嵬嵬兮路盤盤

木濯濯兮頑石如欄

雲薄薄兮日生寒

我驅車兮上巉岏

風伯爲馭兮兪兒操竿

如飛鳥兮生羽翰

陟彼山嶺兮不爲難

관중이 지은 「하산가」는 다음과 같다.

산에 오르기는 어렵구나. 산을 내려가기는 쉽도다.

수레바퀴가 잘 구름이여. 말발굽은 흐르는 듯하도다.

그 소리 요란함이여. 사람은 숨을 몰아쉬는도다.

역력히 감돌아 내려감이여. 경각간에 평지에 이르렀도다.

저 오랑캐의 막집을 무찌름이여. 마침내 봉화를 꺼버릴거나.

고죽을 제압하고 공훈을 세움이여. 길이길이 억만세에 전하
리로다.

上山難兮下山易

輪如環兮蹄如墜

聲轔轔兮人吐氣

歷歷盤兮頃刻而平地

擣彼戎廬兮消烽燧

勒勳孤竹兮億萬世

　군사와 인부들은 일제히 이 노래를 부르기 시작했다. 우렁찬 노랫소리에 따라 수레바퀴는 쉽사리 구르기 시작했다. 제환공과 관중과 습붕은 비이산 위에 올라가 병거가 올라오고 내려가는 형세를 굽어봤다.

　제환공이 차탄한다.

　"과인은 오늘날에야 노래로써 사람 힘을 얻을 수 있다는 걸 알았소이다."

　관중이 지난날을 말한다.

　"지난날 신이 함거 속에 잡혀올 때 노나라의 추격을 벗어나기 위해서 그때 노래를 지어 군부軍夫들로 하여금 부르게 한 일이 있습니다. 군부들은 즐거이 노래를 부르는 동안에 피로를 잊고 배나 빠른 속도로 수레를 몰았습니다."

　"어째서 그렇게 능률이 나오?"

　"사람은 육체를 과도히 부리면 그 정신이 피곤해지며, 심신이 즐거우면 그 육체의 피로를 잊게 됩니다."

　제환공이 이 말을 듣고 거듭 감탄한다.

　"중부는 참으로 인간의 마음을 달통하였도다."

　이에 모든 군사는 수레를 몰아 산을 넘고 다시 대열을 정돈한 후 일제히 앞으로 나아갔다. 그들이 무난히 여러 산을 지났건만 또 앞에 산이 나타났다.

앞서가던 대소의 수레들이 갑자기 멈춰서버렸다. 좌우가 옹색해서 도저히 빠져나갈 수가 없었던 것이다. 군사들이 제환공에게 아뢴다.

"양편이 다 깎아세운 석벽이며, 그 사이에 길은 있으나 겨우 혼자서 말이나 타고 지나갈 만합니다. 수레는 더 나아갈 수 없습니다."

이 말을 듣자 제환공은 놀라며 관중에게,

"이곳에 만일 적의 복병이 있다면 내 반드시 패하리라."

하고 자못 두려워했다.

이때 저편 산 위로 이상야릇한 괴물 하나가 뛰어나왔다. 제환공이 눈을 홉뜨고 그 괴물을 바라본다. 그 괴물은 사람 같기도 하고 아닌 것도 같고, 짐승 같기도 하고 아닌 것도 같았다. 키가 1척 남짓하고 주홍빛 옷을 입고 검은 관을 썼는데, 뭔가 붉은 것을 두 발에 붙이고 있었다.

그 괴물은 제환공을 향하여 팔을 끼고 세 번 읍한 후 마치 영접하는 듯한 자세를 취하더니, 갑자기 오른손으로 옷을 걷어올리고 석벽 사이로 뛰어들어가버렸다.

제환공이 몹시 놀라 관중에게 묻는다.

"경도 보았지요?"

관중이 의아하다는 듯이 대답한다.

"신은 아무것도 못 봤습니다."

제환공은 방금 본 그 괴물 모양을 자세히 말했다.

그제야 관중은 짐작하겠다는 듯이 머리를 끄덕이며 대답한다.

"그것은 바로 신이 조금 전에 지은 「상산가」에도 나옵니다만 유아兪兒란 것입니다."

제환공이 묻는다.

"유아란 무엇이오?"

"일찍이 신이 듣건대 북방엔 등산登山의 신神이 있다 합니다. 그 신의 이름을 유아라고 합니다. 유아는 천하의 패왕이 될 어른에게만 나타나 보인다고 합니다. 상감께서 방금 보신 것이 아마 그 유아인가 합니다. 그가 읍하고 영접하는 자세를 취한 것은 상감께 적을 무찌르시라는 권고이며, 옷을 걷어올린 것은 전방에 물이 있다는 표시이며, 특히 오른손으로 옷깃을 걷어올린 것은 물 오른편이 깊다는 뜻이니 상감께 왼편으로 가시라는 지시인가 합니다."

유아란 것을 알아낸 관중의 식견은 참으로 놀라운 것이었다.

염옹이 시로써 이 일을 논한 것이 있다.

춘추 시대 때 서적이란 뻔한 것인데
중부는 어떤 출처에서 유아란 것을 알았는가.
어찌 이인異人이 있어 이상한 일을 전하였으리오.
장화張華가 지은 박물지博物志란 것도 다 수상하다.
春秋典籍數而知
仲父何從識兪兒
豈有異人傳異事
張華博物總堪疑

관중이 다시 말을 계속한다.

"물이 앞으로 가로막았으니 다행히 석벽을 지킬 수 있습니다.

우선 군사를 산 위에 둔치고 사람을 시켜 물 형세부터 자세히 살 핀 후 군마를 앞으로 나가게 해야 합니다."

물 형세를 살피러 갔던 자들이 한참 후 돌아와 보고한다.

"산에서 5리쯤 내려가면 곧 비이계입니다. 물이 넓고 깊어서 겨 울에도 마르지 않는다고 합니다. 원래 그곳은 뗏목으로 건넌다는 데, 이번에 융주戎主가 뗏목을 다 거두어버렸다고 합니다. 오른편 으로 가면 물이 더욱 깊어서 몇 길씩 되지만 왼편을 따라 한 3리쯤 가면 수면이 넓고 얕아서 무릎 정도까지 닿는다고 합니다."

제환공이 손바닥을 쓰다듬으며 감탄한다.

"유아가 보여준 징조가 이렇듯 영험하구나."

연장공도 감탄한다.

"비이계는 얕은 곳이 없다는 말을 들었는데 건널 수 있다니 이는 하늘이 도우신 바라. 군후께선 반드시 이번 일에 성공하시리이다."

제환공이 묻는다.

"여기서 고죽성을 가려면 어떻게 가야 하오?"

연장공이 대답한다.

"비이계를 건너 동쪽을 향하고 가면 처음이 단자산團子山, 다음 이 마편산馬鞭山, 그 다음이 쌍자산雙子山입니다. 이 세 산 사이가 약 30리씩이며, 그곳에 바로 상商나라 때 고죽孤竹 삼군三君의 무 덤이 있습니다. 이 세 산을 지나 다시 25리를 가야만 무체성無棣 城에 이릅니다. 그곳이 바로 고죽국의 도읍입니다."

이때 호아반이 본부병을 거느리고 먼저 물을 건너겠다고 자청 한다. 관중이 분부한다.

"군사가 한곳으로 가다가 적을 만나면 진퇴양난할지니 모름지 기 두 길로 나눠서 가도록 하여라."

모든 군사는 대나무를 베어 칡덩굴로 얽어매니 경각간에 수백 개의 뗏목이 만들어졌다. 군사들은 모든 수레를 뗏목에 실었다. 그들은 뗏목을 이끌고 산을 내려갔다. 그리고 모든 군사와 말을 두 대로 나눴다. 왕자 성보와 고흑이 일군을 거느리고 오른편 뗏목을 타고서 건너는 것을 정병正兵으로 삼고, 공자 개방과 초는 제환공을 모시고 그 뒤를 접응했다. 또 빈수무와 호아반이 일군을 거느리고 왼편 뗏목을 타고서 건너는 것을 기병奇兵으로 삼고, 관중과 연지름이 연장공을 따라 그 뒤를 접응했다. 비록 진로는 좌우로 나뉘었으나 그들은 단자산 아래에서 모이기로 했다.

한편 무체성의 답리가荅里呵는 제나라 군사에 대한 그후 소식을 몰라 다만 하졸을 비이계로 보내어 적정을 알아오게 했다. 하졸이 가본즉, 계변엔 대나무 뗏목이 가득 늘어서 있고 병마가 분분히 물을 건너고 있었다. 하졸은 황망히 성으로 돌아가서 이 사실을 보고했다.

답리가는 크게 놀라 즉시 황화 원수에게 군사 5,000을 거느리고 가서 적을 막도록 명령했다. 밀로가 앞으로 나서며 말한다.

"이 몸이 이곳에 있으면서 아무 공을 세우지 못했으니 원컨대 속매를 거느리고 가서 선봉이 되겠습니다."

황화 원수는,

"여러 번 패한 사람과 함께 가서 어찌 일을 할 수 있으리오."

비웃고 선뜻 말에 올라 출발했다. 답리가 미안해서 밀로에게 말한다.

"서북쪽에 있는 단자산은 동쪽에서 이곳으로 오는 중요한 길목입니다. 번거롭지만 가셔서 그곳을 지켜주오. 내 곧 뒤따라가리이다."

밀로는 비록 응낙은 했으나 황화 원수에게 당한 모욕 때문에 매우 불쾌했다.

한편 황화 원수는 비이계에 당도하기도 전에 고흑의 전위 부대와 만나 곧 양편 군사는 싸웠다.

고흑이 황화의 군세에 견뎌내지 못하고 뒤로 물러서려는 때에 왕자 성보가 왔다. 황화는 고흑을 버리고 왕자 성보에게 덤벼들어 크게 50여 합을 싸웠으나 승부를 내지 못하던 참이었다. 이때 후면으로부터 제환공이 대군과 함께 이르렀다. 공자 개방은 오른편에서, 초는 왼편에서 일제히 오랑캐를 협공했다. 황화 원수는 당황한 나머지 군사를 버리고 달아났다.

마침내 오랑캐 군사 5,000은 제군에게 태반이나 피살당하고, 나머지는 다 항복했다.

황화는 홀로 도망하여 단자산 가까이까지 갔다. 산 위를 바라본즉 군마가 숲처럼 가득 모였는데 제·연·무종 세 나라 깃발이 바람에 휘날리고 있었다. 빈수무가 물을 건너와서 먼저 단자산을 점령했던 것이다. 황화는 감히 산을 지나가지 못하고 타고 온 말을 버린 후 나무꾼으로 가장하고 소로로 빠져 달아났다.

크게 이긴 제환공은 군사를 거느리고 단자산에 이르러 좌로군마左路軍馬를 한곳에 하채하게 하고는, 다시 진군할 일을 상의했다.

한편 밀로는 군사를 거느리고 마편산에 이르렀다. 전초병前哨兵이 와서 보고한다.

"제나라 군대가 이미 단자산을 점령했습니다. 그러니 마편산에 군사를 둔칠 수밖에 없습니다."

밀로가 마편산에 군사를 둔치고 있는데, 황화 원수가 겨우 생명을 보전하여 마편산 아래 이르렀다. 황화 원수는 자기 군사가 도 망 와 있는 줄로 착각하고 병영 안으로 들어갔다. 그러나 거기엔 밀로가 높이 앉아 있었다. 밀로가 분개한 눈짓으로 황화 원수를 쳐다보며 비웃는다.

"싸울 때마다 이기는 장군이 어째서 혼자 이곳에 왔소?"

황화는 얼굴을 붉히며 술과 음식을 청했다. 밀로는 황화에게 볶 은 보리 한 되를 내줬다. 황화는 타고 갈 말 한 필을 청했다. 그러 나 밀로는 발바닥에 징도 박지 않은 말을 내줬다. 황화는 밀로를 크게 원망하면서 무체성으로 돌아갔다.

황화가 답리가에게 아뢴다.

"청컨대 군사를 한 번만 더 주십시오. 반드시 이 원한을 설치하 고야 말겠습니다."

답리가가 탄식한다.

"내 원수元帥의 말을 듣지 않다가 이 지경이 됐구려."

황화가 음성을 가다듬고 은근히 고한다.

"이번에 제후齊侯가 군사를 일으키게 된 원인은 결국 영지 때문 입니다. 신에게 한 가지 좋은 계책이 있습니다. 들어보십시오. 곧 밀로의 목을 끊어 제후에게 바치고 강화를 청하면 싸우지 않고도 우리는 제군을 물리칠 수 있습니다."

답리가가 대답한다.

"밀로가 오죽 답답하고야 내게 의지하러 왔겠는가. 그런 사람 을 어찌 죽일 수 있으리오."

곁에서 재상 올률고兀律古가 아뢴다.

"신에게 한 계책이 있습니다. 우리가 패함으로써 도리어 공을 세울 수 있는 길이 있습니다."

답리가가 반가이 묻는다.

"그 무슨 계책인가? 속히 말하라."

올륜고가 차근차근 계책을 아뢴다.

"우리 나라 북쪽에 한 땅이 있으니 그 이름을 한해旱海라고도 하며, 미곡迷谷이라고도 합니다. 그곳은 원래 모래와 돌자갈만 있어서 어느 곳을 둘러봐도 물과 풀이 없습니다. 옛날부터 나라 사람들은 사람이 죽으면 시체를 그곳에다 버렸으므로 백골白骨만 서로 바라보고 있기 때문에, 대낮에도 늘 귀신이 나타나고 때때로 찬바람이 일어납니다. 그 바람을 쐬기만 하면 사람이든 말이든 다상합니다. 곧 모발만 그 바람에 쐬어도 죽습니다. 또 바람과 모래가 뒤섞여 일어나면 지척을 분별할 수 없어 마치 길 없는 골짜기에 들어간 것 같습니다. 더구나 그 산골길은 몹시 복잡해서 한번들어만 가면 나오질 못합니다. 겸하여 독사와 맹수가 들끓고 있습니다. 그러니 우리 편에서 한 사람이 적에게 가서 거짓 항복을 하고 적을 저 무서운 곳으로 유인하면 싸우지 않고도 적을 다 없애버릴 수 있습니다. 우리는 군마를 정돈하고 앉아서 적이 거꾸러지는 걸 기다리면 됩니다. 이 어찌 묘한 계책이 아닙니까?"

답리가가 묻는다.

"제군이 그곳으로 갈 리 있겠는가?"

올륜고가 자신 있게 대답한다.

"주공께선 궁중 권속과 함께 잠시 양산陽山으로 행차하십시오. 그리고 성안 백성들로 하여금 다 산골짜기로 피난하게 하고, 성안을 완전히 비워두십시오. 그런 연후에 거짓 항복한 사람이 제후에게 가서 말하되, '우리 주공이 사적砂磧(모래 사막)으로 도망갔으니 군사만 빌려주면 뒤쫓아가서 무찌르겠다'고 하면 적군이 곧이 듣고 반드시 추격할 것입니다. 그러면 그들은 우리의 계책에 빠집니다."

이 말을 듣자 황화 원수는 잔뜩 기뻐하며 자기가 가겠노라고 자청했다. 마침내 황화 원수는 병졸 1,000명을 거느리고 계책대로 떠났다. 황화 원수는 가면서 이런 생각을 했다.

'내 밀로를 참하여 그 목을 들고 가지 않으면, 제후가 어찌 내 말을 믿으리오. 만일 이 일이 성공하면 주공도 나를 꾸짖지 않을 것이다.'

마침내 황화 원수는 마편산으로 진로를 바꾸었다.

한편 밀로는 마편산에서 제군과 서로 대치하고 있었다. 때마침 밀로는 황화 원수가 군사를 거느리고 구원 오는 줄로 잘못 알고 흔연히 나가서 영접했다.

"장군은 먼 길을 오시느라고 얼마나 수고하셨소?"

하고 허리를 굽혔다. 황화 원수는 때는 이제다 하고 생각했다. 순간 황화 원수는 칼을 뽑아 밀로를 쳤다. 밀로는 굽혔던 허리를 펴기도 전에 머리에 칼을 맞고 쓰러져 죽었다.

이를 본 밀로의 신하 속매는 분기충천하여 즉시 말에 올라 칼을 높이 들고 황화 원수에게 덤벼들었다. 양편 군사는 각기 그 주인을 도와 싸움이 벌어졌다. 서로 치고 서로 죽였다. 속매는 황화 원수를 당적할 수 없어 혼자 말을 달려 호아반 영채로 가서 투항했다. 그러나 호아반은 속매의 말을 믿지 않고 크게 꾸짖은 후 군사들로 하여금 결박하게 했다. 그리고 속매를 참살했다.

참으로 불쌍한 일이다. 영지국의 임금과 신하는 중원을 침범하려던 것이 원인이 되어 일조에 다 비명으로 죽었다. 어찌 애달프다 아니 할 수 있으리오.

사관이 시로써 이 일을 탄식한 것이 있다.

황대산 유수가 있는
그 주위 100리가 영지 나라다.
연나라에서 뺏은 물건은 지금 어디 있는가.
슬프다! 나라는 망하고 목숨마저 잃었구나.
山有黃臺水有濡
周圍百里令支居
燕山鹵獲今何在
國滅身亡可嘆吁

황화 원수는 밀로의 군사까지 거느리고, 즉시 제군에게 가서 밀로의 목을 바치고 천연스레 아뢴다.

"답리가는 나를 망치고 모래 사막으로 달아났습니다. 그는 달아나면서 외국 군사를 빌려와 원수를 갚겠다고 했습니다. 그간 신이 여러 번 투항하기를 권했으나 듣지 않고 달아났기 때문에, 그 대신 밀로의 목을 끊어가지고 장하帳下에 왔습니다. 바라건대 불쌍히 생각하시고 거두어주십시오. 또한 원컨대 본부 인마를 위해 앞을 안내하는 길잡이가 되어 답리가의 뒤를 추격하겠습니다."

제환공은 밀로의 목을 보고 황화를 믿었다.

드디어 제환공은 황화를 전부군前部軍으로 삼고 대군을 거느리고서 전진했다.

제군이 무체성에 이르러 보니 과연 성안은 텅 비어 있었다. 제환공은 더욱 황화의 말이 거짓이 아님을 믿었다. 다만 답리가가 그새 멀리 달아나지나 않았을까 하고 염려했다. 연장공이 일지병을 거느리고 무체성을 지키기로 하고 그 나머지는 다시 출발했다. 밤낮을 가리지 않고 제군은 달아났다는 답리가의 뒤를 쫓았다.

황화가 아뢴다.

"신이 맨 앞장을 서서 길이 어디로 났는지를 알아보겠습니다."

제환공은 허락하고 고흑에게 명하여 그 뒤로 대군을 따라가게 했다. 제나라 군마는 모래 사막에 이르렀다. 제환공이 군사에게 재촉한다.

"좀더 빨리 행군하여라."

그러나 암만 가고 가도 앞서간 황화는 돌아오지 않았다. 어느덧 해는 저물기 시작했다.

앞에 망망한 사막이 나타났다. 무겁고 어둡고 싸느란 안개가 천 겹 만겹으로 자욱이 꼈다. 듣기만 해도 온몸이 오므라드는 처절한 귀신들의 울음소리가 이곳저곳에서 일어났다. 어지러운 바람이 감돌았다. 춥고 무서워서 모든 군사의 머리털이 치솟았다. 바람 은 점점 미친 듯이 땅을 할퀴었다. 사람과 말이 다 놀라 비명을 질 렀다. 군사와 말이 독기에 걸려 쓰러지기 시작했다.

이때 제환공과 관중은 나란히 말을 타고 갔다.

관중이 제환공에게 아뢴다.

"일찍이 신이 듣건대 북방에 한해瀚海가 있다 합니다. 그곳은 흉악한 독기가 있어 들어만 가면 누구나 해를 입는다고 합니다. 이곳이 바로 그 한해나 아닌지 두렵습니다. 더 이상 앞으로 나아 갈 생각을 마십시오."

제환공은 즉시 군사를 후퇴시켰다. 그러나 이땐 이미 전대, 후 대가 거의 반이나 죽고 행방불명된 후였다. 모두 횃불을 켜들었으 나 억센 바람에 곧 꺼졌다. 다시 횃불을 켰으나 타지를 않았다. 관중은 제환공을 모시고 말머리를 돌려 급히 달렸다.

그 뒤를 따르는 군사들은 일제히 금을 울리고 북을 두드렸다.

그 첫째는 음기陰氣를 막기 위해서이며, 그 둘째는 군사들이 그 소리를 듣고 대열에서 이탈하지 않도록 하기 위해서였다.

해는 완전히 졌다. 하늘과 땅이 캄캄하다. 동서남북을 분별할 수 없었다. 제나라 군사는 어디를 얼마나 허둥지둥 달렸는지 몰랐다. 이윽고 바람이 멈추고 안개가 흩어졌다.

공중에 새로운 조각달이 나타났다. 모든 장수는 금과 북 소리를 듣고 속속 뒤따라 모여들었다.

그들은 한곳에다 둔치고 날이 새기를 기다렸다. 그리고 장수와 군사를 점호했다. 장수 중엔 습붕 한 사람만이 보이지 않았다. 군사와 말은 반이나 없었다. 다행히 겨울이어서 독사가 없고 군사들의 아우성 소리에 맹수들이 숨어버렸기에 망정이지, 그렇지 않았더라면 전부가 죽었거나 살아남았다 할지라도 다 병신이 되었을 것이다.

관중은 사면을 둘러봤다. 산골짜기는 매우 험악해서 도저히 사람이 다닐 곳이 아니었다. 관중은 군사에게 명하여 속히 이곳을 빠져 나갈 길을 찾도록 했다.

그러나 동으로 가면 동쪽이 막히고 서쪽으로 가도 역시 앞이 막혔다. 산은 첩첩하고 골은 꼬불꼬불 휘감겨서 빠져나갈 도리가 없었다.

제환공은 불안하고 초조했다. 관중이 제환공 곁으로 다가가서 아뢴다.

"신이 듣건대 늙은 말은 길을 안다 하더이다. 무종과 산융 접경지대의 말은 거개 사막 북쪽에서 온 것입니다. 그러니 호아반을 시켜 늙은 말 몇 필을 골라 그 말들이 가는 곳을 뒤따라가게 하십시오. 가히 길을 얻을 수 있으리이다."

제환공은 관중이 시키는 대로 늙은 말 몇 마리를 놓아 맘대로 가게 했다. 그리고 모두 그 뒤를 따라갔다. 꼬불꼬불 이리 틀고 저리 틀어 제군은 마침내 깊은 산골짜기를 벗어났다.

염옹이 시로써 이 일을 읊은 것이 있다.

개미는 물 나는 곳을 알고 말은 길을 알아서
짐승이 도리어 위기에서 도와줬도다.
어리석은 자는 스스로 잔꾀를 많이 부리지만
고집을 버리고 참다운 충고를 들을 줄 아는 자 그 몇 사람이
나 되리.

蟻能知水馬知途
異類能將危因扶
堪笑淺夫多自用
誰能捨己聽忠謨

황화 원수가 제나라 장수 고흑을 이끌고 앞서갔다는 것은 이미 말한 바다. 그때 황화는 답리가가 있는 양산 땅을 향해 지름길을 달렸다. 고흑은 후대가 아직 보이지 않고 대군이 오지 않아서 황화에게 말했다.

"이곳에서 우리 군마가 올 때를 기다려 함께 전진합시다."

"아닙니다. 일각도 지체할 수 없습니다. 속히 갑시다."

하고 황화가 재촉한다.

그제야 고흑은 의심이 났다. 그래서 말을 딱 멈추고 움직이지

않았다. 이때 황화의 부하들이 우르르 달려들어 고흑을 말 위에서 끌어내렸다. 고흑은 삽시에 결박을 당했다. 고흑은 그제야 속은 걸 알았다. 사로잡힌 고흑은 고죽의 수령 답리가가 있는 양산 땅으로 끌려갔다.

황화는 답리가에게 밀로를 죽였다는 말은 하지 않았다.

"밀로는 마편산에서 적군과 싸우다가 전사했습니다. 그리고 신은 계책대로 이미 제후의 대군을 유인해서 한해에 몰아넣었습니다. 또 제나라 장수 고흑을 사로잡아 여기까지 끌고 왔습니다. 처분을 내리십시오."

답리가가 고흑에게 말한다.

"네 만일 나에게 항복한다면, 마땅히 너를 높은 벼슬에 등용하리라."

고흑은 눈을 부릅뜨고 높이 앉아 있는 답리가를 쳐다보며 소리를 질렀다.

"내 대대로 제나라 은혜를 입었거늘 어찌 개돼지 같은 너의 신하가 될 수 있으랴!"

그리고 황화를 돌아보고 우렁찬 소리로 꾸짖었다.

"네놈의 꼬임수에 속아 내 여기까지 왔으니 이 몸 하나 죽는 것은 아깝지 않다만은 우리 주공께서 오시는 날이면 너희 군신은 다 나라를 망치고 죽어 없어질 것이니, 조만간에 후회하여도 소용없으리라."

황화는 몹시 노하여 칼을 쭉 뽑아들었다. 그리고 뚜벅뚜벅 걸어가 한칼에 고흑을 참했다.

이리하여 고흑은 죽었으나 그의 이름은 충신으로서 후세에 남았다.

답리가는 다시 군사를 거느리고 돌아가 무체성을 공격했다.

연장공은 얼마 되지 않은 군사로 빈 성을 능히 지킬 수 없게 되자 사방에 불을 질렀다. 연장공은 타오르는 불길로 혼란해진 틈을 타서 적을 무찌르며 성을 빠져나가 단자산으로 달아났다.

한편, 제환공의 대군이 흉악한 산골짜기를 벗어나 한 10리쯤 갔을 때였다. 저편에서 일지군마─枝軍馬가 오는 게 보였다. 사람을 보내어 염탐한 결과, 바로 공손습붕이 군사를 거느리고 오는 것임을 알았다. 이에 군사를 합친 후 제환공은 무체성을 향해 곧장 전진했다. 그런데 늙은이를 부축하고 어린것을 업은 백성들이 분분히 가지 않는가.

관중이 백성에게 묻는다.

"무슨 일로 어디를 가느냐?"

젊은 백성이 대답한다.

"고죽국의 주공이 연나라 군사를 몰아내고 이미 무체성에 돌아왔습니다. 그래서 저희들은 산골짜기에 피란했다가 이제 성으로 돌아가는 중입니다."

관중이 제환공에게,

"신에게 한 가지 계책이 있습니다. 반드시 답리가를 격파하겠습니다."

하고 호아반을 불러 귀엣말로 지시한다.

"심복 군사 몇 사람을 뽑아 피란 갔던 백성으로 가장하고 여러 백성들 틈에 끼여서 먼저 무체성 안으로 들어가라. 그리고 성안에서 불을 질러 내응하여라."

호아반은 명령을 받고 즉시 떠났다.

관중이 다시 명령을 내린다.

"초는 남문을 치고, 연지름은 서문을 치고, 공자 개방은 동문을 치되 북문만 남겨두어 적군이 달아날 길을 터놓아라."

그리고 관중이 다시 지시한다.

"왕자 성보와 습붕은 두 길로 나누어 북문 밖에 매복하고 있다가 답리가가 성을 버리고 도망치거든 즉시 앞을 끊고 사로잡아서 죽여라."

일일이 지시하고 관중은 제환공과 함께 성에서 10리쯤 떨어진 곳에 하채했다.

한편, 답리가는 겨우 성안의 불을 끄고 백성을 불러들이고 황화에게 군마를 정돈시켰다.

이날 밤은 별들이 유난히 반짝였다. 밤중에 문득 함성이 사방에서 일어났다. 한 군사가 뛰어들어와 고한다.

"제군이 성문 밖을 에워쌉니다."

황화는 제나라 군사가 한해에서 다 죽은 줄로 알았다가 뜻밖에 제군이 들이닥쳤다는 말을 듣고 깜짝 놀랐다. 황화는 급히 군민軍民을 휘몰아 성 위로 올라갔다.

그런데 괴상한 일이 일어났다. 무체성 안 서너 군데에서 불이 일어났다. 황화는 사람을 시켜 방화한 놈을 잡도록 했다. 물론 불을 지른 것은 낮에 백성으로 가장하고 성안으로 들어온 호아반 등 제나라 군사 10여 명이었다. 그들은 불을 지르고 즉시 남문으로 달려가 수문병을 참하고 성문을 열었다. 밖에서 기다리던 초는 군마를 이끌고 물밀듯이 성안으로 들어갔다.

황화는 사세가 위급함을 알자, 답리가를 말에 올려태우고 함께 살길을 찾아 달아났다. 그들은 북쪽 길에 군사가 없다는 말을 들고 북문을 열고서 달아났다. 황화와 답리가가 한 2리쯤 갔을 때다. 어디서 나타난 것인지 앞길에 무수한 횃불이 어둠 속을 가며 오며 했다. 그때 문득 북소리가 땅을 뒤흔들듯 사방에서 일어났다.

왕자 성보와 습붕의 양로 군마가 일시에 나타났다.

답리가와 황화는 정신이 아찔했다. 뒤에서는 초와 호아반이 성을 함몰하고 각기 군사를 거느리고서 뒤쫓아오지 않는가.

황화는 칼을 뽑아들고 싸우다가 제나라 군사의 창에 찔려 죽었다. 그리고 답리가는 왕자 성보에게 사로잡혔다. 올률고는 난병亂兵 중에서 짓밟혀 죽었다.

어느덧 먼동이 트기 시작했다. 사방은 언제 싸웠느냐는 듯이 고요했다. 아침이 되자 제환공은 대군의 영접을 받고 무체성에 입성했다.

제환공은 답리가를 대하臺下에 꿇어앉히고 밀로를 원조한 죄목을 일일이 들어 꾸짖은 후, 친히 그 목을 참했다. 제나라 군사는 답리가의 목을 북문에 높이 걸었다. 제환공은 오랑캐[戎夷]를 훈계하고 백성을 위로했다.

융인戎人 한 사람이 들어와 고흑이 굽히지 않고 답리가와 황화를 크게 꾸짖다가 무참히 죽음을 당했던 일을 아뢴다. 이 말을 듣자 제환공은 십분 탄식하고, 즉시 그 충절을 기록하게 하고 귀국하여 다시 표창하도록 분부했다.

이때, 연장공은 제환공이 적을 무찌르고 마침내 입성했다는 소문을 듣고서 단자산에서 나는 듯이 돌아왔다. 연장공은 제환공에게 제군의 승리를 축하했다.

치하를 받고 제환공이 대답한다.

"과인이 군후의 위급을 구출하고자 천리 먼 길을 와서 다행히 성공하여 영지 · 고죽 두 나라를 하루아침에 무찌르고 넓고 넓은 500리 땅을 열었소이다. 그러나 과인은 우리 제나라와 인접하지 아니한 이 땅을 차지할 생각은 없습니다. 청컨대 군후께서 이 땅을 다스리십시오."

이 의외의 고마운 말에 연장공이 사양한다.

"과인은 군후의 힘을 입어 종묘사직을 보존한 것만으로도 만족합니다. 어찌 감히 영토를 갖고자 하리이까. 군후께서 이 땅을 다스리소서."

제환공이 다시 권한다.

"이 북방은 중원에서 너무 먼지라. 만일 다시 오랑캐로 하여금 다스리게 하면 반드시 모반할 염려가 있습니다. 군후는 과도히 사양 마십시오. 이제 동쪽으로도 길이 열렸으니, 옛 어진 소공召公과 같은 업적을 닦아 주周 왕실에 공헌하시고 길이 북방의 방패가 되어주시면, 과인도 이 영광에 참여한 것이 됩니다."

연장공은 더 사양하지 못하고 오랑캐 땅 500리를 받았다.

제환공은 무체성에서 삼군에게 크게 상을 내렸다. 그리고 이번 싸움을 도운 무종국無終國에 소천산小泉山 일대의 땅을 줬다. 이에 호아반은 먼저 배사拜謝하고 본국으로 돌아갔다.

제환공은 군사를 닷새 간 쉬게 한 후 무체성을 떠났다. 다시 비이계를 건너 석벽 아래서 영채를 내리고 군마를 정돈한 후, 천천히 행진했다. 특히 영지국의 길은 가도가도 불에 타버린 잿더미만이 남았고, 도처에 쑥대밭이 되어버린 싸움터뿐이었다. 제환공은 이 참혹한 풍경에 울적한 심사를 참지 못하여 연장공을 돌아보고 말한다.

"오랑캐 땅 주인이 무도無道하여 그 재앙이 초목까지 미쳤소.

참으로 사람은 그 일생을 조심하지 않을 수 없구려."

한편, 포숙아는 주공이 싸움에 이겨 회군해 온다는 보고를 받고 규자관葵玆關을 떠나 도중까지 나가서 영접했다. 제환공이 영접 나온 포숙아에게 말한다.

"이번 싸움에 군량과 병기가 부족하지 않도록 뒤에서 보내준 것은 다 포대부의 공이었소."

그리고 제환공은 연장공과 함께 규자관에서 작별하는 잔치를 베풀었다. 잔치를 파하고 마침내 제나라 군사는 떠났다. 연장공은 제환공을 전송하려고 나라 경계까지 따라갔건만, 그래도 그는 차마 돌아서지를 못했다. 마침내 연장공은 연나라 국경을 넘어 50여 리나 제나라 안까지 따라들어갔다.

제환공이 연장공에게 돌아가기를 재삼 권한다.

"자고로 제후가 서로 전송하되 자기 나라 경계를 벗어나지 않는 법입니다. 이러다간 과인이 연후께 무례한 사람이 되겠소. 이제 따라오신 이곳까지의 땅을 귀국에게 드리겠소. 이것은 과인이 군후에게 사과하는 뜻입니다."

연장공은 울상이 되어 받을 수 없다고 사양했다. 그러나 제환공은 한번 말한 것을 도로 거두진 않았다. 연장공은 하는 수 없이 그 땅을 받고, 그곳에다 성을 쌓고 그 성 이름을 연류燕留라고 했다. 곧, 제환공의 큰 은덕이 연나라에 머물러 있다는 뜻이었다.

이리하여 연나라는 서북쪽으로 500리의 땅을 넓혔고, 동쪽으로 제나라 땅 50여 리를 얻어 비로소 북방 대국이 됐다.

이때 열국列國의 모든 제후는 제환공이 연나라를 구제하고 추호도 땅을 탐하지 않았다는 걸 듣고서 다 같이 감탄하고 감복했다.

사관이 시로써 이 일을 읊은 것이 있다.

군사를 거느리고 천리 먼 길에 오랑캐를 친 것도
결국은 주 왕실을 위해 충성을 다한 것이다.
오랑캐를 쳐서 무기를 더럽혔다고 하지 마라
천자를 위하고 천하를 바로잡기 위한 것이거늘.
千里提兵治犬羊
要將職貢達周王
休言黷武非良策
尊攘須知定一匡

　제환공은 노나라 강변에 이르렀다. 노장공魯莊公이 강까지 나와서 제환공을 영접하여 잔치를 베풀고 승전을 축하했다. 제환공은 원래 노장공과 친분이 두터웠기 때문에 특히 오랑캐 땅에서 가지고 온 전리품 반을 나누어줬다.

　노장공은 관중이 국록으로 받아 가지고 있는 소곡小穀이란 땅이 바로 노나라 접경에 있다는 걸 알고 있었다. 그래서 노장공은 많은 장정을 보내어 소곡 땅에다 성을 쌓아줬다. 은근히 관중의 환심을 사려는 수작이었다.

　이때가 노장공 32년이요, 주혜왕周惠王 15년이었다.

　그러나 이해 가을 8월에 노장공은 세상을 떠났다.

　이에 노나라는 큰 혼란이 일어났으니, 장차 노나라는 어찌 될 것인가.

〔3권에서 계속〕

주요 제후국

위衞　주무왕周武王의 동복 동생 강숙康叔 희봉姬封이 위衞(현 하남성河南省 북부)
땅을 분봉받아 세운 동성同姓 제후국. 초도初都는 말沫. 동천 직후부터 정나
라의 패권이 지속되던 기원전 770~700년의 약 70년 동안 주로 송, 진 등과
연합하면서 정나라를 견제하는 역할을 하였음. 중원 제후국 중에서는 국력이
약한 편이었던 데다 북방 이민족인 적翟과 국경을 맞대어 빈번이 그들의 침공
을 받은 때문에 국가가 멸망할 뻔한 대혼란을 자주 겪었음.

제齊　서주의 1등 개국 공신 태공망太公望 여상呂尙이 제齊(현 산동성山東省 동부)
땅을 분봉받고 세운 이성異姓 제후국. 수도는 임치臨淄. 동천 후 약 70년 간
정, 노 양국과 우호 관계를 유지하면서 국제 질서에서 중요한 역할을 하였고
정나라의 부강을 이끈 웅군雄君 정장공이 서거(B.C.701)한 지 1세대 뒤인 제
환공 시대에 춘추 최초의 패업霸業을 이룩했음. 2, 3권에서는 제나라의 패업
霸業과 명재상 관중의 활약상 등을 중심으로 이야기가 전개됨. 해변에 위치한
관계로 소금과 철이 매우 풍부해 일찍부터 염철鹽鐵의 전매專賣를 실시하는
한편 상공업을 적극 장려함으로써 춘추 전국 시대를 통해 천하 제일의 부국으
로 명성을 날렸음.

진晉　주성왕의 동복 동생인 당숙唐叔 희우姬虞가 진晉(현 산서성山西省 서부) 땅을
분봉받아 세운 유력한 동성同姓 제후국. 수도는 강絳. 춘추 시대 초기인
B.C.745년에 12대 제후인 소후昭侯(B.C.745~739 재위)의 숙부 환숙桓叔이 곡
옥曲沃 땅을 분봉받고 자립해 세력이 급성장함으로써 전 국토와 국민이 이분
二分되는 혼란을 겪기도 했으나 B.C.678년에 3대 곡옥 영주가 진을 재통일하
고 진무공晉武公으로 즉위하면서 안정을 찾았음.

초楚　남방의 유력 부족장이었던 육웅鬻熊의 후예들이 초楚(현 호북성湖北省 서부)
땅에 건국한 이성異姓 제후국. 수도는 영郢. 지리적으로 정鄭 · 제齊 · 노魯 ·
위衞 등 중원中原 제후국들과 멀리 떨어져 있었기 때문에 서주~춘추 시대를

통해 독자적으로 발전하면서 중원과는 사뭇 다른 정치 · 문화 체계를 구축했음. 이 때문에 중원 국가들에게 오랫동안 야만시, 이적시夷狄視되기도 했으나 실제로는 주 왕실이 제정한 봉건 제도와 의례 질서에 구속되지 않는 독자적이고 활기찬 문화적 역량과 남방의 풍부한 경제 자원을 토대로 삼아 춘추 오패春秋五覇 겸 전국 칠웅戰國七雄의 하나로 천하를 호령했음.

한동漢東 제국諸國　초무왕(B.C.740~690) 시기부터 본격화된 초나라의 적극적인 북진北進과 팽창 정책에 의해 초나라에 복속된 한수漢水(섬서성陝西省 영강현寧羌縣에서 발원하여 호북성湖北省을 관류貫流하는 양자강揚子江의 대지류) 유역과 그 이동 지역에 밀집한 소국들을 범칭하는 용어. 등鄧 · 우鄅 · 교絞 · 나羅 · 당唐 · 수隨 · 운邧 · 이貳 · 진軫 · 서료西蓼 등의 나라가 있었음.

산융山戎　연燕 · 제齊 · 노魯 3국 사이에 위치한 이민족 부락 연맹. 중국 변경의 사방四方 이민족들 중 북적北狄의 일파라 할 수 있음. 궁벽하고 험한 지대에 칩거하면서 서주 왕실의 봉건예제封建禮制에 귀속되지 않는 별도의 세계를 이룩하면서 중원을 계속 위협했음. 존왕양이尊王攘夷와 계절존망繼絶存亡을 추구하던 패자 제환공에게 산융의 대표적인 두 나라인 영지令支와 고죽孤竹이 정벌당하면서 세력이 급격히 쇠퇴했음.

주周 왕실과 주요 제후국 계보도

＊— 부자 관계, ㄴ 형제 관계.
＊네모 안 숫자(①, ②…)는 주나라 건국 이후와 각 제후국 분봉 이후의 왕위, 군위 대代 수.

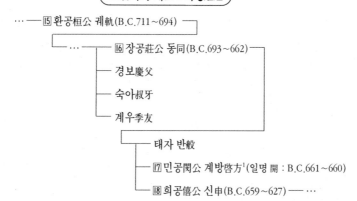

동주東周 왕실 계보 : 희성姬姓

… ── ⑮장왕莊王 타佗(B.C.696~682) ── ⑯희왕僖王 호제胡齊(B.C.681~677) ─┐
└ ⑰혜왕惠王 랑閬(B.C.676~653) ── …

노魯나라 계보 : 희성姬姓

… ── ⑮환공桓公 궤軌(B.C.711~694) ─┐
　… ── ⑯장공莊公 동同(B.C.693~662) ─┐
── 경보慶父
── 숙아叔牙
── 계우季友
── 태자 반般
── ⑰민공閔公 계방啓方[1](일명 開 : B.C.661~660)
── ⑱희공僖公 신申(B.C.659~627) ── …

---

1 민공이란 시호를 湣, 愍으로 표기하기도 함. 민공의 이름을 『사기』 「노세가魯世家」는 開로 적었는데 이는 한漢나라 경제景帝의 이름이 계啓인 관계로, 啓를 開로 '피휘'(재위 중인 황제의 이름자를 사용하는 것을 엄금하고, 해당 글자를 음이 비슷한 다른 글자로 대체하는 중국 특유의 표기 관습, 경우에 따라서는 字나 號의 글자까지도 사용을 금하였음)한 때문일 것이다.

제齊나라 계보 : 강성姜姓

```
···──┬─ ⑫ 희공僖公 록보祿父(B.C.730~698) ──────────┐
      └─ 이중년夷仲年 ── ⑭ 무지無知(B.C.686, 찬탈)        │
  ┌───────────────────────────────────────────────┘
  ├─ ⑬ 양공襄公 제아諸兒(B.C.697~686)
  ├─ 공자公子 규糾
  └─ ⑮ 환공桓公 소백小白(B.C.685~643) ── ···
```

진晉나라 계보 : 희성姬姓

① 당숙唐叔 우虞 —— ② 진후晉侯 섭燮 —— ③ 무후武侯 영족寧族 —— ④ 성후成侯 복인服人 —

— ⑤ 여후厲侯 복福(주여왕 시기~B.C.859) —— ⑥ 정후靖侯 의구宜臼(B.C.858~841) —

— ⑦ 희후僖侯 사도司徒(B.C.840~823) —

— ⑧ 헌후獻侯 적籍(B.C.822~812) —— ⑨ 목후穆侯 불생弗生 —

  (일명 潰生·費生·潰王·費王 : B.C.811~785)

  — ⑩ 상숙殤叔(B.C.784~781, 찬탈)

— ⑪ 문후文侯 구仇(B.C.780~746) —— ⑫ 소후昭侯 백伯(B.C.745~740)

  — ⑬ 효후孝侯 평平(B.C.739~724)

  — ⑭ 악후鄂侯 극郤(혹 郗 : B.C.723~718) —

— ① 환숙 성사桓叔成師[1](B.C.745~733) —— ② 곡옥장백曲沃莊伯 선선鮮(혹 鱓 : B.C.732~716)

  — ③ 곡옥무공曲沃武公 칭稱(B.C.715~678) → = ⑱

— ⑮ 애후哀侯 광光(B.C.717~709) —— ⑯ 소자후小子侯(B.C.708~705)[2]

— ⑰ 민湣(B.C.704~679)

→ = ⑱ 무공武公 칭稱(B.C.677) —— ⑲ 헌공獻公 궤제詭諸(B.C.676~651) —

  — 태자 신생申生(제강齊姜 소생)

  — ㉒ 문공文公 중이重耳(견융犬戎녀 소생 : B.C.636~628) —— …

  — ⑳ 혜공惠公 이오夷吾(소융小戎녀 소생 : B.C.650~637) —

    — ㉑ 회공懷公 어圉(B.C.637)

  — 해제奚齊(여희驪姬 소생)

  — 탁자卓子(소희少姬 소생)

1 ⑪문후의 아우 환숙이 조카인 ⑫소후로부터 곡옥曲沃 땅을 하사받고 백伯(영주)이 됨. 소후는 도읍인 강絳을 근거지로 삼으면서 국명을 익翼으로 개명. 이로부터 진은 사실상 이분되어 이진二晉(곡옥과 익)이 되었으나 공실이 보유한 익보다 곡옥의 영토와 세력이 더 컸음. 그후 환숙의 손자 무공이 가신 한만韓滿과 함께 진애후晉哀侯를 살해한 뒤 익을 차지(B.C.677)함으로써 진은 방계였던 곡옥백 계통에 의해 재통일됨.

2 본문에서는 소자후小子侯를 애후의 아우 민이라고 했으나 보통 소자는 선군先君의 어린 아들로 죽어서도 정식 시호를 받지 못한 미약한 군주를 이르는 말이고『사기史記』와『좌전左傳』에도 애후의 소자로 되어 있으므로 이는 원저자 풍몽룡의 오류인 듯하다. 곧 소자후가 즉위 4년 만에 곡옥 무공의 꾐에 빠져 죽고 그 뒤에 애후의 아우 민이 제후위를 계승했다(곧 동일인이 아니고 2인임).

초楚나라 계보 : 웅성熊姓

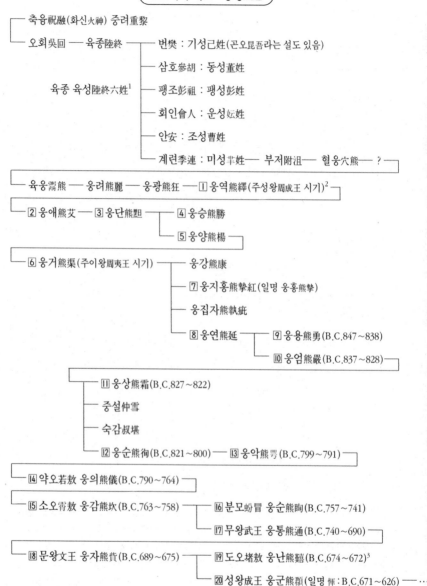

축융祝融(화신火神) 중려重黎

오회吳回 —— 육종陸終

육종 육성陸終六姓[1]

번樊 : 기성己姓(곤오昆吾라는 설도 있음)

삼호參胡 : 동성董姓

팽조彭祖 : 팽성彭姓

회인會人 : 운성妘姓

안安 : 조성曹姓

계련季連 : 미성羋姓— 부저附沮— 혈웅穴熊— ?

육웅鬻熊 —— 웅려熊麗 —— 웅광熊狂 —— ①웅역熊繹(주성왕周成王 시기)[2]

②웅애熊艾 —— ③웅단熊黮 —— ④웅승熊勝

⑤웅양熊楊

⑥웅거熊渠(주이왕周夷王 시기) —— 웅강熊康

⑦웅지홍熊摯紅(일명 웅홍熊摯)

웅집자熊執疵

⑧웅연熊延 —— ⑨웅용熊勇(B.C.847~838)

⑩웅엄熊嚴(B.C.837~828)

⑪웅상熊霜(B.C.827~822)

중설仲雪

숙감叔堪

⑫웅순熊徇(B.C.821~800) —— ⑬웅악熊咢(B.C.799~791)

⑭약오若敖 웅의熊儀(B.C.790~764)

⑮소오霄敖 웅감熊坎(B.C.763~758) —— ⑯분모蚡冒 웅순熊眴(B.C.757~741)

⑰무왕武王 웅통熊通(B.C.740~690)

⑱문왕文王 웅자熊貲(B.C.689~675) —— ⑲도오堵敖 웅난熊囏(B.C.674~672)[3]

⑳성왕成王 웅군熊頵(일명 惲 : B.C.671~626) ——···

1 초나라 상고上古 시대 계보는 중원中原 국가들보다 모호해 이설異說이 많은데, 원저자 풍몽룡은 사마천의 『사기
史記』에 나오는 육종육성설陸終六姓說(육종 후예인 6성 중 말자인 미성 계련 가문이 융성해 초나라를 건국했다
는 설)을 택하고 있다. 다른 대표적인 설로는 춘추 전국 시대의 중요 문헌인 『국어國語』에 나오는 축융팔성설祝
融八姓說이 있다. 이것은 축융 중려의 후예인 기己성, 동董성, 팽彭성, 독秃성, 운妘성, 조曹성, 짐斟성, 미성의 8성
중 역시 미성 가문이 번성해 초나라를 세웠다는 설이다. 세부 차이는 있지만 양설 모두 미성이 초나라 공실公室
선조라는 점에 동의한다.

2 웅역熊繹이 성왕 시기에 초만楚蠻(초 땅의 만이蠻夷 거주 지역)을 분봉받아 자작子爵 제후가 되었다는 설에 대
해서는 이론異論도 있지만 일단 타국들과 마찬가지로 이때부터를 1대로 간주하겠다.

3 676년부터로 보는 견해도 있음.

$$\boxed{\text{정鄭나라 계보 : 희성姬姓}}$$

··· ┬ ④* - ① 소공昭公 흘홀忽(B.C.700, 696~695)

├ ④ 여공厲公 돌突(B.C.700~697, 679~673) ── ⑩ 문공文公 첩捷(B.C.672~628) ── ···

├ ④ - ② 자미子亹(B.C.694)

└ ④ - ③ 자의子儀(B.C.693~680)

$$\boxed{\text{송宋나라 계보 : 자성子姓}}$$

··· ── ⑯ 장공莊公 빙馮(B.C.709~692) ─┬ ⑰ 민공湣公 첩捷(B.C.691~682)

├ 공자 유游

└ ⑱ 환공桓公 어열御說(B.C.681~651) ── ···

$$\boxed{\text{진陳나라 계보 : 규성嬀姓}}$$

··· ┬ ⑭ 여공厲公 약躍(B.C.706~700) ── 경중敬仲 완完[1]

├ ⑮ 장공莊公 임林(B.C.699~693)

└ ⑯ 선공宣公 저구杵臼(B.C.692~648) ── ···

1 경중敬仲 완完은 제나라로 망명, 제환공에게서 전田 땅을 하사받고 전씨의 시조가 됨. 후에 전씨는 제나라의 공
실公室인 강씨姜氏 가문을 몰아내고 제후위를 찬탈, 제나라를 전씨의 국가로 만듦. 보통 전씨 찬탈 이전의 춘추
시대의 제를 강제姜齊, 찬탈 이후의 전국시대의 제를 전제田齊라 칭함.

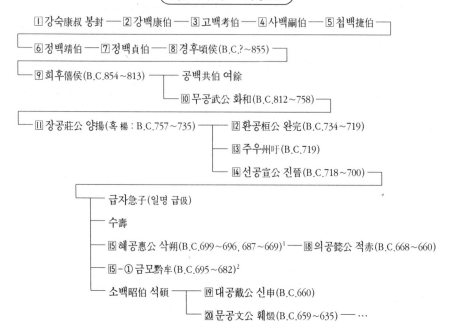

위衛나라 계보 : 희성姬姓

① 강숙康叔 봉封 ── ② 강백康伯 ── ③ 고백考伯 ── ④ 사백嗣伯 ── ⑤ 첩백捷伯 ──

── ⑥ 정백靖伯 ── ⑦ 정백貞伯 ── ⑧ 경후頃侯(B.C.?~855) ──

── ⑨ 희후釐侯(B.C.854~813) ── 공백共伯 여餘

　　　　　　　　　　　　　　　　── ⑩ 무공武公 화和(B.C.812~758) ──

── ⑪ 장공莊公 양揚(혹 楊 : B.C.757~735) ── ⑫ 환공桓公 완完(B.C.734~719)

　　　　　　　　　　　　　　　　　　　　── ⑬ 주우州吁(B.C.719)

　　　　　　　　　　　　　　　　　　　　── ⑭ 선공宣公 진晉(B.C.718~700) ──

── 급자急子(일명 급伋)

── 수壽

── ⑮ 혜공惠公 삭朔(B.C.699~696, 687~669)[1] ── ⑱ 의공懿公 적赤(B.C.668~660)

── ⑮-① 금모黔牟(B.C.695~682)[2]

── 소백昭伯 석碩 ── ⑲ 대공戴公 신申(B.C.660)

　　　　　　　　　　── ⑳ 문공文公 훼燬(B.C.659~635) ── …

1 『사기』 연표는 697년에 제나라로 도망갔다고 파악, 1년의 시간 차이가 남.
1 · 2 시기에 위나라는 1국 2군주 체제였음. 위혜공이 국외로 원정간 틈을 타 평소 그의 전횡과 패륜에 깊은 불만
　을 품었던 신료들이 일방적으로 혜공을 폐하고, 급자의 동복 동생 금모를 새로운 군주로 옹립하였음. 이로 인해
　혜공은 부득이하게 제나라로 망명해 B.C.696~688년 간 체류하였음. 그로써 국내와 국외에 2인의 군주가
　있게 됨. 춘추 전국 시대라는 특수한 시대 상황하에 둘 중 어느 한 사람을 정통으로 보기도 다소 곤란하므로, 1국
　2군주 체제로 본 것임.

채蔡나라 계보 : 희성姬姓

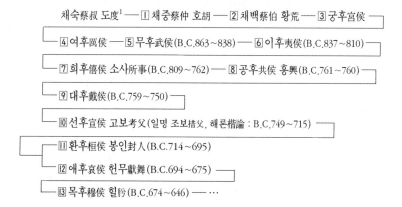

채숙蔡叔 도度[1] —— ① 채중蔡仲 호胡 —— ② 채백蔡伯 황荒 —— ③ 궁후宮侯 ——

—— ④ 여후厲侯 —— ⑤ 무후武侯(B.C.863~838) —— ⑥ 이후夷侯(B.C.837~810) ——

—— ⑦ 희후僖侯 소사所事(B.C.809~762) —— ⑧ 공후共侯 흥興(B.C.761~760) ——

—— ⑨ 대후戴侯(B.C.759~750) ——

—— ⑩ 선후宣侯 고보考父(일명 조보措父, 해론楷論 : B.C.749~715) ——

—— ⑪ 환후桓侯 봉인封人(B.C.714~695)

—— ⑫ 애후哀侯 헌무獻舞(B.C.694~675) ——

—— ⑬ 목후穆侯 힐肹(B.C.674~646) —— …

1 채숙蔡叔 도度는 주무왕周武王의 이복 동생으로 무왕 시기에 채蔡(현 하남성河南省 남부) 땅을 분봉받아 왕실 동성 제후同姓諸侯가 되었지만 주무왕 사후 주성왕周成王 초기에 주공周公 섭정에 불만을 품고 관숙管叔 선鮮과 상나라 왕자 무경武庚과 작당해 반란을 일으켜 추방되었음(삼감三監의 난亂). 그후 아들 채중蔡仲 호胡가 부친의 잘못을 반성하고 유배지에서 효순하게 백성을 잘 다스림으로써 성왕이 상으로 채나라를 복국시켜주었음. 따라서 채나라 공실公室은 채중 호부터를 1대로 삼는 것이 상례.

주요 제후국 간의 통혼 관계

* =는 혼인 관계, |는 친자 관계, 네모 안의 숫자는 각국 제후위 대代 수.

$$\boxed{\text{제齊} == \text{위衛}}$$

이강夷姜 === ⑭위선공衛宣公 === 제齊나라 선강宣姜

급자急子, 소백 석碩   수壽, ⑮·⑰위혜공衛惠公 삭朔

소백 석 === 선강

⑲위대공衛戴公 신申   ⑳위문공衛文公 훼燬

$$\boxed{\text{노魯} == \text{제齊}}$$

⑮노환공魯桓公 === 제나라 문강文姜

애강哀姜 === ⑯노장공魯莊公 === 숙강叔姜

⑰노민공魯閔公

$$\boxed{\text{진秦} == \text{진晉} == \text{제齊}}$$

⑲진헌공晉獻公 === 제강齊姜(제환공 딸) 서융西戎 장녀 === 헌공 === 서융 차녀

┌ 폐태자 신생申生   ㉒진문공晉文公   ⑳진혜공晉惠公

└ 목희穆姬 === 진목공秦穆公

306

채蔡 ═══ 진陳 ═══ 식息

⑫ 채애후蔡哀侯 ═══ ┌── 진陳 공녀 희규姬嬀

식息 제후 ═══ └── 진陳 공녀 식규息嬀 ═══ ⑱ 초문왕楚文王

┌── ⑲ 초 도오堵敖

└── ⑳ 초성왕楚成王

관직

*춘추 시대 제후국들의 관제官制는 독자적인 부분도 있지만 서주 관제(1권 부록 참조)를 계승하여 공통되는 부분도 많다. 본 부록에서는 본문 내용에 충실하게 각국 관직들을 정리했지만 제齊, 노魯 등 특정 국가의 관직으로 기술되었어도 실제로는 여러 나라들이 공유하는 관직인 경우가 많다. 이하 관직들 중 ° 표시를 한 것은 그 나라에만 있는 독특한 관직을 의미하고, 표시가 없는 것은 각국 공통 관직을 의미한다(남방 국가였던 초나라 관제가 중원 국가들과는 달리 특이하고 독창적인 부분이 많았다).

노魯

선부膳夫　천자나 제후의 어찬御饌 진상을 담당하는 직책.

어인圉人　천자나 제후의 말을 관리하는 직책

도인屠人　제사 희생犧牲용 가축의 도살을 담당하는 직책.

제齊

정경正卿　제후국 내의 다수 경대부卿大夫들 중 최고 상급자로서 제후를 보필해 국정을 총괄하는 존재. 재상宰相의 고칭古稱으로도 쓰인다.

아경亞卿　정경正卿 다음의 지위. 정경을 보좌해 국정을 감독함.

대간大諫°　군주에 대한 고문顧問, 충간忠諫 등을 전담하는 직책. 사간부司諫府 정도에 해당.

대사마大司馬　군사 업무를 총관장하고 통수하는 고위 직책.

대사행大司行°　사신使臣 관련 업무를 총괄하는 직책.

대사리大司理°　법률 분규나 소송訴訟, 형옥刑獄을 주관하는 직책.

대사전大司田°　농경, 농전農田을 관리하는 직책.

사포司庖　제후 궁실의 요리 업무를 관장하던 직책.

초楚

영윤令尹°　초나라의 최고 관직. 중원中原 국가들의 재상宰相에 해당하나 그보다도 권한이 막중해 전국 시대에는 초왕楚王과 함께 '이왕二王'이라 칭해질 만큼 막대한 국정권을 행사했음.

막오莫敖° 초나라의 두번째 관직. 초왕과 영윤을 보좌해 군사·재정·의례 및 왕실 사무 등 다양한 국정 업무를 총괄. 대귀족 굴씨屈氏가 전국 시대까지 막오직을 독점적으로 승계했음.

대혼大閽° 국가 도성 수비 사령관. 대절大節로 유명한 육권鬻拳이 역임한 바 있음.

기물器物

가爵　헌수獻酬(주군主君이나 윗사람에게 만수무강을 축원하면서 술을 올리는 일)의 의례에 사용되던 옥이나 청동靑銅으로 만든 술잔(섬서성陝西省 기산현岐山縣 출토).

규圭　고대에 제후가 조회朝會하거나 회동會同할 때 손에 쥐던 위가 둥글고 아래가 모진 길쭉한 옥玉. 주周 천자天子가 제후를 각 지역에 분봉分封할 때도 규를 하사하였음(『삼재도회三才圖會』 수록. 실제 길이는 7촌寸＝약 20cm).

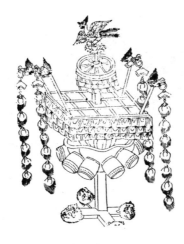

고鼓　북. 악기樂器 겸 병기兵器. 종묘사직宗廟社稷의 제사나 각종 예악禮樂 행사에 사용되던 중요 악기. 병기로서는 전투 때마다 군대 선두에 배치되어 전투 시작을 알리거나 군졸들의 사기를 진작시켜 진군進軍을 독려하거나 퇴각을 알리는 등에 활용되었음(『삼재도회三才圖會』 수록. 그림의 고鼓는 사직社稷에서 지신地神에게 대례大禮를 올릴 때 사용되던 '영고靈鼓' 라는 6면으로 된 북임).

과戈　ㄱ자형으로 굽은 짧은 창. 일대일 백병전에서 가까이 온 적을 찌르는 데 사용되던 공격용 무기(호북성湖北省 강릉현江陵縣 출토).

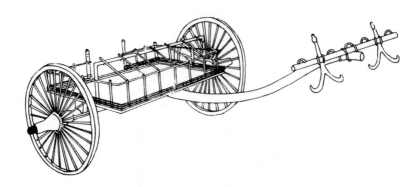

전차戰車   전투용 수레(호북성湖北省 강릉현江陵縣 출토 전차 복원도).

공자 소백小白(훗날의 제환공齊桓公)을 활로 쏘는 관중管仲　관중이 공자 규糾를 모시던 당시 규의 정적政敵인 소백小白을 없애려고 활을 쏘는 장면을 묘사한 산동성山東省 가상현嘉祥縣 출토의 화상석畵像石(바위에 그린 그림으로, 오늘날 중요 역사 유물이, 춘추 전국 시대에 제齊나라가 위치했던 산동山東 지방에서 특히 화상석이 풍부히 출토됨)이다. 가운데 활을 들고 있는 사람이 관중이고 넘어져 있는 사람이 소백인데, 화살이 다행히 빗나가는 바람에 소백은 위험을 모면했다. 이러한 과오에도 불구하고 공자 소백은 제환공으로 즉위한 뒤 포숙아鮑叔牙의 충간에 따라 정적의 부하였던 관중을 재상으로 삼는 아량을 베풀었고, 그 은혜에 감읍한 관중의 지성 어린 보필을 받아 춘추 최초의 패업을 이루었다.

맹세盟誓 의식　서주~춘추 시대에는 제후국과 제후국 간에, 제후와 경대부卿大夫
간에, 경대부와 사士들 상호간에 정치, 군사상의 필요로 맹약盟約이 체결될
때마다 맹약 내용의 신성성과 엄숙성을 보장하고 천지신명의 가호를 빌기 위
해 희생犧牲을 동원한 맹세 의식을 치렀음. 곧 맹약의 쌍방 당사자가 많은 가
신들이 지켜보는 앞에서 입술에 신분 등급별로 규정된 소·돼지·양 등 희생
의 피를 바르고 정화수에 그 피를 한 방울 떨어뜨려 서로 나눠 마시면서 어떤
난관이 있어도 맹약을 지킬 것을 굳게 다짐함. 1965년과 1966년에 중국 산서
성山西省 후마시侯馬市에서는 옥이나 돌에 붉은색으로 맹약 의식의 구체적
절차와 내용, 참가 인원 등을 기록한 진晉나라의 맹서盟誓 문건(B.C.496년 무
렵에 작성된 것으로 추정)이 발견되어 이 방면의 진귀한 실물 자료가 됨.

승乘　서주~춘추 시대의 핵심 병력인 전차戰車를 세는 단위. 보통 전차 1승에는
말 4필, 귀족 군사軍士 10인, 30인이나 72인의 잡역부, 각종 청동제 무기 등이
부속되고 이들을 온전히 갖추려면 상당한 비용이 들기 때문에 경대부와 사 등
귀족만이 전차를 소유하면서 전쟁을 주도했고, 이에 비해 서민庶民들은 토지
세나 부역賦役을 통해 전차 유지비 등 전쟁 비용만 부담함. 춘추 시대까지의
전쟁은 귀족들 간의 차전車戰과 공성전攻城戰이 주류였고 성복전城濮
戰(B.C.632), 언릉전鄢陵戰(B.C.575) 등 유명한 대전투들도 하루 만에, 그것도
1차의 접전으로 결판났음. 이로 인해 전쟁의 주력인 전차 부대를 얼마나 보유
하고 동원할 수 있느냐는 것이 국력의 척도로 인식되었음. 서주西周 예제禮制
하에서는 천자는 만승지국萬乘之國(1만 승에 상당하는 병력을 보유한 국가), 제
후는 천승지국千乘之國, 대부는 백승지국百乘之國이라는 등급별 규정이 있었
으나 왕실의 쇠락과 제후들의 성장으로 춘추 초부터 이 규정은 유명무실해
짐. 일례로 성복전 당시 진晉, 초楚 양국은 각각 4,000승을 동원했는데 이는
말 1만 6,000필, 귀족 군사 4만 명, 노역부 12만~29만 명에 이르는 대병력이

었음. 병력의 확대로 춘추 시대 제후국들의 경쟁은 갈수록 첨예해졌으며, 차전 대신 보병전步兵戰이 보편화되는 전국 시대에는 주요 열강들이 평균 100만의 병력을 보유할 정도가 되었음.

잉첩媵妾   서주~춘추 시대에 유지된 지배층의 독특한 결혼 풍습. 제후국 간에 정식 혼례를 치를 때 제후의 적녀嫡女와 함께 그 이복 여동생이나 조카딸 등을 함께 딸려 보내 귀첩貴妾을 삼게 하여 양국의 우호를 더욱 돈독하게 하는 동시에 정부인의 말벗이 되게 했음. 따라서 잉첩은 여타의 첩실들에 비해 높은 대우를 받았고 그녀의 소생들도 일반 서자들과는 확연히 구분되면서 적장자 다음가는 지위를 누렸음. 보통은 동일 공실 내에서 서녀庶女나 직계 공녀公女(제후의 딸)들보다 신분이 다소 낮은 방계 친인척의 딸들을 수명에서 많게는 수십 명 정도 잉첩으로 보내는 것이 일반적이었으나(그 경우 잉첩 사이에서도 본래의 신분에 따라 서열 등급이 생기게 마련임), 경우에 따라서는 신부를 보내는 제후국의 부용附庸이거나 정치적 영향을 강하게 받는 약소국들 중 동성同姓의 국가들이 공녀와 친인척 딸들을 상국上國을 위해 잉첩으로 보내기도 했음. 열국들 간의 항쟁과 회맹會盟, 반맹反盟 및 그로 인해 파생되는 국가들 간의 지배-피지배 내지 종속 관계가 심화되는 춘추 중기 이후에는 이처럼 약소국이 동성의 강대국을 위해 공녀들을 잉첩으로 보내는 사례가 점차 증가하였음. 예컨대 희성姬姓인 진晉나라가 강성姜姓의 제齊나라와 통혼했을 때 진과 같은 희성姬姓인 위나라가 십수 명의 잉첩을 진을 위해 보낸 사례가 있었고 이와 유사한 사례들이『춘추좌씨전春秋左氏傳』에서 적잖게 발견됨. 그 경우 통혼 관계가 얽힌 세 나라의 관계는 한동안 안정되는 편임.

초무왕楚武王**의 칭왕**稱王   기원전 704년에 초나라 군주 웅통熊通이 주 천자의 권위를 무시하고 독자적으로 왕을 칭한 사건은 서주 시대의 봉건 제도와 그를 지탱하던 예교禮敎, 예제禮制 질서가 무너진 상황을 상징적으로 보여주는 중대한 사건(봉건 질서하에서는 천자만이 왕을 칭하고 모든 제후들은 공公·후侯·백伯·자子·남男 등 5등작 칭호를 사용해야 함). 당시 웅통의 칭왕은 정鄭과 제·노·위 등 중원中原 제후국들의 비난의 대상이 되었지만, 사실 이것은 초나라가 주 왕실 및 중원 국가들과 거리상으로 상당히 떨어진 비교적 궁벽한 남방 지역에 위치했기에 어느 정도 가능했던 일임. 초나라의 칭왕은 춘추 시대 초반에 일어난 상당히 예외적인 사건에 속하는 반면, 전국戰國 시대 말이 되면 제나 진秦 등 최대 열강들이 공공연히 왕을 칭하면서 천년 왕국 주나라를 대신한 새로운 천하를 세우고자 했고 기원전 256년에 동주東周 왕실마저 멸망한 이후에는 그런 경향은 더욱 가속화되었음.

회맹會盟　춘추 시대 제후국들 간에 국방, 전쟁, 제후위 계승 등 국가 명운을 좌우할 만한 중대 현안과 관련되어 체결된 맹약을 지칭. 춘추 시대에는 국제 질서의 변동에 따라 제후국 간에 빈번한 회맹과 이전의 회맹 관계를 깨뜨리는 반맹이 무상하게 반복되었음. 대부분의 회맹은 당사자 국가들의 중간 지점 내지 제3의 장소를 특별히 지정하고 길일을 택해 거행되었는데, 사서에서 확인되는 회맹 장소는 대부분 하천 유역의 구릉 지대가 많음. 이는 하신河神의 신성한 힘을 빌려 회맹의 엄숙성과 영적인 효력을 높이고자 한 고대인들 특유의 정신과 세계관이 반영된 조치였음. 일단 회맹이 체결되면 대상 국가들은 적어도 회맹의 효력이 지속될 동안은 군사 · 정치 · 경제 모든 면에서 공동 운명체가 되어 상호 부조했음. 특히 제환공齊桓公이나 진문공晉文公 등 중원의 패자覇者들은 회맹 국가들 간의 협력을 더욱 돈독히 하고 회맹의 의미와 엄숙성을 높이기 위해 일관되게 존왕양이尊王攘夷(주 천자를 받들면서 사방 이적夷狄들을 물리쳐 중원中原의 평화를 지키자는 의미), 계절존망繼絶存亡(국통國統이 끊어진 나라들의 국통을 이어주고 멸망한 나라들을 구원하여 다시 복국시킴으로써 천하의 안녕과 봉건 제도의 강상綱常 질서를 수호하자는 의미) 등 대의 명분을 추구했음. 회맹은 춘추 시대의 국제 흐름을 좌우한 중대사였기 때문에『춘추』와『좌전左傳』등에는 당시의 주요 회맹과 대상 국가, 연도와 날짜, 장소 등이 상세히 기록되어 있다.

고대 귀족 여성의 호칭　춘추 전국 시대에는 평민은 물론 귀족 여성들도 이름이 없었음. 다만 귀족 여성에게는 사후 그 신분에 합당한 시호諡號가 내려졌는데, 이는 오늘날과 같은 개인 이름이라기보다는 공식적인 직함의 성격을 띠었음. 가장 높은 신분인 제후 정부인의 경우 그 시호는 대개 남편의 시호와 친정 성씨가 한 자씩 합쳐져 이루어지는 것이 상례였음. 예컨대 위장공衛莊公의 정부인 장강莊姜은 강성姜姓인 제齊나라의 공녀로 위장공에게 시집왔다는 의미임. 정부인 외의 부인이나 첩실들은 평생의 행실이나 성격, 공적에 준하여 시호를 받고 그 뒤에 친정 성씨가 더해지는 형식이 많았음. 또한 일부 시호에 들어가는 맹孟·백伯·중仲·숙叔·계季 등은 공실公室 내에서의 장유 서열을 표시하는 일반적인 의미였음. 곧 맹(맏이 맹)은 최연장자, 백(맏이 백)과 중(버금, 가운데 중)은 그 다음 연장자, 숙(나이 어릴 숙)은 연소자, 계(끝, 막내 계)는 말자를 뜻하였음. 예컨대 맹희孟姬·백희伯姬·숙희叔姬·계희季姬 등은 희성姬姓의 주 왕실과 동성 제후국(노魯·정鄭·진晉·연燕·채蔡 등) 공실 내의 장녀·차녀·삼녀·말녀를 각각 통칭했음. 이것은 남성들의 호칭이나 시호에서도 마찬가지여서 맹손孟孫·중손仲孫·숙손叔孫·계손季孫 등은 제후국 공실의 장손, 차남, 삼남, 말자末子를 각각 의미했음.

등장 인물

곡옥장백曲沃莊伯

진문후晉文侯의 동생인 환숙 성사桓叔成師의 아들로 이름은 선鱓. 부친 환숙이 문
후文侯 아들이자 조카인 소후昭侯에게서 곡옥曲沃 땅을 분봉받아 영주가 되자 후
에 그 자리를 계승하여 점차 세력을 확장함으로써 진 공실을 사실상 능가하는 실
력자로 성장했음. 곡옥을 분봉해준 후 진 공실公室은 도읍 강絳을 근거지로 삼으
면서 국호를 익翼으로 개명함으로써, 진나라는 환숙 가문이 영유한 곡옥과 공실
이 영유한 익翼으로 이분되었음. 효후孝侯 15년(B.C. 724)에 효후를 시해했으나
익翼의 도읍인都邑人들이 장백을 공격해 곡옥으로 쫓아버린 뒤 효후의 아들 극郤
을 악후鄂侯로 옹립하였기 때문에 뜻을 이루지 못했음.

관이오管夷吾(?~B.C.645)

관중管仲, 관자管子. 춘추 시대뿐 아니라 중국사 전체를 통틀어 손꼽히는 명재상.
경천위지經天緯地의 능력으로 제환공 치세(B.C.685~643)에 제나라를 최강대국
으로 부상시켜 춘추 최초의 패업覇業을 이룩했음. 예의염치禮義廉恥 진작, 사민
분거四民分居 장려, 행정 구획 정비(삼국오비제參國五鄙制 : 대읍大邑인 국國, 도都를
삼분하고 주변 농촌 지대인 비읍鄙邑을 오분하여 군사와 행정을 대폭 정비한 제도), 염철
鹽鐵 전매專賣 실시, 상공업 진흥, 병농 일치兵農一致 정책 등을 실시했는데 이는
두고두고 후대 경세經世 정책들의 모범이 되었음. 포숙아鮑叔牙와의 극진한 우정
으로 관포지교管鮑之交로도 널리 회자됨. 제환공齊桓公은 관중을 중부仲父(작은
아버지)라고 부를 정도로 대단히 존경하고 의지하였으며, 사실 제나라의 패업도
제환공보다는 관중이 거의 이룩한 것이라고 보아야 함. 실제로 관중 사후 제환공
은 정치력을 상실함으로써 제나라는 사분오열되고 패업의 영광도 퇴색했음. 그
러나 제나라가 춘추는 물론 전국 시대 말까지 영향력 있는 일류 국가로 존속할 수
있었던 것은 관중 시대에 배양된 정치·경제·문화적 역량 덕분이라 할 수 있음.

문강文姜

제희공齊僖公의 차녀로 노환공魯桓公에게 시집갔음. 출가 전부터 이복 오빠인 제 양공齊襄公 제아諸兒와 불의의 관계를 가졌고 출가 후에 노환공이 제나라를 방문 했을 때 함께 따라가 관계를 재개했음. 이를 눈치채고 대노한 노환공을 제양공으 로 하여금 살해하게 하는 대죄를 범했음. 노환공이 죽은 후에도 계속 제, 노 양국 국경 지대에 머물면서 제양공과 사통하였고 제양공의 서녀 애강哀姜과 자신의 아 들 노장공魯莊公의 혼인을 강제함. 이것이 후에 또 다른 비극을 낳게 됨.

선강宣姜

제희공의 장녀로 천하절색. 위나라 공자 급자急子에게 시집왔다가 시아버지 위선 공衛宣公의 애첩이 되었음. 친아들 수壽와 삭朔을 군위에 올리기 위해 급자를 살 해할 계책을 세웠다가 일이 잘못되어 급자와 함께 수마저 죽음을 당하고 위선공 도 충격을 받고 서거함. 삭이 위나라에서 쫓겨난 후 의붓아들 석석碩(급자의 동복 동 생)과 혼인해 제나라 군부인, 대공戴公, 문공文公, 송宋환공 부인, 허許목공 부인 등 5남매를 두었음. 동생 문강과 함께 요녀의 대명사.

애강哀姜

제양공齊襄公의 서녀庶女. 고모 문강의 주선으로 문강 아들 노장공魯莊公에게 시 집왔음. 노장공은 어머니 때문에 억지로 아버지를 죽인 원수의 딸과 혼인한 후 그 녀를 멀리 했고 그로 인해 노장공의 이복 동생 경보慶父와 사통하게 됨. 경보를 부추겨 장공의 태자 반般과 민공閔公을 죽이게 만든 뒤 경보는 자살하고 그녀도 제나라의 종용으로 자살함.

위선공衛宣公(B.C.718~700 재위)

위나라의 14대 군주. 위장공의 아들이자 환공의 이복 동생. 서모庶母 이강夷姜과 통정하여 급자·금모黔牟·석석碩 등을 낳았음. 급자의 신부감으로 맞은 선강의 미 색에 빠져 인륜도 저버리고 그녀를 애첩으로 삼아 수와 삭 두 아들을 얻었음. 천 성이 사악한 삭의 간계로 수와 급자가 둘다 억울하게 비명횡사하자 충격을 받아

반년 만에 세상을 떠났음.

제환공齊桓公(B.C.685~643 재위)

제나라의 15대 군주로 본명은 소백小白. 제희공(B.C.730~698 재위)의 서자이며 제양공(B.C.697~686 재위)의 이복 동생. 제양공이 연칭連稱과 관지보管至父에 의해 시해된 후 정적政敵인 공자 규糾를 제치고 즉위하여 43년 동안 재위. 재위 기간 중 관중·포숙아·영척寧戚 등 현신들의 보필을 받아 내치와 외정 양면에서 혁혁한 성공을 거둬 제나라를 제일의 강대국으로 진흥시키고 천하 제후들을 아홉 차례나 소집해 대규모의 국제 회의를 열어 패자로 추대됨으로써 춘추 오패春秋五霸의 선봉이 되었음.

진무공晉武公(B.C.715~677 재위)

곡옥장백 선鱓의 아들로 곡옥의 3대째 백伯(영주)이자 후에 진晉나라의 18대 제후가 됨. 본명은 칭稱. 진晉나라 제후의 자리를 차지하려다 도읍(강絳, 일명 익翼)인들의 반대로 번번히 실패한 조부와 부친의 여망을 달성하여 마침내 B.C.678년에 진의 17대 군주인 진후晉侯 민湣(B.C.704~679 재위)을 시해하고 익 땅을 병합해 진을 재통일한 후 주희왕周僖王에게서 진 제후의 지위를 인정받았음. 곡옥백曲沃伯 무공의 즉위로 진나라는 방계 혈통이 직계를 물리치고 공실을 장악하게 됨으로써 서주 왕실의 동천으로 인해 봉건제의 강상綱常 질서가 이완된 상황을 다시 한 번 재현함.

진헌공晉獻公(B.C.676~651 재위)

진나라의 19대 군주. 곡옥백曲沃伯 겸 진무공晉武公인 칭稱의 아들. 호색하여 부친의 첩 제강齊姜과 정을 통해 태자 신생申生을 낳은 것을 비롯해 여러 명의 첩에서 많은 자식들을 얻었는데, 여융驪戎을 정벌하고 취한 여희驪姬를 총애한 나머지 신생을 폐하고 여희 소생의 해제奚齊를 태자로 책봉하는 실책 중의 실책을 저지름. 그의 사후 진나라는 공실 내분으로 한 세대 정도 혼란에 빠짐.

투곡오도鬪穀於菟

초나라의 주석지신柱石之臣. 춘추 시대 초의 3대 유력 가문 중 하나인 투씨의 장로로 투백비鬪伯比와 운鄖나라 공녀 사이에서 사생私生. 출생 직후 들판에 버려졌으나 호랑이가 젖을 먹여 길렀다는 전설이 전해짐. 오만무도한 영윤令尹 자원子元이 피살된 후 영윤이 되어 B.C.664~637년 간 재직하면서 부국강병책을 적극 추진, 초나라를 남방 대국으로 크게 융성시켜 중원中原의 맹주인 제, 진晉과 대적하게 함. 제나라의 관중과 비견될 만한 명재상.

초문왕楚文王(B.C.689~677 재위)

초나라의 18대 군주. 칭왕稱王한 웅군雄君 무왕武王 웅통熊通(B.C.740~690 재위)의 아들로 성명은 웅자熊貲. 선왕의 뒤를 이어 내치에 공을 세웠으나 식息나라 제후의 부인을 빼앗기 위해 식을 멸하고 그를 사주한 채蔡나라의 애후哀侯를 포획하는 등 곡절도 많았음. 영郢에 도읍한 후 북진을 추진하여 한수漢水 일대 소국들을 점령해 장강長江 이북의 넓은 지역을 확보함으로써 증손 초장왕楚莊王 대에 패업을 달성하는 기초를 마련했음.

포숙아鮑叔牙

제나라의 현신賢臣. 제양공 사후 공자 소백小白을 보필하여 제환공으로 옹립한 뒤 제환공의 적이었던 공자 규의 책사 관중을 제환공에게 적극 천거해 그를 재상으로 삼아 제나라의 패업覇業을 이룩하게 함. 언제나 넓은 도량으로 관중을 이해하고 도우며 관포지교管鮑之交로 회자되는 굳은 우정과 신의를 지켜 관중에게서 "생아자부모生我者父母, 지아자포숙知我者鮑叔(나를 낳아준 사람은 부모지만, 나를 알아준 사람은 포숙이다)"이라는 찬탄을 들었음.

고사

관포지교管鮑之交　　제나라의 명신 관중管仲과 포숙아鮑叔牙의 둘도 없는 평생의
교분과 우정을 지칭하는 말. 전轉하여 지란지교芝蘭之交, 문경지교刎頸之交,
막역지교莫逆之交 등과 함께 지극한 우정을 뜻하는 말로 널리 쓰임. 포숙아는
시비곡직是非曲直과 대의명분에 엄격한 군자君子의 인품을 지닌 사람이었고
관중管仲은 현실적인 정치 감각에 뛰어나며 경천위지經天緯地할 만한 탁월한
경세經世 능력을 지닌 사람이었는데 서로가 상대방의 장점을 인정하고 단점
을 감싸주면서 죽을 때까지 합심하여 제나라가 춘추 최초의 패업覇業을 달성
하도록 이끌었음.

연보

『열국지』 2권에서 다루는 시기는 일세의 웅주雄主 정장공鄭莊公(B.C.743~701 재위)의 서거로 인해 주실 동천東遷 후 약 70년 간 지속되었던 정나라의 주도권의 무너진 뒤, 제나라의 15대 군주 제환공 (B.C.685~643 재위)이 춘추 시대 최초의 패업을 성취하기까지의 약 30여 년 간의 시기다. 제환공 의 패업 시기는 『열국지』 3권 전체와 4권 도입부까지 이어지므로 2~3권은 크게 보아 동일한 시기를 다루었다고 볼 수 있다. 제환공 패업의 전반부에 해당하는 2권에서는 제齊·노魯·위衛·정鄭·진晉 등 중원中原 국가들에서 빈발한 크고 작은 국내 정변政變들과 이에 얽혀 벌어지는 각종 국제 분쟁 및 제 환공이 명재상 관중의 보필을 받아 이들을 공명정대하게 중재함으로써 패자覇者로 부상하게 되는 과정 들이 주로 그려진다. 이 시기에 제환공은 중원中原의 제후들을 규합하는 세 차례의 대규모 국제 회의 (B.C.681년의 북행北杏의 회맹會盟, 680년의 견의 회맹, 678년의 유幽의 회맹 등)를 주재했고, 북방 이적夷狄의 한 분파인 산융山戎의 대규모 공격을 물리쳐 중원의 평화를 수호한 소위 '존왕양이尊王攘 夷'의 큰 업적을 이룩하게 된다.

[기원전 699] 위衛 공자 삭朔이 이복형 급자急子와 동복형 수壽를 살해하고 15대 군주 위혜공衛惠公(B.C.699~697 재위)으로 즉위. 죄 없이 죽은 두 형 제를 애도하는 '이자승주二子乘舟' 시가 회자되고 위혜공은 민심을 잃음.

[기원전 696] **(주장왕周莊王 1년)** 주의 15대 천자 주장왕(B.C.696~682 재위) 즉위. 정 여공鄭厲公(B.C.700~697, 679~673 재위)의 사주를 받은 송宋·노 魯·채蔡·위衛 4국이 정나라를 공격했으나 제족祭足의 지연 작전으 로 패배. 위나라는 이 와중에 국외에 있는 위혜공을 폐하고 급자의 동복 동생 금모黔牟(B.C.696~688 재위)를 16대 군주로 옹립. 위혜공 은 제나라로 도망.

[기원전 695] 정나라의 권신 제족이 제나라와의 화친을 도모하기 위해 출사出使한 틈을 타 간신 고거미高渠彌가 정소공鄭昭公을 시해하고 공자 미亹

(B.C.694 재위)를 옹립.

[기원전 694] 제의 13대 군주 제양공齊襄公(B.C.697~686 재위)이 노환공 (B.C.711~694 재위)의 부인이 되어 친정을 방문한 이복누이 문강과 불륜 행각을 벌임. 이를 눈치채고 대노하는 **노환공을 제양공이 살해**. 제양공은 세상의 비난을 무마하기 위해 주군을 시해한 정나라 공자 미와 역신逆臣 고거미를 수지首止 땅으로 불러내어 참함. 제양공이 원수 기杞나라를 침범하자 기후杞侯는 도주하고 그 동생 영계嬴季가 항복함.

[기원전 693] (노장공魯莊公 1년) 노환공 부인 문강, 노와 제나라 중간 지점에 칩거함.

[기원전 690] 초무왕楚武王(B.C.740~690 재위)이 자신이 주도한 한동漢東(한수漢水 이동 지대) 국가들의 회합에 불참한 수隨나라를 정벌하러 가던 도중 사망. 아들 웅자熊貲가 18대 군주 초문왕楚文王(B.C.689~677 재위)으로 즉위.

[기원전 689] 제양공이 위혜공 삭의 요청을 받아들여 송민공宋閔公·진선공陳宣公·채애공蔡哀公·노장공魯莊公 등과 연합해 위나라를 정벌.

[기원전 688] 위혜공이 복위되어 17대 군주가 됨(B.C.687~669 재위). 초무왕이 소국 등鄧나라를 멸망시킴.

[기원전 686] 제나라 연칭連稱과 관지보管至父가 제양공을 시해하고 공손무지公孫無知(B.C.687~685 재위)를 14대 군주로 옹립. 제양공의 두 서자 규糾와 **소백小白**은 각각 외가인 노나라와 거莒나라로 도망. 이때 **관중**과 소홀召忽은 규를, 포숙아는 소백을 각각 보필.

[기원전 685] 제나라 대부 옹름雍廩이 공손무지를 시해하고 연칭과 관지보도 처형. 공자 소백이 귀국해 제나라의 15대 군주 **제환공齊桓公(B.C.685~643 재위)으로 즉위**. 공자 규는 노나라에서 처형됨. 포숙아는 **관중을 제환공에게 추천. 제환공은 관중을 재상宰相으로 삼음**.

[기원전 684] 제나라가 공자 규를 보호한 책임을 물어 노나라를 공격. 노나라가 조귀曹劌의 활약으로 장작長勺에서 제나라를 대패시킴. 제는 송과 연합해 노를 재공격했으나 노 공자 언偃의 활약으로 패배. 송나라 장수

남궁장만南宮長萬이 승구乘丘에서 노나라에게 포획되었다가 요행히
석방됨. 채蔡의 12대 군주인 애후哀侯 헌무獻舞(B.C.694~675 재위)가
식息나라 제후의 부인 규씨嬀氏를 예대禮待하지 않고 희롱. 이에 격
분한 식나라 제후가 초문왕에게 채를 정벌해줄 것을 요청. 초는 채나
라를 격파하고 애후를 포획.

[기원전 682] **주장왕 붕어.** 송나라 남궁장만이 자신을 능멸한 송민공宋湣公
(B.C.691~682 재위)을 시해하고 공자 유游를 옹립. 또 다른 공자 어열
御說이 대숙피戴叔皮의 책략과 소蕭읍 수령 숙대심叔大心의 원조로
박亳 땅에서 장만의 아들 남궁우南宮牛가 이끈 송군을 격파하고 18
대 군주 송환공宋桓公(B.C.681~651 재위)으로 즉위. 남궁장만은 진陳
나라로 도망했다가 계략에 의해 송으로 끌려와 처형됨. 송환공은 소
읍을 부용국附庸國으로 승격시켜 숙대심을 제후로 삼음.

[기원전 681] (주희왕周僖王 1년) 주의 16대 천자 **주희왕 즉위**(B.C.681~677 재위). 제환공,
송환공, 진陳선공 저구杵臼, 채애후 헌무, 주자邾子 극克 등 **5국 군주
가 북행北杏에서 회맹**하여 제를 상국上國으로 추대(**제환공이 주도한 9차
회맹 중 1차**). 제는 회맹에 불참한 노를 가柯 땅에서 문책하려 했는데
도리어 노나라 장수 조말曹沫이 제환공을 위협해 소국들을 보호하고
중원中原의 평화를 지킬 것을 약조하게 만듬. 제환공은 현인 영척寧
戚을 얻어 그를 사신으로 보내 송나라의 내분을 진정시킴.

[기원전 680] 제환공의 원조를 받은 정나라 구군舊君 정여공 돌突이 부하傅瑕의 도
움을 얻어 자의子儀를 죽이고 복위한 후 배은망덕하게도 부하를 처
형. 제환공·송환공·위혜공·정여공 **4국 군주가 견 땅에서 회맹(제환
공의 2차 회맹).** 초문왕이 식나라에 복수하려는 채애후의 농간에 넘어
가 식나라를 멸망시키고 천하절색인 식후 부인 규씨를 취함.

[기원전 678] 제환공이 송·노·진陳·위·정·허許 등을 소집해 유幽 땅에서 회맹(제
환공의 3차 회맹), 춘추 최초의 패자가 됨. 정여공이 반대파를 숙청하고
내치를 정돈. 진晉나라의 유력 세경世卿(대대로 경卿의 지위를 계승한
가문)인 곡옥백曲沃伯 칭稱(곡옥 땅의 영주, B.C.715~679 재위)이 진 제

후의 직할지인 익翼을 병합해 한동안 내분 상태였던 진을 재통일하고 18대 군주 무공武公으로 즉위(B.C.678~677 재위). 주희왕은 곡옥백을 제후로 인정.

[기원전 677] 주희왕 붕어.

[기원전 676] (주혜왕周惠王 1년) 주의 17대 천자 **주혜왕 즉위(B.C.676~652 재위)**. 초문왕이 파巴나라와 연합해 신申나라를 정벌.

[기원전 675] 주장왕周莊王의 아들이자 주혜왕의 숙부인 **왕자 퇴頹가 반란을 일으킴**. 혜왕은 역櫟읍으로 몽진蒙塵을 감. 초문왕을 증오하던 염씨閻氏 일족이 파나라와 내통해 반란. 초문왕이 도성으로 피했으나 육권鬻拳이 성문을 열어주지 않고 황黃나라를 정벌해 설치雪恥할 것을 종용. 초문왕은 황을 적릉踖陵에서 격파하고 귀환 도중 추湫에서 사망. 육권도 죄를 뉘우치고 자살.

[기원전 673] **정여공**이 괵(서괵西虢)의 제후와 함께 수도 낙읍을 공격, **퇴를 죽이고 주혜왕을 복위시킴**. 주혜왕이 공로에 보답하기 위해 정여공에게 호뢰虎牢 이동의 땅 하사.

[기원전 672] 진선공陳宣公(B.C.692~648 재위)이 세자 어구御寇를 죽임. 이 와중에 공자 경중敬仲 완完이 제나라로 피신해 전田 땅을 하사받고 번성, 제나라 전씨의 시조가 됨(후에 전씨는 제나라 강씨姜氏 공실을 찬탈하여 강제姜齊 대신 전제田齊를 세움) 초 왕자 웅운熊惲이 형왕兄王 도오堵敖를 시해하고 20대 군주 초성왕楚成王(B.C.671~626 재위)으로 즉위.

[기원전 671] 진무공晉武公의 뒤를 이은 19대 군주 진헌공晉獻公(B.C.676~651 재위)이 사위士蔿의 계책을 빌려 자신과 한 핏줄이지만 경계의 대상이었던 **곡옥백曲沃伯의 후손들을 숙청**.

[기원전 670] 노장공과 제양공 딸 애강이 혼인해 양국의 우호가 돈독해짐. 이때 양국은 똑같은 폐백幣帛을 교환. 어손禦孫은 이것이 비례非禮임을 충간. 정문공은 제에 동맹 요청.

[기원전 666] 제환공이 위나라를 공격. 초 영윤令尹 자원子元이 초문왕의 미망인 식규息嬀에 흑심을 품었다가 무안을 당한 후 체면을 세우려고 정나

라를 공격했다가 성과 없이 귀국. 진晉헌공의 총첩寵妾 여희驪姬가 계책을 써 태자 신생申生과 공자 중이重耳, 이오夷吾 등을 각각 변방인 곡옥曲沃 · 포浦 · 굴屈 땅으로 쫓아버려 그 세력을 크게 꺾음.

[기원전 664] 초나라 투씨鬪氏 일파가 오만무도한 영윤 자원을 살해. 현명한 투곡 오도鬪穀於菟(자문子文)가 영윤이 되어 가재家財를 염출해 재정난을 해소. 제나라가 천신만고 끝에 인근 야만족 **산융山戎을 정벌해 연燕나라를 구원**하고 산융의 두 나라인 영지令支와 고죽孤竹의 영토 500여 리를 빼앗아 연에게 하사. 연나라는 산융 땅 500리와 함께 제나라 내 연류燕留 땅 50리를 별도로 얻어 신흥 북방 대국이 됨. **제환공의 대표적인 존왕양이尊王攘夷 업적.**

[기원전 662] **노장공 사망.** 공자 경보慶父가 노장공 미망인이자 형수인 애강哀姜과 사통私通한 후 그와 공모하여 맹임孟任 소생의 세자 반般을 죽이고 공자 계啓(일명 개開)를 17대 군주 **노민공魯閔公(B.C.661~660 재위)으로 옹립.**

동주 열국지 2

새장정판 1쇄 발행 2015년 7월 25일
새장정판 3쇄 발행 2023년 8월 28일

지은이 풍몽룡
옮긴이 김구용
펴낸이 임양묵
펴낸곳 솔출판사

주소 서울시 마포구 와우산로29가길 80(서교동)
전화 02-332-1526
팩스 02-332-1529
이메일 solbook@solbook.co.kr
블로그 blog.naver.com/sol_book
출판 등록 1990년 9월 15일 제10-420호

한국어판 ⓒ 김구용, 2001
부록 ⓒ 솔출판사, 2001

ISBN   979-11-86634-10-3 04820
ISBN   979-11-86634-09-7 (세트)